사랑의 계단

사랑의 계단
| 사랑이 아픔이라는 이야기 |

초판발행 1985년 3월 20일
중판발행 2024년 3월 20일

지은이 | 미우라 아야코
옮긴이 | 김지숙
펴낸이 | 홍철부

펴낸곳 | 문지사
등록번호 | 제25100-2002-000038호
주소 | 서울특별시 은평구 갈현로 312
전화 | 02) 386-8451/2
팩스 | 02) 386-8453

ISBN 978-89-8308-598-6 (03830)

값 16,000원

ⓒ2024moonjisa Inc
Printed in seoul Korea

사랑의 계단

| 사랑이 아픔이라는 이야기 |

미우라 아야코 지음 | 김지숙 옮김

문지사

차례

아틀리에의 봄빛　　　　　　　　7

씨줄과 날줄　　　　　　　　37

해당화 여인　　　　　　　　67

나무에 와 닿는 바람에도　　　　83

미움의 옷　　　　　　　　111

물이 되어 만나는 사람들　　　　127

자물쇠 속의 별　　　　　　147

운명의 물레방아　　　　　　183

별이 흘리는 눈물　　　　　　223

파도에 떠 있는 사막　　　　　251

풀잎은 알고 있다　　　　　　279

악의 씨　　　　　　　　301

지평선 바다에 지다　　　　　333

옮긴이의 말　　　　　　　368

아틀리에의 봄빛

회색의 옅은 안개가 내려앉은 정류장에는 여느 날 아침과 다름없이 남녀 통근자 대여섯이 버스를 기다리고 있었다.

에이츠케도 그들 가운데서 불안한 표정으로 서성거렸다.

보도 옆에 꾸며놓은 화단에는 활짝 핀 진달래며 하얀 조팝나무꽃이 다투듯 피어 한적한 거리를 봄빛으로 물들였다.

에이츠케는 가볍게 흔들리는 꽃잎에 무신경하게 시선을 주면서 엄지와 집게손가락 사이에 쥔 담배꽁초를 좀 신경질적으로 길바닥에 내던졌다. 이는 분초를 다투는 시간 때문이었다.

차도에는 트럭과 버스, 택시 등이 사정없이 달리는데, 웬일인지 그가 기다리는 버스는 아직 오지 않는다.

여덟 시에 정류장에 와야 할 버스가 이미 5분이 지났는데도 감감무소식이다. 여덟 시 반까지는 회사에 들어가야 한다. 택시가 바로 눈앞을 지나갔으나 출근을 위한 교통비를 더 이상 쓰고 싶지는 않았다.

초조한 마음으로 다시 손목시계를 들여다볼 때 클랙슨 소리가 가까운 어디에선가 요란하게 울렸다. 경적 소리가 나는 곳을 바라보니, 빨강 스포츠카가 햇빛을 반사하면서 멈춰 섰다. 문이 열리더니 나카하마 마리가 차 안에서 하얀 손을 흔들었다.

구세주라도 만난 듯 달려간 에이츠케에게,

"타요, 에이츠케 씨!"

하고 마리가 말했다.

"고맙습니다."

에이츠케가 서슴없이 조수석에 올라앉자, 마리는 벗었던 선글라스를 다시 끼고 핸들을 잡았다.

그녀의 손가락에는 커다란 보석이 반짝이고 있었다.

"좋은 차군요."

"고마워요."

마리는 부드러운 밝은 미소를 띠며 대답했다.

"운전하시는 줄은 몰랐습니다. 이 차 언제 샀습니까?"

"차 말인가요? 3년쯤 됐어요. 며칠 전에 아버지 비서가 도쿄에서 가져다주었어요."

"아버님의 비서는 여성입니까?"

"아니요. 남자예요."

"잘생겼습니까?"

"그래요. 독신이고 핸섬하죠. 머리도 좋고, 어떤 사람처럼 외도를 좋아하고…."

"어떤 사람처럼?"

"에이츠케 씨도 운전 잘하시죠? 전번에 드라이브하자고 하셨잖아요."

"운전이야 회사 일로 매일 하지요. 나도 차를 사고 싶지만, 아버지가 반대하십니다."

"전 차 같은 건 꼭 살 필요는 없다고 생각하는 편이에요. 그러나 난 작업상 필요하지요. 산속이건 해변이건 혼자 그림 소재를 찾으러 다니기도 하고, 캔버스를 마련하지 않으면 안 되니까요. 그러나 에이츠케 씨는 단지 통근용이잖아요? 통근은 버스로도 충분하지 않나요. 샐러리맨들이 모두 자가용으로 출퇴근한다면 거리는 번잡해서 다닐 수도 없을 거예요."

"하지만 쉬는 날에는 교외로 나들이라도 하고 싶잖습니까?"

"여자라도 꼬시게요?"

하고 마리는 쾌활하게 웃었다.

"어쩐지 아까부터 빈정대기만 하는데, 내가 그렇게 바람둥이처럼 보여서 그래요?"

"바람둥이처럼이라니요. 그건 남자답지 못한 말이에요. 당신은 그런 면에서는 악당이에요."

"난 악당이라고 해도 별로 싫어하지는 않습니다."

차가 교차로에 이르렀을 때, 신호가 노란색으로 바뀌었다.

"그럼, 악당이라는 말은 취소하죠. 그런데 당신 회사는 키타이치죠北一條きたいちじょう에 있지요?"

"네, 니시고죠메西五丁目にしごちょうめ에 있습니다. 그런데 마리 씨는 이렇게 아침 일찍 어디 가시는 겁니까?"

"치토세千歳ちとせ 공항까지 아버지 비서를 전송해야 해요."

"그럼 호텔에?"

"지금 파크호텔에 묵고 있어요."

"좀 걱정되는군요. 이른 아침에 손수 치토세 공항까지 전송하러 가다니 말입니다."

"에이츠케 씨, 만약 후지오 씨라면 걱정된다는 말은 하지 않았을 거예요."

"마리 씨는 동생 후지오에게 호감이 있는 모양이군요."

연한 자줏빛 판탈롱에 같은 빛깔의 상의가 그녀에게 참 잘 어울렸다. 그녀의 풍만한 젖가슴에 에이츠케의 눈은 몇 번이나 빨려 들어갔다.

"난 에이츠케 씨나 후지오 씨에게 아무런 감정도 품고 있지 않아요. 만약 후지오 씨가 버스 정류장에 당신처럼 서 있었더라도 난 차에 태워드렸을 거예요."

루주를 바르지 않은 마리의 입술에 희미한 미소가 떠올랐다.

"왜죠?"

"글쎄, 그건 나도 잘 몰라요."

마리는 골려주고 싶은 듯 가볍게 웃었다.

바로 옆에 멈춰 선 덤프차의 높은 운전대에서 햇볕에 그을린 젊은 두 남자가 웃음 띤 얼굴로 내려다보고 있었다.

"후지오 녀석은 속으로 뭘 생각하는지 도무지 알 수 없는 놈입니다."

"그 알 수 없는 점이 매력이에요."

"그럼….."

신호가 녹색으로 바뀌자, 기다렸다는 듯 차는 달려 나갔다.

마리는 똑바로 앞을 바라보며 능숙하게 운전했다. 마리의 하얀 목덜미에 닿은 에이츠케의 시선은 불꽃이 되어 빛났다.

"후지오가 나의 강적이 되리라고는 미처 생각지 못했는데!"

에이츠케가 다소 실망한 듯 말했다.

"그건 이른 아침의 대화로는 어울리지 않는 말이네요."

"마리 씨, 당신은 정말 감당이 안 되는 사람입니다."

"내가 감당할 수 없는 사람이 아니라, 당신이 어린애 같고, 좋은 말로 하면 천진난만한 것 아닌가요. 비서가 걱정된다느니, 후지오 씨가 강적이 될 줄 몰랐다느니 하는 그런 말은 솔직한 게 아니라 질투하는 것처럼 들려요. 그래서 여자들은 당신에게 쉽게 넘어가죠. 그러나 내겐 통하지 않아요."

"너무 잔인합니다. 나를 어린애 취급하다니···. 그럼, 어떻게 해야 당신에게 통하죠?"

"내게서 그 대답을 들으려 하다니? 역시 당신은 바보군요. 누가 그런 걸 가르쳐주겠어요?"

차는 막 키타이치조 거리로 접어들었다. 지나다니는 차량은 점점 많아졌다.

"마리 씨, 당신은 다른 여성들과는 아주 다르군요."

"사람은 누구나 다 달라요."

"언제까지 여기 삿포로에 계실 겁니까?"

"글쎄요, 싫증이 날 때까지?"

"당신은 싫증을 잘 내는 편인가요?"

"싫증도 잘 느끼고 집념도 강하지요."

"허어 참, 알 수 없는 사람이군."

에이츠케는 자기의 목을 어루만지며 쓴웃음을 지었다.

"알 수 있는 사람이니까 태워주었잖아요. 안 그런가요?"

"아니, 비밀스러운 여자라는 말입니다. 나를 적당히 주무르는 느낌 말입니다."

"에이츠케 씨, 당신도 여성에 대해서는 비밀스럽잖아요. 히로코 씨에게서 여러 가지 얘기를 전해 들었지만···."

"그게 정말입니까? 히로코가 말했다고요? 쓸데없는 말을 지껄였군!"

하고 에이츠케는 억울하다는 듯 혀를 찼다.

"아니에요. 히로코 씨는 말하지 않았어요."

"그럼, 후지오인가요?"

"천만에요."

"어머니는 절대로 그런 말 하지 않았을 것이고, 더구나 아버지는 입이 무거운 양반인데, 이상하네. 역시 범인은 히로코야."

"틀렸어요."

"그럼, 누구요?"

"홋카이北海ほっかい신문 문화부 기자 시무라라는 분 계시잖아요?"

"시무라?"

"네, 히로코 씨의 외사촌 오빠라던데요."

"아아, 그 자식?"

"우연히 알게 됐어요. 사카타마 타모츠酒偶保さかたまたもつ 씨 개인전에서요."

사카타마 타모츠는 미국 화풍의 화가로, 현재 홋카이신문 문화면에 <유럽예술의 여행>이란 제목으로 연재 중인 화단의 중진이다.

"그가 시무라라고 자기를 밝히던가요? 그렇다면 온갖 험담을 입이 아프도록 했겠군요?"

"그럼요. 너무너무 재미있었어요."

"재미있었다니, 정말 사람 죽이는군!"

"남의 험담이란 본래 재미있는 거잖아요. 당신은 이 세상에 둘도 없는 악당이라죠."

이렇게 말하는 마리는 요염한 미소를 얼굴에 띠었다.

"그렇담, 어떤 수단을 써도 안 되겠군요."

"그럼요. 그러니 그렇게 얌전빼지 말고 차라리 악당 행세를 하세요."

"알겠습니다. 난 악당입니다. 잘 기억해 두십시오."

에이츠케도 이렇게 말하며 웃지 않을 수 없었다.

"그 말 꼭 잊지 않도록 명심할게요."

"그럼 이 악당하고 단둘이 드라이브하고 싶지는 않습니까?"

에이츠케는 지난번 드라이브하자고 제안했으나 그 자리에서 거절당한 일이 있었다.

"드라이브는 차가 없는 아가씨에게나 권하는 법이에요. 아시겠어요, 에이츠케 씨?"

"그럼, 오늘 저녁에 당신 집으로 가도 됩니까?"

"물론이죠. 괜찮아요. 밤에는 그림을 거의 안 그리니까요."

"혼자 가도 되겠습니까?"

"네, 괜찮아요. 난 남자 무서워하지 않아요. 공수도 3단이니까요."

"넷, 공수도 3단?"

차가 멈췄다. 에이츠케의 회사 앞이었다.

"여기죠? 자, 잘 다녀오세요."

"아, 이거 정말 고맙습니다."

에이츠케가 차에서 내리면서 손을 들자, 마리는 클랙슨을 한 번 울리고 차를 달리기 시작했다.

"쳇, 나더러 악당이라고…, 흥!"

에이츠케는 킥킥거리면서 맑게 갠 5월의 하늘을 올려다보았다. 다아클리닉 빌딩 위로 하얀 구름이 흩어지고 있었다.

𝄞𝄢

무더운 한여름의 토요일 오후, 일찍 집으로 돌아온 요오키치는 아내 가츠에와 함께 정원의 잡초를 뽑고 있었다. 일하기를 좋아하는 그녀는 잡초를 말끔히 뽑지 않고는 후련해하지 않는 성미였다.

"잡초를 이렇게 무지막지하게 뽑는 건, 아무리 잡초라지만 좀 가엾은 생각이 드는군."

조금 떨어진 곳에 있는 요오키치가 이렇게 말을 걸어오자,

"뭐가 가엾단 말이에요?"

하고 가츠에가 되물었다.

"풀에도 생명이 있단 말이지. 더 살고 싶어 할 거야."

"원, 세상에 그런 말이 어디 있어요? 물론 풀에도 생명은 있어요. 그러나 마음은 없어요."

작은 풀 하나도 남김없이 뽑고 있는 가츠에의 손놀림을 요오키치는 잠자코 바라보았다.

요오기치는 며칠 전 읽은, 교육 잡지에 실린 슈바이처의 수필을 떠올리고 있었다.

'나는 살아가려는 생명에 둘러싸인 또 다른 생명이다.'

이 말이 요오키치에게는 새삼 새로웠다.

풀도 나무도 인간도 모두 살아가려고 노력 중인 존재이다. 그러한 의지가 '생명'이라는 자연의 힘이다. 이러한 단순한 사실마저도 누구의 말을 빌리지 않으면 뚜렷하게 인식하지 못하고, 지금까지 교육자로서 잘도 근무해 왔다고 요오키치는 자신을 책망했다.

슈바이처는 생명을 가진 모든 생물은 살고 싶어 한다는 사실에 책임감을 느끼고 서아프리카 의료봉사에 일생을 바쳤다. 그렇기 때문에 슈바이처의 말에는 생명에 대한 무게가 있다.

"튤립이나 민들레나 다 추우면 꽃잎을 오므리잖아? 그러다 날씨가 따뜻해지면 꽃을 피우고 말이야."

"그것은 마음하고는 달라요."

"그러나 살고 싶어 하는 건 분명하지, 안 그래?"

"그래서 어쩌라고요? 풀을 뽑지 말라는 건가요, 아니면 무성하게 자라도록 내버려 두라는 말인가요?"

"당신은 하찮은 생명이라도 불쌍하다는 생각이 전혀 안 든단 말이오."

요오키치는 아내가 어떤 마음으로 정원을 손질하는지 궁금했다.

바로 그때, 에이츠케의 목소리가 들렸다.

"뭘 그렇게 투덜투덜하십니까?"

"아, 에이츠케? 오늘은 일찍 왔구나."

요오키치는 손에 묻은 흙을 털면서 잔디에서 일어났다.

"오늘은 토요일이라서요. 일찍 와야죠. 그런데 후지오는 아직 안 왔어요?"

"응, 후지오도 히로코도 아직이다."

"아마, 히로코는 데이트하고 있을 거예요. 후지오는 3시까지 잔업이 있을 것이고…. 그런데 아버지, 차 한 대 사주시면 안 됩니까?"

"차는 필요가 없어."

"아버지는 필요 없어도 전 꼭 필요하단 말입니다. 요즘 같은 세상에 젊은 놈이 차 한 대 가지고 있지 않다고 비웃습니다."

"비웃는다고? 누가?"

"이웃집에 사는 저 여자 말입니다."

에이츠케는 턱으로 마리의 집을 가리키며 대답했다.

"마리 양 말이냐?"

"그렇습니다. 오늘 아침 아무리 기다려도 버스가 제시간에 오지 않아, 마침 지나가던 그녀의 차를 타고 회사까지 출근했습니다…."

"그건 잘했군."

"잘한 게 아닙니다. 아버지, 넷이나 직장에 다니는데 집에 차 한 대도 없다고 코웃음 치더군요. 넷이 함께 타고 다니면 한 달 버스 요금보다는 싸지 않겠습니까? 같은 방향이니까요."

에이츠케는 마리가 하지도 않은 말을 적당히 꾸며댔다.

"그래도 우리 집엔 자가용 필요 없다."

"아버지는 걱정이 되니 차를 사주지 않겠다고 말씀하시지만, 후지오만 해도 고객을 찾아가는 데 은행 차를 이용하니 그 애도 차는 아쉬울 겁니다."

"그래도 난 싫다."

하고 요오키치는 손가락 끝으로 코를 후볐다.

후배 교사가 학생을 치어 죽은 사건이 있고 난 후부터 자가용에 대한 인식을 달리했다.

"아버지가 사주시지 않는다면, 할부로라도 사야겠어요."

에이츠케는 볼멘소리로 말했다.

가츠에는 말없이 풀만 뽑고 있다가 고개를 들고 말했다.

"에이츠케, 옆집 마리 양이 일곱 시 넘어서 놀러 오라더라."

이 말에 에이츠케는 당황했다. 아무에게도 말하지 않고 혼자 비밀리에 마리를 방문할 셈이었다.

"네가 놀러 가고 싶다고 했니?"

어머니가 묻자,

"아니요."

"마리 양은 나에게 무슨 일이든 다 말한단다. 오늘 너를 차에 태워줬다는 얘기도 했고, 차 따위 사지 않아도 된다는 말까지 했다더라."

하고 가츠에가 말했다.

"그건 에이츠케의 말하고는 다르잖아."

하고 태연하게 거짓말하는 아들을 바라보며 요오키치는 이맛살을 찌푸렸다.

"정말, 그 여자는 보통이 아니군요. 재수 없게 그런 말까지 다 하지."

"악당이라는 말까지 했다고 하더라."

"그 여자는 말괄량이구먼."

"말괄량이는커녕 아주 영리한 여자더라. 너도 섣불리 손을 대지는 못할 거다."

이렇게 말하고 가츠에는 다시 풀을 뽑기 시작했다.

"영리하다고요?"

하며 에이츠케는 아버지 요오키치에게로 등을 돌렸다가, 다시 돌아서서 볼멘소리로 말했다.

"어쨌든 전 차를 사고 말 겁니다."

"…."

"차를 산 다음엔 이 자리에 차고를 만들 겁니다."

하면서 발로 그 자리에 크게 동그라미를 그렸다.

그곳은 새싹이 아름다운 주목과 마가목이 서 있는 사이에 철쭉이 열 그루 정도 자라고 있었다.

"안 돼. 거긴 절대로!"

돌연 가츠에가 날카롭게 외쳤다.

"안 된다고요, 왜요?"

"정원을 훼손하면서까지 차고를 만들다니, 그건 절대 안 될 말이다."

하고 가츠에는 또다시 억양 없이 말했다.

이에 화가 난 에이츠케는,

"정원 따위가 그렇게 소중해요?"

하고 외쳤을 때였다.

"또 무슨 짜증을 내고 계세요?"

하면서 다가온 것은 마리였다.

"아, 마리 씨. 오늘 아침엔 정말 고마웠습니다."

에이츠케는 당황하면서 고개를 숙였다.

"그런 고마운 일이 또 어디 있겠소?"

요오키치도 사의를 표했다.

"아, 아닙니다. 그런데 에이츠케 씨! 목소리가 굉장히 크게 들리더군요. 울타리 저쪽에 누가 사는지 모르세요? 나더러 말괄량이라고 하는 말까지 죄다 들렸어요."

"허, 그것 참 난처하네요."

에이츠케는 멋쩍은 듯 머리를 긁적였다.

"부모님께 차를 사 달라고 하다니, 에이츠케 씨는 아직도 어린애예요."

하고 타이르듯 말했다.

에이츠케는 물끄러미 마리를 바라보았다.

곧게 쭉 뻗은 다리, 부드럽고 고운 살결, 검고 큰 눈, 깊은 데서 울려 나오는 매력적인 목소리, 그 하나하나가 다 에이츠케에게는 너무나 환상적이었다.

"그럼 차는 사지 않겠습니다. 그 대신 뭘 사면 좋겠습니까? 마리 씨?"

에이츠케는 어느새 명랑함을 되찾고 있었다.

"진정 훌륭한 어른은 아쉬워하는 게 없고, 남에게 주고 싶은 게 많은 사람이죠."

마리의 말에 요오키치는 정녕 그렇다는 듯 고개를 끄덕였다.

"상상 이외로 살풍경합니다."

에이츠케는 문 앞에 선 채 나카하마 마리의 아틀리에 안을 유심히 들여다보았다.

아틀리에라고는 하지만 다섯 평가량의 공간에 그림과 캔버스, 병 따위가 밝은 전등 아래 무질서하게 흩어져 놓여있을 뿐이었다.

"그래요. 살풍경하죠. 여자 혼자 사는 집은 로맨틱하리라고 생각하셨군요?"

마리의 두 눈이 크게 움직이더니 입술에 미소가 떠올랐다.

"그야 그럴 수밖에 없지 않겠습니까. 당신처럼 아름다운 여자가 살고 있으니 매우 화려할 거라고 상상하는 것은 당연한 일 아닌가요?"

"그런가요? 아무튼 고맙군요. 앉으세요."

하며 나무로 만든 의자를 가리켰다.

"거실도 좀 보여주시면 좋겠는데."

하며 에이츠케는 두어 걸음 다가서면서 거실 쪽으로 시선을 보냈다.

"어머나! 왜 그러세요. 여기가 좋지 않아요?"

"당신이 자는 방을 보고 싶어섭니다."

"에이츠케 씨! 집으로 데려온 것만도 고맙게 생각하세요."

에이츠케는 고자세로 말하는 마리의 얼굴을 싱글벙글 웃으면서 바라보다가 자리에 앉았다.

마리는 미소를 지으면 양쪽 입가에 작은 보조개가 생겼다. 그 때문인지 마리의 말이 다소 날이 서 있어도 에이츠케에게는 조금도 거슬리지 않았다.

에이츠케는 그나저나 혼자 방문하는 것을 허락해 준 사실만으로도 마리가 자신에게 호감을 품고 있다고 단정해도 좋을 것이라고 속으로 생각했다.

무릎을 덮는 정도의 노란색 원피스가 마리를 유난히 우아하게 보이게 했다. 그녀는 테이블 가까이에 앉아 예쁜 손을 가슴 언저리에서 마주 잡고 있었다.

"왜 혼자 삿포로로 왔습니까?"

"젊은이들 대부분은 한 번쯤 혼자 살고 싶어 하잖아요?"

"하지만 부모님께서는 반대하셨겠지요?"

"'집을 나가거나 자살하는 나이 어린 여자도 흔한 세상인데, 1년이나 2년쯤 서로 떨어져 있는 것도 좋지 않아요?' 하고 말했더니 허락해 주시더군요."

"그렇지만 걱정하고 계실 거요."

"뭐, 그다지 걱정은 안 하실 거예요. 우리 아버지와 어머니는 두 사람만 좋으면 자식들은 내버려 둬도 바르게 자랄 것이라고 믿고 계시거든요. 그것도 일리가 있다고 생각해요."

"과연 그렇군요. 당신은 올바르게 자랐으니까요."

에이츠케는 묘하게 웃었다.

"왜 웃어요? 이렇게 훌륭한 딸로 자랐으니 됐잖아요."

"거기 비하면 우리 집은 어떨까?"

에이츠케는 홍차를 끓이기 위해 일어선 마리의 날씬한 허리
선에 시선을 던졌다.

"아저씨와 아주머니 두 분은 사이가 좋은가요?"

"우리 아버지와 어머니는 별세계의 사람이 각각 다른 나라의
말로 대화를 나누는 것 같지요."

"싸우시지는 않나요?"

마리는 홍차가 담긴 컵 두 개를 쟁반에 받쳐 테이블 쪽으로
가져오며 말했다.

"다른 세계의 사람이 제각기 다른 말로 대화를 나누는 것
같으니 싸울 정도로 다정하지는 않아요. 그래서 우리 형제는
모두 성격이 이상하지요."

"에이츠케 씨, 본인도 이상하다고 생각하세요?"

"이상하지만, 세 형제 중에서는 내가 제일 낫지요. 후지오처
럼 우울하고 엉큼하지는 않으니 말입니다."

"과연 그럴까요?"

"마리 씨는 그 녀석을 사내라고 생각하십니까?"

"사내이고말고요. 그건 그렇고, 어서 차 좀 드세요."

마리는 얇은 레몬 조각을 홍차 위에 띄웠다.

"여기에다 위스키를 타면 맛이 더 좋습니다."

"당신과 교제하는 여자들은 퍽 당신을 아끼는 모양이군요. 난 이렇게 단둘이 있을 때는 위스키도 맥주도 드리지 않아요."

"흥! 당신은 의외로 조심성이 많은 것 같습니다."

"왜요? 여자는 남자와 단둘이 있을 때는 술 같은 거 내놓는 거 아니에요. 여자가 혼자 사는 집에 남자를 불러들이는 것도 아니죠."

"그럼, 왜 날 불렀지요?"

"글쎄, 왜 그랬을까? 아마, 당신이 스스로 악당이라고 하니, 내가 마음을 놓았을지도 모르죠."

"악당인데도 마음이 놓인단 말입니까?"

"그건 사귀기 쉽기 때문이지요. 악당은 죽이건 살리건 상관이 없지만, 순박한 남성은 그럴 수가 없어요. 늘 상처 입히지 않도록 조심해야 하니까요."

에이츠케는 한쪽 볼에 깊은 볼우물을 지으며 빙긋이 웃었다.

"그럼, 노골적으로 묻겠는데, 당신은 좋은 구슬입니까, 나쁜 구슬입니까?"

"에이츠케, 당신처럼 유치하고도 나쁜 구슬은 아니에요."

마리는 장난기 섞인 시선을 에이츠케에게 보냈다. 이에 에이츠케는 마리의 눈길을 눈부신 듯 바라보면서 좀 진지한 표정을 짓고 말했다.

"마리 씨는 묘한 사람이군요. 여성에게 이런 말 듣는 건 난생 처음입니다."

지금까지의 에이츠케의 행동으로 볼 때, 그는 여자의 방에 들어가자마자 별 의식 없이 상대방을 끌어안을 수 있는 수치심을 모르는 남자였다.

정사에 익숙한 여자는 물론, 남자를 처음 대하는 여자라도 처음엔 저항하지만, 결국은 에이츠케의 뜻대로 되었다.

에이츠케는 그런 것이 여자라고 생각했다. 그리고 예외 없이 여자들은 모두 그와 결혼하기를 원했다.

그러나 나카하마 마리는 알게 된 지 이미 석 달이나 지났는데, 아직 손 한 번 잡아보지 못한 처지다.

볼링장에 갔을 때도, 차를 마시러 찻집에 갔을 때도 마리에게는 함부로 다가갈 수가 없었다.

그녀에게는 이상한 기류가 흐르고 있었다.

오늘 밤도 좋은 기회라고 생각하고 오기는 왔지만, 별안간 살풍경한 작업장으로 안내받는 바람에 그런 일은 생각도 할 수 없었다.

"물론 당신에게도 애인이 있겠지요?"

"네, 있어요."

마리는 빙긋 웃으며 바로 고개를 끄덕였다.

"질투 나는데요. 오늘 아침 도쿄로 돌아간 비서입니까?"

"아녜요."

"제가 모르는 사람이군요?"

"이름은 아실 거예요."

"네?"

"로댕이요."

"로댕?"

"로댕은 훌륭한 인물이지요. 그렇게 훌륭한 남자가 이 세상에 또 어디 있을까요?"

"그렇지. 당신은 화가니까."

에이츠케는 쓴웃음을 짓고 주머니에서 담배를 꺼냈다.

"맞아요. 난 로댕을 사랑하는 여자 화가예요."

마리는 소리 내어 웃는가 싶더니, 자리에서 벌떡 일어나 문을 열고 주방으로 갔다. 에이츠케는 가볍게 혀를 찼다.

'제가 아무리 잘난 척해도 여자 아닌가?'

끌어안고 입술에 키스해버리면, 다른 여자들과 똑같이 넘어올 것이다. 에이츠케는 이렇게 생각하면서 담배 연기를 길게 내뿜었다.

"내가 만든 케이크예요. 잡숴보세요?"

마리는 케이크 두 조각이 담긴 접시를 들고 돌아왔다.

"아, 그 케이크요?"

"좋아하세요?"

"별로….."

"그럼 안 드시겠네요?"

"용서하십시오. 사양하겠습니다."

"아, 그래요? 난 테스트를 해본 것뿐이에요."

"테스트?"

"네, 어른인지, 아닌지 하는 테스트죠. 남자다운 점이 있을까, 없을까 하는 테스트였어요. 이걸 받아서 먹는 게 어른이고 남자예요."

"또 한 대 얻어맞았군."

"그럼, 귤은?"

"받아먹겠습니다. 이렇게 된 바엔 깨끗이 승복하지요."

에이츠케는 신 귤 맛에 얼굴을 찡그렸다.

"실망했어요. 여자와 사귀려면 싫어하는 음식도 먹어야 해요. 현명한 여자는 음식을 가리면 성격이 까다로운 남자라고 평가하지요."

"끝까지 훈계군요."

에이츠케는 이렇게 말하면서도 이상하게 마음은 즐거웠다. 마리가 자신에게 깊은 친밀감을 보여주는 것 같았기 때문이다.

"마리 씨! 당신은 조금 전 그냥 넘길 수 없는 말을 하더군요."

"뭐라고요?"

"후지오는 남자다운 사내라고 하던데 말입니다."

"어머나! 그게 왜 그냥 넘길 수 없는 말인가요?"

"내가 보기에 그 녀석은 조금도 남자답지 않아요. 하고 싶은 말도 안 하고, 가만히 남이 하는 일만 물끄러미 보는 침울하고 엉큼한 녀석입니다. 조금도 사내다운 맛이 없습니다."

"사내답다는 건 어떤 걸 말하죠, 에이츠케 씨?"

"나 같은 사람을 말하는 겁니다."

"당신 자신이 그런 사람인지는 모르지만, 나는 책임감이 있어야 남자라고 생각해요. 말하자면 자기 말에 끝까지 책임을 지는 사람이죠. 후지오 씨는 자기 말에 책임을 지는 분이에요."

"당신, 후지오를 좋아하십니까?"

"잠깐요. 에이츠케 씨는 왜 자꾸 좋아하느냐, 싫어하느냐 하는 남녀 간의 문제만 그렇게 파고드세요?"

"인간관계란 결국 좋아하느냐, 싫어하느냐의 문제이기 때문이죠."

"존경하는 것도 있어요. 좋다, 싫다를 떠나서 말이에요. 또 이해관계로만 관계하기도 하고요."

"존경한다고요?"

에이츠케는 할 수 없다는 듯 가벼운 미소를 띠며 마룻바닥에 세워져 있는 마리의 그림을 바라보았다.

사과와 병을 교묘하게 배치해 놓은 그림과 베이지색과 회색 거리의 풍경이 거기에 있었다.

"모두 내가 그렸어요."

"그림 그릴 때의 당신 얼굴을 보고 싶군요."

에이츠케는 바다 위에 연한 자줏빛 구름이 펼쳐져 있는 그림에 시선을 멈춘 채 약간 낮은 음성으로 말했다.

"아마, 지금과 같은 얼굴을 하고 있을 거예요."

"그럴까요? 그림을 그리는 사람이나 소설을 쓰는 사람의 얼굴은 무섭다고 누가 말하던데요."

"그것은 로댕과 같은 훌륭한 화가의 경우고요. 무서운 표정을 지을 정도로 일에 열중하는 사람은 그리 많지 않아요."

"이건 팔 건가요?"

"그래요. 그림을 팔지 않으면 밥 먹고 살 수가 없는 걸요."

"마리 씨의 아버지께선 변호사시고, 어머니는 긴자에서 양장점을 운영하고 계시잖아요."

"하지만 부모는 부모고, 나는 나예요. 제 생활비 정도는 저 스스로 벌어야죠. 그러지 않으면 성인이 아니죠."

"그 다이아반지는 부모님께 받았다고 그러셨지요?"

"네, 선물은 어디까지나 선물이에요."

"그럼, 당신은 용돈을 한 푼도 받지 않는다는 말인가요?"

"네, 물론 받지 않아요."

"아까운데요."

"뭐가요?"

"나 같으면 용돈 받아 즐겁게 놀 텐데… 싶어서 하는 말이죠."

"난, 이미 성인식도 치른 어른이에요. 어린아이가 아니라."

"이 그림 얼마에 파실 겁니까?"

"사주실 분이라면 값을 말하겠지만, 농담은 안 해요."

"내가 살 수 있을 정도라면 사지요."

"난 그림을 좋아하지 않는 사람에게는 팔지 않아요. 당신은 그림에 흥미가 없는 것 같은데요."

에이츠케는 머리를 긁적였다. 아틀리에에 와 있으면서도 그림에는 전혀 관심이 없는 그였다.

"난 그림보다 당신에게 관심이 있습니다."

"이 그림은 나라는 인간에게서 태어난 거예요. 내 몸의 일부분이지요."

"과연 그렇군요. 그럼, 이제부터라도 당신의 분신에도 관심을 기울이기로 하지요. 너무 늦었나요?"

마리는 잠자코 에이츠케의 얼굴을 바라보았다. 지금까지의 표정과는 달랐다. 매우 그윽한 눈길이었다.

"왜 그러시죠?"

하고 물었으나, 마리는 아무 말도 하지 않고 여전히 에이츠케의 얼굴만 바라보고 있었다. 그런 마리의 시선을 에이츠케는 오해

했다.

그는 자리에서 일어섰다. 에이츠케의 눈이 이상한 광채를 띠었다. 그 순간 마리는 날카롭게 소리쳤다.

"앉으세요!"

에이츠케는 약간 흥분한 얼굴로 가볍게 웃으며,

"왜 그렇게 화를 내는 거죠?"

하고 마리를 내려다보며 말했다.

"에이츠케 씨! 당신은 지금까지 많은 여성과 어떤 대화를 나누었나요? 지금, 나는 그런 생각을 하면서 당신을 바라보고 있었어요."

"어떤 대화라?"

하고 에이츠케는 다시 자리에 앉으면서,

"남자와 여자 사이엔 대화 같은 건 필요 없습니다. 그저 잠자코 얼굴을 마주 보는 것만으로 충분하지요."

"정말인가요?"

"정말입니다. 아무 말 없이 어깨를 나란히 하고 어두운 길을 걷기도 하고, 슬그머니 손을 잡기도 하는 것이 남녀가 처음 사랑을 속삭일 때의 대화일 겁니다."

"키미코 씨 하고도 그랬나요?"

"키미코 얘기는 왜…?"

"난 궁금해요. 키미코 씨는 참 총명하고 명랑한 성격이었다고 그녀의 외사촌 오빠인 시무라 씨가 말하던데요, 그렇지요?"

"총명한 여자라면 자살했겠습니까?"

"어머, 어쩜 그렇게 말씀하세요? 악당답지 않게."

마리는 그 순간 아주 엄숙한 표정을 지었으나 가늘고 흰 손가락은 의자 모서리를 가볍게 두들겼다.

"그럼, 어떻게 말해야 악당답습니까?"

"그 여자도 불쌍하지요. 지금 당신은 난 차마 그렇게까지 비장한 생각을 하는 줄은 몰랐는데… 하고 짐짓 가엾게 생각하는 것처럼 말했어요. 아시겠어요?"

"그렇게 하는 게 악당이란 말입니까?"

"그럼요. 당신처럼 짓궂은 소리만 하는 것은 악당이 아니에요. 진짜 악당이란 언뜻 보면 선량한 사람처럼 행세하거든요. 그러니까 당신은 거물이 못 돼요. 애송이 악당이에요."

"야아, 그건 지독한 말이군."

"좀 더 거물급 악당이 되세요."

"얼핏 보면 선량한 사람처럼 말인가요?"

에이츠케는 여자와 단둘이 마주 앉아 이런 쓸데없는 말을 해본 적이 없는 것 같았다. 그런데도 싫증을 내지 않는 게 이상한 일이었다.

"그래요. 선량한 사람처럼 행세하는 거예요. 쓸데없이 악평을 듣는 건 진정한 악인이 아니에요. 여러 사람의 경계를 받는 건, 목에 방울을 찬 고양이와 같아요. 쥐가 미리 알고 도망쳐 버리죠."

"과연!"

"그러니까 하찮은 불량배나 플레이보이처럼 구는 자는 덜 익은 풋내기예요."

"말솜씨가 아주 좋군요, 마리 씨⋯."

"어쨌든 에이츠케 씨, 당신은 키미코 씨의 영전에 꽃 한 송이라도 들고 다녀오세요. 선량한 사람인 척하고 말이에요."

"키미코의 영전에? 당치도 않아요. 이제야 무슨⋯."

"가서 눈물 흘리며 잘못했다고 사과드리고 오세요."

"이거 정말 야단났군! 난 그런 악당은 아닙니다."

마리는 빙긋이 웃으면서 에이츠케를 장난스럽게 바라보며,

"역시 에이츠케 씨는 애송이 악당이군요. 저의 외숙모님이 이웃집에 훌륭한 젊은이가 살고 있다고 말씀하시기에 난 뛸 듯이 기뻐하며 이곳에 왔는데, 기대에 아주 못 미치는군요."

하고 내뱉듯이 말했다.

"기대에 못 미친다고?"

"전 철두철미한 사람을 좋아해요. 흐지부지한 남자는 딱 질색이에요."

마리는 차갑게 쏘아붙이고 홍차를 한 모금 마셨다.

"난 아름다운 여인을 좋아하지요. 그뿐입니다."

에이츠케는 또 의자에서 일어서며 빙긋이 웃었다.

한쪽 볼에 그린 것처럼 깊은 주름이 패면서 냉혹함이 숨어 있는 싸늘한 웃음이었다.

씨줄과 날줄

요오키치는 교감 사키하기崎萩さきはぎ의 권유에 못 이겨 오 랜만에 유흥가인 스스키노薄野すすきの(삿포로시 중구의 번화가. 타 누키코우지貍小路たぬきこうじ에 인접, 음식점이 많음)를 찾았다.

눈부실 정도로 찬란한 레몬 빛 네온과 파랑, 빨강, 노랑 불빛 이 어지러울 만큼 물결치는 거리는 활기에 넘쳤다.

출장 중에 삿포로에 온 것 같은 중년의 남자들과 미리 약속이 라도 한 듯 주머니에 손을 넣은 샐러리맨 무리가 떠들썩하게 스쳐 지나갔다.

이런 풍경은 아침저녁 출퇴근길에 만나는 남자들의 표정과 는 아주 달랐다. 그래서 요오키치 자신도 여느 때와는 다른 표 정을 짓고 있는 게 아닐까, 생각을 해보았다.

오늘은 학교 규정상 한 달에 두 번 있는 정례 직원회의가 있었다. 지난 초하룻날에 치른 운동회에 대한 반성이 의제였고, 특별한 안건은 없었다. 여느 때보다도 한 시간 이른 다섯 시 전에 회의를 마치고 잠시 쉬노라니까, 교감인 사키하기가 다가 와,

"함께 나가시지요."

하고 권했다.

사키하기는 모든 일에 재치가 있는 사람이었으나 자기 마음 은 좀처럼 남에게 드러내지 않는 매사에 조심성 많은 사내였다. 그렇기에 그가 권유하자, 요오키치도 거절하지 못하고 따라나 선 것이다.

"교장선생님, 이 집, 아십니까?"

복잡한 큰 거리에서 좁은 길로 들어서자, 셋째 번 술집 앞에 서 사키하기는 걸음을 멈추었다.

"아니, 전혀 모르는데요."

"이 집 오뎅 맛은 일품입니다."

교감이 앞장서서 문 쪽으로 다가서자, 자동식 유리문이 양쪽 으로 열렸다.

"어서 오십시오!"

세 사람의 요리사가 반가이 인사했다.

생각했던 것과는 달리 넓은 홀 안은 손님들로 북적였다. 다다 미가 깔린 조금 높은 자리에 앉자, 유니폼을 입은 얼굴이 하얀

소년이 물수건과 메뉴판을 가지고 왔다.

메뉴는 오뎅 이외에도 게 종류와 조개류의 향토 음식, 전골과 돈가스도 있었다.

"어쩐지 개화기의 메이지 시대 같은 느낌이 들지 않습니까?"

사키하기가 메뉴를 바라보는 요오키치의 얼굴을 바라보면서 말했다.

"음, 정말 그렇군요."

메뉴를 보고 술과 오뎅, 야채 샐러드를 주문하고 나서 사람 키보다 높은 앞뒤의 칸막이를 요오키치는 신기한 듯 두리번거리며 둘러보았다.

앞 칸막이에는 에모토 타케바榎本武場えもとたけば가 그린 하코다테函館はこだて 전쟁 그림이 걸려 있고, 뒤쪽의 칸막이에는 아이누족이 작은 곰을 죽이기 전에 행하는 의식을 그린 그림이 걸려 있었다. 높은 칸막이 때문에 반대편 좌석은 보이지 않아 차분한 분위기였다.

교감이 따라주는 술을 마시면서, 요오키치는 오늘 저녁 자신을 이곳까지 데려와 준 교감을 고맙게 생각했다.

"선생은 교감경력이 몇 년이나 되었지요?"

"5년 됐습니다, 교장선생님."

"아, 그런가요? 벌써 5년이나 됐어요?"

이제는 교장으로 승진해도 좋으리라 생각하면서 사키하기의

벗어진 머리를 바라보며,

"난 이삼 년밖에 안 되었을 거라 여겼습니다."

하고 요오키치는 고개를 끄덕이며 말했다.

그것은 언젠가는 사키하기를 교장으로 영전하게 해주겠다는 고갯짓이기도 했다. 그러나 요오키치는 교감 사키하기를 승진시킬 생각이 딱히 있는 것은 아니었다.

"이건 정말 맛이 좋군요!"

감자가 밤처럼 파근파근하니 맛이 좋았다.

이 말을 들은 사키하기는 기쁜 듯 요오키치의 얼굴을 바라보았다. 음식 맛이 좋다는 칭찬보다 교장이 만년 교감으로서 정년을 마칠 것 같은 자기를 생각해 주는 그 마음 씀이 고마운 것이었다.

"맛있다니 모시고 나온 보람이 있습니다. 오늘 저녁은 마음껏 즐기십시오."

사키하기가 술잔에 술을 따르려고 주전자를 들었을 때였다.

"어서 오세요!"

하는 반가운 목소리가 들려왔다.

무심코 입구 쪽으로 시선을 던진 요오키치는 깜짝 놀랐다. 요즘 들어 전화도 하지 않고 찾아오지도 않는 이도가와 미도리와 그의 오빠가 홀 안으로 함께 들어왔기 때문이다.

여기서 얼굴을 보이면 안 되겠다고 생각한 요오키치는 슬그머니 몸을 안쪽으로 돌려 외면했으나, 입구 쪽으로 등을 돌리고 앉은 사키하기는 누가 들어왔는지 알지 못했다.

그러나 술 주전자를 들고 있던 사키하기는 요오키치의 안색을 보고 곧 알아차렸다. 만나서는 안 될 사람이 들어왔다는 것을 재빨리 눈치챘다.

이도가와 미도리 오누이는 입구 가까운 자리로 안내되었다. 이때는 사람의 키만큼 높은 칸막이가 가림막이 되어 큰 도움이 되었다.

"교장선생님, 저는 구닥다리라서 그런지 모릅니다만, 음식점에서 제자를 만나는 건 질색입니다."

어떤 손님이 옆 칸으로 들어갔는지 눈치챈 사키하기는 나직이 말했다.

"옳은 말씀입니다. 실은 방금 나와 마주치면 안 될 사람이 들어왔지요…."

"알겠습니다. 그럼 나갈까요?"

음성을 더욱 낮춰 사키하기가 속삭이듯 말했다.

"아니요, 지금 일어서는 건 오히려 우스운 일이지요. 그들이 돌아갈 때까지 조용히 마시고 계십시다."

출입구로 나가려면 옆 칸을 지나가지 않으면 안 되었다.

"이거 정말 죄송합니다. 이런 곳으로 모시고 와서 말입니다. 그럼, 교장선생님께서 이쪽으로 자리를 옮기시지요."

사키하기는 자기 자리를 요오키치에게 양보했다. 요오키치
는 허리를 약간 구부리고 그가 앉았던 자리로 옮아 앉으니, 마
음이 약간 놓였다.

두 사람은 다시 술잔을 들었다.

"그런데 그 녀석이 시아란 말인가?"

"설마 그럴 리가."

"아니야, 그놈은 알고 있어."

홀 안 손님들의 말소리가 여기저기서 들려오니, 무슨 말을
해도 남의 얘기에 귀를 기울이는 사람은 거의 없다.

그러나 지금 두 사람은 달랐다. 사키하기가 눈을 크게 뜨고
옆 칸의 대화에 귀를 기울이고 있다가 얼굴을 앞으로 내밀며
요오키치에게 말했다.

"교장선생님, 옆 칸에서 들려오는 여자 목소리는 왠지 저의
제자 같군요. 혹시 저번에 학교로 교장선생님을 찾아온 졸업생
들인가요?"

"그렇습니다. 이도가와 미도리라는….."

"예엣, 이도가와 미도리가 아닙니다. 조금 전에 남자가 '시아!
시아!' 하고 부르지 않았습니까? 그래서 저는 혹시 저의 제자인
키히사카와 시아木久川師亞きひさかわしあ가 아닐까, 말씀드렸
습니다만, 지금 목소리를 들어봐도 역시 키히사카와 시아가 틀
림없습니다."

사키하기는 재빨리 수첩에 木久川師亞(키히사카와 시아)라고 한자로 써서 요오키치에게 보여주었다.

"키히사카와! 이도가와가 아닙니까?"

"맞습니다. 키히사카와입니다. 결혼했다면 이도가와로 이름이 바뀌었어도 이상한 일은 아닙니다만…."

목청이 큰 남자의 목소리가 또 들려왔다.

"시아에게 도대체 어떻게 된 거냐고 묻는 거야."

"아무 일도 없었어요."

이 말을 들은 교감 사키하기는,

"역시 시아입니다. 키히사카와 시아가 틀림없습니다."

하고 단정하듯 말했다.

이미 남자의 이름이 야마하다라는 것은 후지오와 히로코가 에이츠케에게 하던 말을 들어서 요오키치도 알고 있었다. 어쨌든 요오키치에게는 그 두 사람이 지긋지긋한 이도가와 미도리와 그 오빠가 틀림없었다.

"그 애의 집안은 어떻습니까?"

"뭐, 별것은 없고, 아버지는 토건 회사에 근무하는 평범한 가정입니다."

"평범한 가정이라?"

평범한 가정에서 자란 젊은이가 남의 이름을 사칭하고 폭력배와 함께 어울려 다니는 불량한 아가씨가 되어버렸다는 사실에 요오키치는 의아했다.

그러나 교육자인 자기의 아들이 그 여자와 관계를 맺었다는 사실에 대해서는 그다지 관심을 두지 않았다.

"성격은 어떻습니까?"

"아주 솔직하고 순진한 애입니다."

"그런 애가 더 위험합니다. 오히려 악의 길로 빠지기 쉽죠."

요오키치는 침착하게 고개를 끄덕였다. 교장의 품위를 잃지 않으려고 속으로는 자기 자신과의 격렬한 싸움을 벌이고 있었다. 그러나 좀처럼 마음이 가라앉지 않아 제대로 음식을 먹을 수가 없었다.

그러한 요오키치에게 교감 사키하기는 상대의 사정이야 어떻든 간에 술을 권했다.

"자, 아무 걱정하지 마시고 어서 한 잔 더 드십시오. 제가 옆에 있잖습니까. 아무 염려하지 마십시오."

"괜찮아요. 내가 두려워하는 것은 아무것도 없습니다. 그저 상대방이 불량배이기 때문에 약간 걱정스러워서입니다."

요오키치의 표정이 약간 부드러워졌다.

"그 녀석 왜 이렇게 늦지, 에이츠케 말이야?"

하는 목소리가 옆 칸 쪽에서 들려왔다.

요오키치는 또 깜짝 놀랐다. 그의 말에 의하면 에이츠케가 여기에 오기로 되어 있는 모양이다. 그럼 에이츠케는 그들에

의해 강압적으로 이 자리에 불려 오는 것 아닌가?

요오키치는 야마하다와 시아, 에이츠케와의 관계를 전혀 몰랐다.

"그이는 항상 늦어요."

"젠장, 그놈은…."

목소리를 낮춘 키히사카와 시아의 요염한 웃음소리가 들려왔다.

요오키치는 온몸이 꺼져 들어가는 것 같은 전율에 안절부절못했다. 에이츠케의 비행만은 교감의 귀에 들어가게 하고 싶지 않았다. 그러나 이상하게도 야마하다와 시아가 에이츠케와 어떤 관계인지 확인하고 싶은 호기심은 강렬했다.

그러나 에이츠케는 사랑하는 자식 아닌가?

그래서 안절부절못하는 요오키치의 태도를 눈여겨보던 교감도 마음이 불안해졌다.

"교장선생님, 요즘 학생들은 뼈 부러뜨리는 일쯤은 아무것도 아닌 것 같습니다."

"그렇습니다. 옛날에는 학생이 지붕에서 뛰어내리지 않는 한 뼈가 부러지는 일은 없었지요."

"요즘 학생들은 뼈가 약해진 탓일까요?"

"그런 모양입니다. 음식의 영향인지도 모르죠."

"우리 어렸을 때야 음료수라고는 고작 우물물뿐이었어요. 축

젯날이나 되어야 겨우 얼음물이나 사이다를 먹었을 뿐이니까요. 그런데 지금은 단 음식이 너무나 많아요."

"그렇습니다."

"교장선생님, 설탕은 뼈에 해롭겠지요?"

"물론 해로울 겁니다."

"수돗물에서 소독약 냄새가 나는 것 역시 우리 몸에 그다지 좋지 않으리라 생각되지만요."

"그렇고 말고요!"

요오키치는 맞장구쳤다. 조금 전 옆 칸에서 들려온 말소리에 그의 마음이 불안했기 때문이다.

이때 옆방에서 말소리가 들려왔다.

"그 녀석, 정말 굉장한 놈이야! 자기 아버지를 협박해서 돈을 빼내려고 하는 놈이니까 말이야."

"저번에도 말했어요. 이제는 더 이상 아버지에게서 돈을 빼낼 수 없다고 말이에요."

"어쨌든, 그놈에게는 질려버렸어."

"그러나 난 재미있어요."

이런 소리를 듣는 순간 요오키치는 눈앞이 아찔했다. 몽둥이로 머리를 한 대 얻어맞은 것 같은 절망감을 느꼈다. 너무나도 뜻밖의 믿기 어려운 말이었다.

"어쨌든, 그놈에게는 질려버렸어."

라고 말한 야마하다의 말은 그에게 결정적인 해답을 주었다.

요오키치가 조금도 의심치 않고 이도가와 미도리와 그녀의 오빠라고만 믿었던 두 사람은 뜻밖에도 자기 아들인 에이츠케가 아버지인 자기를 협박하여 금품을 빼내려는 앞잡이 역할을 한 것이었다. 더욱 한심한 일은 교장실까지 들어와서 야단법석을 떨었던 자들이다.

요오키치는 분노로 몸을 부르르 떨며 칸막이를 걷어차고 뛰어 들어가 두 연놈을 때려눕히고 싶은 생각마저 들었다.

그 순간 온몸에서 힘이 빠지는 것 같은 허탈감이 요오키치의 마음을 휩쓸었다. 형언할 수 없는 허탈감이었다. 그것은 자기 자식에게 배신당했다든가, 버림받았다는 말로 쉽게 해결될 일이 아니었다.

깊은 땅속으로 침몰하는 것 같은 형언하기 어려운 허탈감이며 지상에 혼자 남은 것 같은 외로움이었다.

"교장선생님!"

하고 사키하기가 낮게 불렀다.

"네?"

"안색이 너무 창백하십니다."

"그런가요? 머리가 좀 아파서요."

요오키치는 이마에 손을 얹었다.

'교감도 조금 전의 그 소리를 들었을까?'

그런 것까지 생각하는 자기 자신이 이상하기도 했다.

"머리가 아프십니까? 그럼 안 됩니다. 교장선생님, 바깥 공기를 쐬는 게 좋겠습니다."

"아니, 괜찮습니다."

'에이츠케의 앞잡이라면 두려울 게 없다.'

요오키치는 고개를 두어 번 저으며 미소 지었다.

"하지만 장소를 바꾸는 게 좋지 않겠습니까?"

사키하기는 요오키치의 태도를 보고 짐작하는 눈치였다.

"고마워요, 교감 선생님. 모처럼 이렇게 대접까지 받았는데, 미안하지만, 옆 칸 사람들이 귀에 거슬리는 말을 하는 바람에 그만 실례를 했어요. 그러나 어차피 이렇게 된 바에야 나도 그들에게 하고 싶은 이야기도 있고 하니 좀 더 동태를 살펴보아야겠습니다. 교감 선생님!"

요오키치의 나직한 소리에 사키하기는 몇 번이나 고개를 끄덕였다.

"잘 알겠습니다. 그럼 저는 먼저 실례하겠습니다."

"미안합니다. 교감 선생님, 오늘 내가 실례를 한 것은 나중에 사과드리겠습니다. 그리고 음식값도 내가 내겠습니다."

"교장선생님도 원 별말씀을. 계산은 이미 다 했으니 염려하지 마십시오."

"아니, 그건 안 됩니다."

"염려 마십시오. 그럼, 천천히….."

사키하기는 이렇게 말하면서 구두를 신더니 키히사카와 시아에게 얼굴이 보이지 않게 카운터 쪽을 보면서 서둘러 밖으로 나갔다.

이제 혼자 남은 요오키치는 벽에 등을 기대고 비로소 안도의 숨을 내쉬었다. 다른 손님들의 목소리 때문에 더 이상 야마하다의 말을 엿듣기는 어려웠다.

문득 요오키치는 에이츠케가 태어나던 날을 떠올렸다.

유난히 맑게 갠 날이었다. 초산이라고는 믿어지지 않게 진통이 시작되자마자 에이츠케는 태어났다. 아들이라는 말을 듣고 기뻐하는 요오키치에게 나이 많은 조산원은 말했다.

"이 아기는 틀림없이 효성이 지극한 아드님이 될 거예요. 어머니에게 산통을 주지도 않고 태어났으니까요!"

요오키치는 그 말을 자랑삼아서 친구들에게 전했다.

이제 그는 혼자 남게 되자, 에이츠케에 대한 증오인지 노여움인지 분간할 수 없는 울화가 치밀어 올랐다.

"절대 용서할 수 없어!"

요오키치는 중얼거리며 입술을 깨물었다.

술집을 나가면서 사키하기가 시켰는지, 종업원이 술과 안주를 가지고 왔다.

"하지만 그놈은 인색하단 말이야!"

다시 옆 칸에서 술에 취한 것 같은 야마하다의 걸걸한 목소리가 들렸다.

"그게 좋잖아요! 돈으로 환심을 사려 들지 않으니까요."

"쳇! 그 작자 너무 두둔하지 마, 시아!"

"두둔하지는 않아요."

"키미코는 가엾게도 시아와 그놈의 관계를 몰랐지?"

'키미코'라고 하는 소리에 요오키치의 마음은 울렁거렸다. 거기서 두 사람의 대화는 끊겼다. 담배라도 피우고 있으리라고 생각하는데, 다시 말소리가 들려왔다.

"인간이라는 존재는 죽으면 끝장나고 마는군. 안 그래?"

"살아봤자, 뭐 뾰족한 수가 없잖아요."

"당치도 않은 말 쉽게 좀 하지 마라!"

"하지만 인간이란 다 결국 죽는 거 아니에요?"

"그야 당연하지. 인간이란 언젠가는 죽게 마련이지. 그런데 에이츠케는 왜 이렇게 늦지? 우리가 허탕 친 거 아닐까?"

"늦더라도 올 거예요."

"그럴까?"

"만약 안 오면 전화를 걸어볼게요. 그 사람 꽁무니는 빼지 않아요."

"흥! 그렇게 그를 믿느냐?"

야마하다가 웃을 때였다.

"어서 오십시오!"

요리사의 큰 목소리가 들렸다.

"거보세요, 왔잖아요?"

기쁜 듯 외치는 시아의 목소리에 요오키치의 얼굴엔 긴장이 서렸다.

"왜 이렇게 늦었나?"

"미안, 미안! 마침 손님이 와서 그랬어. 그래서 바삐 달려왔지, 뭐야."

기분 좋은 에이츠케의 목소리였다. 요오키치는 들고 있던 술잔을 비웠다. 그는 다른 손님들의 대화에는 관심이 없었다. 오직 칸막이 하나를 사이에 둔 저쪽 칸에서 흘러나오는 말소리에만 온 신경을 집중시켰다.

"실패한 것은 야마하다 씨가 멍청히 있었기 때문이에요, 에이츠케 씨."

키히사카와 시아가 애교 부리듯 말했다.

"난 지금까지 한 번도 그런 일은 하지 않았어."

"그럼요, 에이츠케 씨는 약속만은 잘 지키니까요."

"그렇지도 않아. 에이츠케 군은 결혼을 약속한 여자가 몇이나 있더군."

"그런 말은 그만해! 자, 맥주나 마시자!"

요오키치는 눈을 허공에 둔 채 귀를 기울이고 있었다. 아들 에이츠케에게 오늘만큼 형언하기 어려운 혐오와 증오심을 느끼긴 적은 없었다.

"그 아가씨와는 어떻게 되었나?"

"아, 마리 말인가? 지금 서서히 진행 중이야."

"뭐, 서서히라니? 그건 너무 소극적인데. 여자 킬러라는 자네도 그 여자만은 쉽게 손을 못대는 모양이군!"

"그런 말은 하는 게 아니야. 그 여자에게 놀림당하다 꽁무니 빠지게 도망쳐 나온 건 바로 자네 아닌가?"

"그건 어쩔 수가 없었어. 그 여자는 아주 침착하게, '나는 난공불락의 나카하마 마리야, 알겠어?' 하면서 칼날 같은 눈으로 보더군. 그럼 그 여자는 가짜 깡패였나?"

"가짜라고! 자기 생활에는 아무 구애도 받지 않는 부유한 집안의 아가씨야."

"에이츠케 씨! 그 여자가 좋아졌다는 말이에요?"

"그렇다고 좋아하는 건 아니야. 다만 굉장한 다이아반지를 끼고 있는 여자니까, 상대하고 싶은 거지…."

에이츠케의 비겁한 말에 요오키치는 마리의 하얀 손가락에서 반짝이던 다이아반지를 떠올렸다. 집 한 채를 살 수 있는 값어치가 있는 다이아몬드였다.

자기 아버지를 위협해서까지 돈을 빼앗으려고 한 에이츠케가 아닌가. 그렇다면 마리에게 무슨 일을 꾸미고 있는지 짐작이

갔다.

갑자기 세 사람의 목소리가 낮아졌다. 요오키치는 칸막이에 귀를 바짝 갖다 대고 술을 마셨다. 그러나 술은 술맛이 아니었다. 하지만 술을 마시지 않고서는 지금의 불안감을 떨쳐버릴 수가 없었다.

"아버지는 아버지야, 나에겐 나의 인생이 있는 것 아니겠어."

그다지 크지는 않았으나 에이츠케의 목소리가 분명했다. 그 말을 듣는 순간 요오키치는 아내 가츠에의 무표정한 얼굴이 떠올랐다. 자기보다 아내의 피가 더 짙게 흐르는 것 같았다.

'그런 여자지!'

요오키치는 코를 가볍게 문질렀다. 마음이 고운 여자와 결혼했더라면 쓰레기 같은 인간은 태어나지 않았을 것이다.

'더러운 자식!'

요오키치는 회한을 담아 중얼거렸다.

"아아, 하늘에서 돈이 마구 쏟아지면 얼마나 좋을까? 안 그래요, 에이츠케 씨?"

시아의 술에 취한 듯 혀가 꼬부라진 목소리였다.

"돈은 있고도 없는 거야."

"그럴까요? 하지만 돈은 있는 사람에게만 있던데요,"

"머리를 잘 굴려야 해! 에이츠케, 누구한테 들은 얘긴데, 인감을 훔쳐서 토지나 가옥을 빼내라고 하는 사람이 있었어."

"음! 인감 도용이라…."

에이츠케의 무거운 목소리가 들렸다. 지독하고도 악랄한 녀석이다. 이제는 돈이 목적이라면 인감 도용은 물론 문서위조도 태연히 해치울 놈이다.

'나쁜 놈! 내가 너에게 돈 한 푼 줄 것 같으냐?'

식어버린 오뎅을 젓가락으로 자르면서 요오키치는 증오로 몸을 떨었다.

'세상의 보는 눈만 없다면….'

자기가 아들 에이츠케에게 무슨 일을 저지를지도 모르겠다는 생각이 들었다.

"오는 일요일에 이시카리 강石狩川いしかりかわ에 가지 않을래요?"

시아의 녹아내리는 목소리였다.

"이제는 더 이상 이시카리에 가기 싫은데."

에이츠케가 대답했다.

"그럼, 어디로 갈래요?"

"당분간 아무 데도 가고 싶지 않아."

"그럼, 마리라는 그 아가씨와 즐길 작정이세요?"

에이츠케가 뭐라고 나직하게 대답하는 것도 같았다. 또 야마하다와 시아가 뭔가 말하는 소리도 들렸다.

"그래, 그렇단 말이지?"

"그렇지, 바로 그거야."

"과연 자네답군!"

야마하다가 말하자, 시아의 날카로운 목소리가 뒤를 이었다.

"두 사람이 무슨 말을 소곤거리는지, 난 알 수가 없네요."

"너무 화내지 마! 지금부터 좋은 곳으로 데려다 줄 테니…."

에이츠케가 자리에서 일어나는 것 같다.

"어머, 벌써 가시는 거예요? 어딜 가세요?"

"시아, 잠자코 따라와!"

구두를 신은 에이츠케가 먼저 나갔다. 이어 시아와 야마하다가 뒤따랐다.

"고맙습니다."

"안녕히 가세요."

하는 종업원의 목소리가 들렸다.

◈◈◈

얼마나 오래 앉아 있었는지 정신을 가다듬고 자리에서 일어났을 때는 머리의 일부분이 마비된 것 같았다.

음식점에서 밖으로 나온 요오키치는 정처 없이 불빛이 난무하는 거리를 걸었다. 핑크빛 드레스를 입은 젊은 여인이 앞질러 지나갔다. 또 술에 취한 두 사람이 어깨동무하고는 고래고래

소리를 질렀다.

"아! 즐거운 밤이야. 정말 즐거웠어."

요오키치는 얼마쯤 가다 거리의 모퉁이에 있는 가게 앞에서 발걸음을 멈췄다. 그 역시 큰소리로 외치고 싶은 충동에 사로잡혔다. 그러나 뭐라고 외쳐야 좋을지 몰랐다.

"망할 자식!"

에이츠케에 대한 분노는 이 정도의 말로는 억눌러지지 않았다. 목구멍까지 치솟는 분노는 더 이상 말로 표현할 수가 없었다. 짐승처럼 울부짖고 싶은 비통함이 가슴을 훑어 내렸다.

하지만 요오키치는 울부짖지도 외치지도 못했다. 그는 침을 길바닥에 힘껏 내뱉었다.

"어머, 불결해!"

남자의 팔에 매달려 걸어오던 젊은 여인이 눈살을 찌푸리면서 말했다. 요오키치는 여자를 힐끔 보았다.

'뭐가 불결하단 말이야?'

미니스커트 자락 사이로 터질 것 같은 허벅지가 드러나 보였다. 그 뒷모습을 바라보면서 또 침을 뱉었다. 억누를 수 없는 분노가 가슴에서 들끓었다. 요오키치는 그 분노를 누구에게든 터뜨리고 싶었다.

그때 한 여인이 가까이 다가왔다. 가정주부 같은 인상의 여자였다.

"노시지 않겠어요, 선생님?"

"놀다니?"

몸에 착 달라붙는 옷을 입은 여인의 젖가슴은 풍만했다.

"노시다 가세요. 저의 집은 바로 저쪽이에요."

여인은 아양을 가득 담은 웃음을 띠었다.

"뭘 하면서 놀지?"

"어머나, 이분! 남자와 여자가 논다는 건 빤한 일이잖아요."

"하지만 당신에게는 남편이 있을 것 같은데…."

"난 그런 신랑은 없어요."

"그렇게는 안 보이는군."

"그런가요?"

눈 밑에 조그마한 검은 점이 있었다. 이 여자와 하룻밤 노는 것도 그다지 나쁘지는 않을 거라는 생각이 들었다. 그러나 잘못 하면 경찰에 발각될 우려도 있었다.

자신은 교육자이며, 직책이 중학교 교장이다. 하찮은 일로 신문 지상에 오르내리며 떠들썩하게 화젯거리가 된다면 감당 할 수 없다. 그는 누구보다도 사회적 체면을 중시했다.

"드라이브하는 건 어떻소?"

"대찬성이에요."

여자의 목소리는 기쁨에 넘쳤다.

"얼마 주면 되겠어?"

"저어 7천 엔쯤이면 좋아요."

요오키치는 손을 들어 지나가는 택시를 잡았다.

"모이와 산藻岩山も いわやま으로 갑시다."

요오키치가 목적지를 말하자, 여자는 몸을 바싹 붙였다. 그는 서슴없이 여인의 어깨를 껴안았다. 아내 가츠에의 육체와는 달리 뼈가 없는 것처럼 감촉이 부드러웠다. 왠지 모르는 여자를 포옹하고 있다는 느낌은 없었다.

여자는 대담하게 한쪽 다리를 요오키치의 무릎 위에 얹었다. 아내에 대한 증오는 다른 여자를 안고 있는 것만으로는 사그라지지 않았다. 그러나 그의 마음은 웬만큼 가라앉아 있었다.

여자의 옷깃 사이로 슬며시 손을 밀어 넣자 풍만한 가슴에 손이 닿았다. 그러자 여자는 요오키치에게로 몸을 더욱 밀착시켰다.

"당신은 무슨 일을 하세요?"

"무슨 일을 할 것 같은가?"

이따금 거리의 불빛이 차 안을 비췄다. 요오키치는 점점 대담해졌다. 에이츠케에 대한 알 수 없는 증오가 여자의 젖가슴을 더듬게 하였다.

"글쎄요. 주민 센터의 동장님?"

"공무원으로 보이나?"

"그럼, 학교 선생님?"

"내가 퍽 고지식해 보이는 모양이군."

속으로 깜짝 놀라면서 젖가슴 만지던 손을 멈추었다.

"아니요. 학교 선생님이라도 그다지 샌님 같지는 않아요. 좀 인색해 보일 뿐이죠."

"그럼 나도 그렇게 보인단 말인가?"

"꼭 그렇지는 않아요."

여자는 요오키치의 무릎 위에 얹었던 다리에 힘을 주었다.

"난 가난한 농촌의 부동산업자야."

"그게 정말이세요?"

여자는 요오키치의 얼굴을 넌지시 보았다.

"거짓말이에요. 햇볕에 조금도 타지 않았는데요, 뭐."

"시골 땅을 팔고 사고 하면서 살지."

"그래요? 그렇다면 꽤 수지가 맞겠네요."

"아니, 그렇지도 않아."

여자의 부드러운 젖가슴에 다시 손을 대면서, 이렇게 즐기는 방법도 있구나 하고 요오키치는 감탄했다.

사실 그는 여자와 즐기는 방법을 거의 몰랐다. 물론 여자가 싫어서가 아니었다. 여자에게 빠져 향락을 누리고 싶은 마음이 전혀 없었기 때문이다. 교육자라는 나름의 신념도 있었지만, 아내 가츠에만으로도 충분한데, 쓸데없이 돈을 낭비할 생각이 없었다.

조금이라도 모아 자식들에게 남겨주고 싶은 마음뿐이었다. 그런데 지금은 가지고 있는 돈을 자기 자신을 위해서 아낌없이 써버리고 싶었다.

요오키치의 지난날은 쓰고 싶은 것 하나 마음대로 쓰지 못하고 절약과 근검으로 살아온 게 일상이고 전부였다. 이제는 히로코와 후지오에게만 물려주고, 에이츠케에게는 한 푼도 남겨주고 싶지 않았다.

"그건 좋은 직업이네요."

"그럴까?"

여자는 눈을 감고 요오키치의 어깨에 머리를 기대었다. 운전사는 손님에게는 관심이 없다는 듯 말도 걸지 않고 묵묵히 차만 몰았다. 차 안의 라디오에서 유행가가 흘러나왔다.

요오키치는 문득, 거리에서 유혹하다 만난 이 여인에게 에이츠케의 애기를 하고 싶은 충동이 일었다.

"난 재산을 좀 가지고 있는데, 재산이 있는 게 좋지 않아."

"그러나 없는 것보다는 낫죠."

"그럴까? 내 아들은 지독한 녀석이야. 폭력배 같은 녀석을 보내 나를 협박해서 3백만 엔을 빼앗으려고 했지."

"어머나! 아드님이! 믿을 수 없는 얘기군요."

"믿을 수 없지. 어처구니없는 노릇이니까 말이야."

"그게 정말이에요? 그게 사실이라면, 그런 자식은 내쫓아 버리는 게 낫잖아요?"

"그렇군. 내쫓아 버리는 방법도 있었군!"

"나 같으면 아주 인연을 끊어버리겠어요. 그런 작자는 자식이 아니에요. 어버이를 어떻게 알고 그런 짓을 하는 것인지…."

여자는 화가 난 듯 거칠게 말했다.

"본인은 아무것도 아니라고 생각할 거야."

"그런 자식은 돈을 위해서라면 부모의 목도 조를지 몰라요."

"그렇겠지…."

에이츠케라면 무슨 짓을 하고도 남을 거라고 요오키치도 생각했다.

"아들은 그 아들 하나뿐인가요?"

"아니, 다른 아들은 아주 얌전하지."

"어째서 그런 자식이 태어났을까요? 저도 부모님께 그다지 효도하지는 못하지만, 매월 만 엔 정도는 부모님께 송금해 드리고 있어요."

"아, 그래? 그건 기특한 일이군."

"뭐, 그다지 기특한 일은 아니지만…."

"부모에게 얼마간의 돈이라도 보내드리는 그 마음가짐이 기특한 거지."

하고 요오키치는 칭찬했다.

그러자 여자는 요오키치의 귓전에 입을 대고서,

"나 같으면 그런 자식은 죽여 버리겠어요."

"뭣, 죽여 버려?"

"난 성격이 과격하니까요."

여자는 묘하게 웃었다. 요오키치는 여자가 아들의 소행에 격분해서 흥분하는 데 위안을 받았다. 더구나 '죽여 버리겠다.'라는 그 말을 듣고 자기 마음이 기뻤다는 점에 속으로 놀라기까지 했다.

차는 어느새 모이와 산 아래를 달리고 있었다. 차츰 거리의 집들은 적어지고 사방은 더 짙은 어둠에 싸여갔다.

여자는 손을 요오키치의 무릎 위에 얹었다.

"저어…."

하고 여자는 또 속삭였다.

여자의 풍만한 몸이 요오키치에게 밀착되어 있었지만, 그는 교육자인지라 젖가슴을 가볍게 만지작거리는 외에 다른 짓은 하지 못했다.

운전사가 바로 눈앞에 있고, 언제 뒤쪽을 볼지도 모른다.

어느새 차는 산 입구로 접어들었다. 이윽고 헤드라이트를 멀리 비추면서 올라가기 시작했다.

지금 요오키치는 여자와 함께 지구의 어느 구석을 여행하는 기분이었다.

"당신 부모님은 지금 어디 계시오?"

"저의 부모님이요? 큐슈九州きゅうしゅう에요. 큐슈의 나가사키長崎ながさき!"

"그럼, 나가사키 태생인가?"

"예, 태생은 시고쿠四國しこく의 도쿠시마德島どくしま예요."

"그럼, 혼자 이 홋카이도北海道ほっかいど에 왔군."

"한 번 결혼했어요. 나가사키에서 결혼했다가 못 살아서 도 망쳐 나왔어요."

"못살아서? 남편이 외도라도 했단 말인가?"

"아니에요. 회삿돈을 유용해서 써버렸어요. 돈내기 마작을 하면서⋯."

"그래? 돈내기 마작을 했다는 말이군!"

"노름하는 남자란 쓸모없고 인정머리 없어요."

"그런가?"

"그래요. 마누라보다 돈이 더 소중한 것 같아요."

여자는 저주하듯 말했다.

"돈이 생명보다 소중하다는 잔인한 남자는 싫어요. 너무나 냉혹하니까요."

에이츠케를 죽여 버려야 한다고 한 말은 이 여자의 과거와 연관이 있는 것이었다.

차는 오른쪽에서 왼쪽으로 이리저리 커브를 돌면서 산 정상 을 향해 올라갔다. 왼쪽 산기슭에 자리한 집들의 불빛이 점점이 보였다.

그 불빛 속에는 교감인 사키하기의 집 등불도 있을 것이다. 어쩌면 교감도 키히사카와 시아와 야마하다의 대화를 듣고 에이츠케와의 관계를 눈치챘는지도 모른다.

아니면 키히사카와 시아를 찾아가 에이츠케에 관한 비밀을 밝혀낼지도 모른다. 교감은 충분히 그러고도 남을 위인이다.

그러한 사키하기의 입을 막으려면 시내에 있는 작은 중학교 교장으로 영전하게 해주면, 그는 은혜에 보답하는 의미에서라도 입을 다물 것 아닌가.

"뭘 그렇게 골똘히 생각하고 계세요?"

"응, 거리의 불빛이 너무 아름다워서…."

"하지만 거리의 불빛이 아름답다고 해야 그저 불빛일 뿐이죠. 저 불빛 아래서 살고 있는 사람들이 모두 행복하게 산다고는 단언할 수 없거든요."

여자의 말투는 여전히 자포자기적이었다.

바로 그때, 차는 커다랗게 곡선을 그리며 돌더니 돌연 급정거했다. 요오키치가 탄 택시와 반대편에서 마주 오던 차가 동시에 브레이크를 밟았다.

맞은편의 차가 중앙선을 넘어 빠른 속력으로 질주해 온 것이다. 두 차는 아주 좁은 간격을 두고 위기일발의 순간에 동시에 정지했다.

여자와 함께 앞으로 쏟아질 듯 했던 요오키치는 갑자기 심장이 멎는 것 같은 충격을 받았다.

만약 이런 여자와 함께 타고 있다가 돌발적인 교통사고라도 난다면, 그것은 망신이 아닐 수 없고, 자신의 인생에 있어서 감당할 수 없는 대형 사고다.

오랜 교원 생활 동안 불상사를 일으켜서 면직된 몇몇 선배와 동료들의 모습이 눈앞을 스쳐 갔다.

산 정상 공터에서 차를 내려 화려하게 반짝이는 삿포로의 불빛을 내려다보면서도 요오키치의 심장 고동은 좀처럼 가라앉을 줄 몰랐다.

그는 자주 코를 문질렀다. 그것은 그의 언짢은 마음의 표시이며 동요가 일 때 하는 작은 버릇이기도 했다.

해당화 여인

하나호토리花畔はなほとり라는 작은 거리를 사람들은 반나구로ばんなぐろ라고 불렀다.

삿포로에서 약 10킬로 정도 떨어진 곳, 이시카리 바다로 향하는 도중에 자리 잡고 있는 반나구로 거리를 게이치의 차가 지나가고 있었다. 차 안에는 히로코가 동승하고 있었다.

잠시 후 길가의 집들은 보이지 않고 짙은 포플러 사이로 이시카리 강이 오른쪽으로 보이기 시작했다. 폭이 2백 미터나 되는 푸른 물빛의 강이 여유롭게 흘러가고 있었다.

6월의 하늘은 맑게 개어있고, 푸른 하늘빛조차 깃들어 있지 않은 강물은 느리게 어디론가 흐르고 있었다.

히로코는 강물을 바라보다가 자기도 모르게 눈을 감았다. 그녀의 손에는 하얀 카네이션과 노란 국화꽃 다발이 들려있었다.

니시이 키미코가 죽은 지 벌써 반년이나 지났다. 키미코의 남루한 시체가 흘러가 닿았다는 이시카리 강에 처음으로 히로코는 게이치와 함께 꽃다발을 들고 찾아온 것이다.

마침내 강바람에 시달린 빨간 함석지붕들이 잇대어 있는 이시카리 읍내로 조심스럽게 차를 몰아 들어갔다. 거리 양쪽으로는 낡은 집들이 즐비하고, 그 가운데 석조와 기와지붕도 드문드문 보였다.

이 거리에서 눈이 내리는 날 썰매를 타고 삿포로의 니시이 이찌지로에게 시집갔다는 키미코의 어머니는 어디서 자랐을까 하고, 히로코는 감회에 젖은 눈길을 들어 전설 같은 집들에 던지고 있었다. 왼쪽으로 모래 언덕이 길게 이어지는 이 거리는 왠지 모를 쓸쓸한 적막한 느낌이 들었다.

"선착장으로 가볼까?"

게이치가 얼굴에 미소를 지으며 옆에 앉아 있는 히로코를 바라보았다.

"그러죠."

폐가 같은 작은 과자점이 있는 모퉁이를 돌아가자, 트럭과 승용차 대여섯 대가 줄을 지어 멈춰 서있었다. 바로 그 앞에 선착장이 있었다. 게이치는 선착장에서 조금 떨어진 강가에 차를 세웠다.

탁한 강물 위를 조그마한 나룻배가 일여덟 명의 손님을 태우고 물보라를 일으키면서 난폭하게 물결을 가르는 나룻배의 발동기 소리가 강물보다 더 한가로웠다.

강폭은 넓어져서 거의 3백 미터는 되어 보였다. 이렇게 물로 가득 차 있는 어느 곳에서 키미코의 작은 시체가 떠올랐을 것이다. 오빠 에이츠케의 매정한 태도에 실망한 나머지 스스로 자신의 목숨을 끊은 키미코의 슬픔이 새삼 그녀의 가슴을 아프게 파고들었다.

발동기 소리와 함께 나룻배가 가까이 다가와 강가에 닿았다. 그러자 차들이 꼬리를 물고 차례차례 내려오기 시작했다. 차가 다 내려오자 기다리고 있던 트럭과 승용차들이 차례로 배로 달려 들어갔다.

잠시 후 선착장을 떠난 나룻배는 순식간에 강 한복판에 이르렀다. 나룻배는 건너편 기슭 푸른 들판에서 검은 말이 긴 목을 늘어뜨리고 풀을 뜯는 강가에 1분도 채 되지 않아 닿았다.

그쪽 강변에 빨강과 파란색의 나직한 지붕들이 굴참나무 사이로 드문드문 보였다. 그림 같은 풍경이었다. 하지만 그 순간 히로코는 그것을 즐기는 것은 사치라고 생각했다.

"어쩌면 어두운 밤이었는지도 몰라!"

강 위에 보이다 안 보이다 하면서 떠내려오는 나무토막에 눈길을 던지며 히로코는 혼잣말처럼 중얼거렸다.

"어두운 밤?"

"네."

"아아, 그렇군."

그녀가 키미코에 대해 말하고 있음을 재빨리 알아챈 게이치는 고개를 끄덕였다.

새 한 마리가 강 위를 날면서 길게 울었다. 울음소리는 고양이 소리와 비슷했다.

"꽃다발은 어디에?"

"더 하류 쪽으로 가서 바치려고 해요."

나룻배가 끊임없이 오가는 소란스러운 곳에 꽃다발을 띄우고 싶지는 않았다.

다시 차에 올라탄 두 사람은 모래언덕이 계속 이어지는 강어귀로 향했다.

"어머, 정말 예쁘기도 해라!"

모래 언덕에 수놓은 듯 작은 꽃송이의 해당화가 빨갛게 피어있었다. 모래와 거센 바닷바람 때문에 높이 자랄 수가 없었던 모양이다. 모래 위에 그냥 놓인 것처럼 나직하게 피어있어 애처롭게 보였다.

넓은 모래 언덕 위에 8명가량의 사람 그림자가 흩어져 있을 뿐 주말인데도 한가로웠다. 사진을 찍는 젊은 남녀도 있었다.

커다란 젖소 대여섯 마리가 풀이 없는 강가의 모래밭을 천천히 걸어왔다. 소가 지나간 후에 두 사람은 차에서 내렸다.

"꾀꼬리가 울어."

게이치는 히로코를 돌아보며 약간 명랑한 음성으로 말했다.

"정말 그렇군요. 어머, 종달새도 울어요."

그녀는 게이치 곁으로 가서 하늘을 올려다보았다. 거센 바람 때문인지 종달새는 기류에 밀려 떠돌며 끊임없이 날개를 움직이면서 공중을 맴돌았다.

"마치 종달새가 날아다니면서 즐기는 것 같아!"

게이치의 손이 그녀의 어깨 위에 살며시 얹어졌다.

다소곳하게 꽃다발을 든 히로코는,

"어쩐지 키미코 씨에게 죄를 짓는 것 같아요. 저는 이렇게 살아있어서 너무나 행복한데…."

하면서 게이치를 쳐다보았다.

바로 그때, 조금 떨어진 모래 언덕엔 관찰하듯 두 사람을 지켜보는 니시이 오사무의 그림자가 앉아 있었다.

오사무는 오늘 두 사람이 여기 온다는 걸 이미 알고 있었다. 오늘 아침 외사촌 시무라 후사유키가 아버지 이찌지로에게,

"외삼촌! 오늘 오후 이마노는 히로코 양과 함께 이시카리 강으로 갈 모양입니다. 키미코에게 꽃다발을 바치러 간다고 하던데요."

하고 말한 것이다.

후사유키는 게이치가 이찌지로를 모시고 가는 것은 왠지 그

의 마음을 더욱 슬프게 할 것 같아 그들 둘만 가겠다고 말하더라는 것까지 덧붙여 알려주었다.

그 말을 듣자, 오사무는 벌컥 화가 났다.

'이제야 꽃다발을 강물에 던진들 그게 무슨 소용 있나?'

그런 짓 해 봤자, 반년 전에 죽은 동생 키미코가 되살아날리 없다. 쓸데없는 짓이다. 오사무는 꽃다발을 든 히로코가 게이치 곁에 서 있는 모습을 상상만 해도 불쾌했다.

게이치는 몇 번인가 후사유키와 함께 그의 집에 와서 논 일이 있었다. 그러한 그의 솔직하고 꾸밈없는 성품에 오사무도 반감을 품을 수 없었다. 그런가 하면 두 사람이 장기를 두면서 즐긴적도 있었다. 하지만 게이치와 히로코 두 사람이 서로 사랑하고 있다는 사실은 별로 달갑게 여기지 않았다.

겨울 어느 날 저녁, 자기 집을 찾아온 히로코를 냉정하게 쫓아 보낸 것도 오사무였다.

오사무는 그때의 매우 솔직하던 히로코의 모습이 아직도 마음속에 자리 잡고 있다. 상대하기 싫은 에이츠케의 누이동생이라고 생각하면서도 쓸쓸히 돌아가던 그녀의 모습이 지금도 잊히지 않았다.

웬일인지 그녀의 마음을 아프게 했다는 죄책감이 오사무의 가슴속에 도사리고 있는 것은 무엇 때문일까.

한편으로는 에이츠케에 대한 증오심을 불태우는 것 같기도 해서 그녀에 대한 감정은 더욱 복잡하고 애매하기만 했다.

혼자 있을 땐 문득 히로코의 모습을 떠올릴 때도 있었다. 그녀의 검은 눈동자가 슬픈 듯 자기를 바라보는 모습에 오사무는 당황하면서 그 환영을 뿌리쳐 없애려고 애쓰기도 했으나, 그 모습을 눈앞에 그려보는 알 수 없는 그리움에 젖기도 했다.

오사무는 외사촌 후사유키가 불러서 중국 요릿집으로 갔다가, 거기서 생각지도 않았던 히로코를 보고 자기도 모르게 뛰쳐나온 적도 있었다. 그때는 에이츠케의 누이동생이기 때문에 그녀가 경멸의 대상이라고 말할 수는 없는 미묘한 감정의 흐름을 느끼지 않을 수 없었다.

지금 게이치와 어깨를 나란히 하고 강가에 서있는 그녀의 모습을 지켜보는 오사무의 마음은 더 복잡해졌다. 50미터가량 떨어진 곳에 자기가 있다는 것을 두 사람은 아마 상상도 하지 못할 것이다.

해당화가 여기저기 붉게 피어있는 모래 언덕에 앉아 어두운 눈초리를 두 사람에게 던지고 있는 오사무의 기분은 묘하게 들떴다.

히로코는 멀리서 보아도 아름다웠다. 게이치의 얼굴을 쳐다보는 모습도, 꽃다발을 들고 있는 손도, 걷는 모습도 모두 아름다웠다.

'건방진 에이츠케의 누이동생이….'

지금 애인과 함께 행복한 듯 강가에 서 있다. 그러나 키미코는 죽었다. 에이츠케의 누이동생이 행복하게 놔둘 수는 절대로 없다고 오사무는 또다시 절망적으로 생각했다.

그녀를 행복하게 내버려두는 것은 죽은 동생 키미코를 더욱 불행한 길로 밀어내는 것과 같았기 때문이다.

한편 히로코가 아버지 이찌지로는 물론 외사촌 형인 후사유키와도 어느새 친해졌다는 사실에 오사무는 더 화가 났다. 혼자만 외톨이인 것 같은 느낌에 혼란스러웠다. 오사무는 그러한 생각 때문에 이시카리까지 한 발짝 먼저 왔는지도 모른다.

'정말 미워할 수 없는 여자일까? 아! 히로코….'

오사무는 두 사람의 모습을 바라보면서 자기 마음속에 검은 질투의 불꽃이 타오르는 것을 느꼈다. 그러한 오사무의 질투 어린 시선이 섬광처럼 꽂히는 것을 게이치와 히로코는 꿈에도 생각지 못했다.

두 사람이 강가에 서서 묵념하고 꽃다발을 강물에 던졌을 때, 오사무의 입술은 일그러지고 눈에는 더욱 짙은 어두운 그림자가 불꽃처럼 깔렸다.

꽃다발은 강물 위에 그대로 맴돌며 떠내려가지 않았다.

"왜 저럴까요?"

"만조인가."

게이치가 말한 대로 꽃다발은 강물이 흐르는 데도 흘러가기는커녕 그대로 맴돌고 있었다.

"어쩐지 키미코 씨가 저 아래에 있는 것 같군요."

게이치는 말없이 꽃다발에 시선을 주고 있었다.

"그렇게 생각되지 않아요?"

"히로코!"

약간 차가운 음성으로 게이치가 불렀다.

"네?"

"이젠, 이것으로 키미코 씨를 잊어버려야 해!"

"왜요?"

"9월이면 당신은 내 아내가 될 사람이야. 슬픈 일은 모두 잊었으면 좋겠어."

"네에…."

"당신이 키미코 씨의 죽음을 안타깝게 생각하는 마음은 너무 잘 알아. 나도 그런 당신의 고운 마음씨를 좋아해. 하지만 키미코 씨의 일만은 그대의 책임이 아니야. 안 그래?"

"물론이에요. 제 오빠의 책임이죠."

"그렇고말고. 그러니까 밝은 마음으로 내 신부가 되었으면 좋겠어."

그는 히로코의 손을 잡고 걷기 시작했다. 그녀는 또 강물 위 그 자리에 떠 있는 꽃다발을 바라보았다.

약간 물기를 머금은 강가의 모래밭은 걷기에 편했다. 방향을 알 수 없는 바람이 입고 있는 카디건 옷자락을 가볍게 날렸다.

"바람을 거스르며 강변을 거니는 것도 흥취 있군."

"그렇군요."

히로코는 순간 사람이 살아간다는 것은 바람을 향해서 걸어가는 것과 같을지도 모른다고 생각했다.

백 미터 정도 떨어진 모래 언덕 아래 바다가 넓게 펼쳐져 있고 이시카리 강의 탁류가 흘러들고 있었다.

"이건 바다 냄새가 아니야."

뭔가 좋지 않은 냄새가 코를 어지럽혔다. 강가에 소녀 두셋이 소리를 지르면서 재잘대고 있었다.

물결에 떠밀려 온 게를 막대기로 끌어당기려고 손을 놀리면서 게를 놓칠세라 재잘재잘 떠들어댔던 것이었다. 게는 푸른빛을 띠고 있었다.

히로코는 이 강가로 떠내려오는 사람의 시체에 많은 게들이 모여든다는 말을 들은 적이 있었다. 그렇다면 키미코는 강어귀까지는 떠내려오지 않았던 걸까.

파란 게들이 옆걸음으로 도망치는 모습을 바라보다, 그녀의 마음은 갑자기 우울해졌다.

"무엇을 골똘히 생각하지?"

"아무것도 아니에요. 바다 저쪽에는 다른 나라 사람들이 살고 있겠지, 하는…."

"과연 그럴듯하군! 당신은 눈에 보이지도 않는 것을 상상하는 사람 같아."

히로코의 마음을 우울하게 만든 또 다른 이유가 있었다. 엊저녁 아버지가 들려주던 말이 생각났다.

요오키치는 약주를 들면서 아주 기분이 좋은 듯 말했다.

"히로코, 시집가는 데 필요한 게 있으면 뭐든 말하려무나. 사양 말고 말이야."

옆에서 그 말을 들은 에이츠케는,

"여자가 결혼하는 데 장롱에 화장대, 그리고 냉장고에 세탁기 하나씩만 있으면 충분할 거야."

하고 말했다.

그러나 요오키치는 신기하게도 그에게 도전하듯 말했다.

"그렇지 않아. 될 수 있으면 집 한 채라도 사주고 싶다."

"집을 사줘요? 집은 남자가 마련하는 법이에요."

"아니야. 신부 부모가 마련해줘도 괜찮아."

"정말입니까, 아버지?"

"정말이고말고."

"그럼, 저도 당장 결혼할까요? 집 한 채 생기게 말이야."

"너는 당분간 결혼할 생각 없다고 하지 않았느냐?"

"마음의 변화라는 게 있습니다, 아버지."

"그러냐? 그러나 너는 남자다. 너 스스로 집을 장만하는 게 좋아."

하고 요오키치는 쏘아붙였다.

아버지 요오키치는 장남인 에이츠케를 대할 때 비위를 맞추려는 경향이 있었다. 그러나 오늘의 태도는 어딘지 달랐다.

지난번까지만 해도 그는 나카하마 마리와 에이츠케 두 사람이 인연을 맺기를 바라는 것처럼 말했다. 하지만 그는 자신의 마음을 입 밖에 내지 않았다.

"저 스스로 집을 마련하라고요? 그런 법이 어디 있습니까?"

"너는 집은 신랑이 마련하는 거라고 말하지 않았느냐?"

"그랬습니다. 그러나 지금은 다른 얘기예요. 히로코에게 집을 사줄 정도면 제게도 집 한 채쯤 마련해줘도 되지 않습니까?"

"재산의 양도는 강요당하는 것이 아니다. 소유자의 자유의사에 달린 거다."

"그러나 아버지가 돌아가시면 어차피 저희에게 돌아올 재산이니까요."

"죽을 때까지는 어디까지나 내 재산이다."

"흥!"

에이츠케는 요란하게 위스키 잔을 테이블 위에 놓고 물끄러미 아버지의 얼굴을 보았다. 또한 요오키치도 그런 아들의 얼굴을 꼼짝도 하지 않고 마주 보았다. 옆에서 보면 불꽃이 튀는 것 같은 두 사람의 날 선 시선이었다.

"죽을 때까지 내 재산이라…."

에이츠케는 아버지가 한 말을 되뇌고 나서,

"좋은 말씀입니다."

하고 코웃음을 쳤다.

"에이츠케!"

돌연 요오기치의 목소리가 거칠어졌다.

"왜 그러십니까?"

그는 뭔가 말하려고 입술을 달싹였으나 돌연 시선을 딴 곳으로 던지더니,

"히로코, 아버지 이부자리 좀 펴라."

하고 부드럽게 말했다.

침실에서 이부자리를 펼 때 요오키치가 들어왔다. 그는 잠깐 방바닥에 아빠 다리를 하고 잠자코 앉아 있다가 입을 열었다.

"히로코, 알았니? 아빠가 집 한 채 사줄 테니, 이마노 군에게도 내 말 전해주려무나."

"그렇지만, 오빠가 화를 내고 있어요."

"화를 내건 말건 내버려 두어라. 그 자식은 인간이 아니야."

"인간이 아니라니요?"

에이츠케는 좀 냉혹한 면이 있기는 하다. 하지만 아버지가 에이츠케를 그처럼 비난하는 것은 처음이었다.

"그놈은 말이다. 너도 잘 알아둬야 해. 불량배를 시켜 이 아비

로부터 돈을 빼앗으려 드는 지독한 놈이란 말이다.”

요오키치는 지난번 야마하다 패거리가 음식점 칸막이 방에서 했던 말을 히로코에게 그대로 전해주었다. 그것은 이미 히로코나 후지오가 예상하던 일이었다. 그러나 아버지의 입을 통해 직접 이런 말을 듣고 보니 히로코도 오빠의 무섭고 악랄한 행동에 새삼 전율하지 않을 수 없었다.

조용히 응접실로 돌아오자, 에이츠케가 기다렸다는 듯 그녀를 노려보면서 말했다.

“히로코, 너 아버지에게 고자질했지?”

“그런 일 없어요.”

“지금까지 안방에서 무슨 이야기를 하고 왔니?”

“아무 말도 하지 않았어요. 오빠는 괜히 야단이야.”

“아무튼 너에게만 집을 사준다니, 그건 너무나 불공평해. 난 용납할 수 없어.”

그가 글라스에 얼음을 거칠게 넣으면서,

“후지오, 너도 그렇게 생각하지 않느냐?”

하고 텔레비전을 보고 있는 후지오를 돌아다보았다.

“아니요. 저는 히로코에게 집 한 채 마련해주는 건 대찬성이에요.”

“그럼, 나에게 집 한 채 사준다는 것에 대해서는 어떻게 생각하느냐?”

"그것은 아버지의 뜻에 달렸지요."

"뭐, 아버지의 뜻이라고? 얘야, 웃기지 마라. 아버지가 끝까지 그리한다면 나에게도 생각이 있다."

에이츠케는 침울한 웃음을 띠고 위스키를 마셨다.

이와 같은 엊저녁의 일을 떠올리면서 히로코는 말없이 강물을 바라보았다. 이시카리 강은 온갖 더러운 오물을 바다로 흘려보내고 있었다. 혼탁한 흐름이 끊임없이 바다로 흘러가는 넓은 이시카리 강어귀에 서 있는 그녀에게, 키미코의 죽음은 안타깝고, 오빠 에이츠케의 존재가 한없이 원망스러웠다.

후미코는 이제 키미코의 외로운 영혼이 모래밭의 해당화로 다시 피어나라고 마음으로 빌었다.

게이치와 이렇게 둘이 서 있는 것은 물론 즐거웠다. 그러나 그 즐거운 마음을 도려내는 어떤 것이 히로코의 마음속으로 엄습해 들어왔다.

"이제 석 달 남았군!"

게이치는 모래밭 위로 떠밀려 온 나무토막을 집어 힘껏 바다에 던졌다.

"그렇군요. 결혼식이 9월 3일이니까, 꼭 석 달 남았어요."

"그래, 오늘이 6월 3일이니까, 앞으로 꼭 석 달 남았어."

"저어…."

"응?"

"화내지 않으시겠어요?"

"글쎄, 화낼 일이라면 내야지."

그들은 니시이 오사무가 모래 언덕을 어슬렁거리면서 멀리서 두 사람을 지켜보고 있다는 것을 아직도 까맣게 모르고 있었다.

나무에 와 닿는 바람에도

후지오는 은행주차장에 차를 세우고 손목시계를 보았다. 오후 3시 9분 전이었다. 그는 고객 섭외를 맡고 있었다. 비교적 과묵한 자신에게 고객 유치 업무는 성격상 적합하지 않다고 생각했지만, 그의 업무성적은 의외로 순조로웠다.

고객들의 집을 방문하여 정중하게 인사를 건네고 겸손하게 용건을 말하는 후지오에게 사람들은 좋은 반응을 나타냈다.

"너무 무리한 요구를 하면 거절하기 쉬운데, 당신은 그렇지 않아서 좋아요."

라고 말하는 남자 고객에 이어서,

"후지오 씨, 당신을 보면 다른 사람에게도 소개해 드리고 싶은 생각이 들어요."

하고 친구를 소개해 주는 여인까지 있었다.

그것은 그들이 단순히 후지오를 아껴줄 뿐만 아니라, 그의 내면에 깊고 성실한 인품이 엿보였기 때문이었다. 그러나 오늘은 마음먹은 대로 고객 유치를 하지 못했다.

방문한 집들이 비가 오는데도 불구하고 모두 부재중이었기 때문이다.

물론 거래의 특성상 좋은 날도 있고, 궂은날도 있다고 생각은 하면서도 허탕을 친 탓인지 피로를 느끼면서 황급히 은행 문을 밀고 들어섰다.

폐점 시간인 4시가 되어 셔터를 내리기 시작하였으나, 오히려 은행 안은 손님들로 활기를 띠고 있었다. 기다란 간이의자에는 기다림에 지쳐 보이는 고객들이 줄지어 앉아 있고, 그 손님을 담당 직원이 순서대로 부르는 소리가 들려왔다.

후지오가 손님들의 곁을 목례하며 지나갈 때였다.

"후지오 씨!"

하고 부르는 명랑한 여자의 목소리가 들려왔다. 돌아다보니 포도 빛 레이스를 걸치듯 입은 나카하마 마리가 미소를 띠면서 의자에서 일어섰다.

"아, 네."

마리가 은행에 모습을 나타낸 것은 뜻밖의 일은 아니지만, 후지오의 가슴은 왠지 두근거렸다.

"나 지금까지 후지오 씨를 기다리고 있었어요."

"아, 그런가요?"

직원들과 손님들의 시선이 집중되는 것 같아서 그는 애써 태연한 척 대답했다.

마리는 서슴없이 후지오에게 다가와 속삭이듯 말했다.

"당신 고객이에요. 적은 돈이지만 정기예금을 하고 싶어요."

"참으로 고마운 말씀입니다."

마리에게는 언제나 거리를 두고 대하던 후지오도 오늘만큼은 그녀의 호의가 매우 기뻤다. 왜냐하면 하루 종일 비도 오고, 고객 유치도 허탕을 쳤기 때문이다.

후지오는 한쪽에 칸막이가 되어 있는 응접실 의자에 그녀를 앉혔다.

"정말 고맙습니다."

후지오는 다른 사람들의 시선을 피할 수 있어서 겨우 침착함을 되찾았다.

"정말 기쁘세요?"

"물론이죠. 특히, 오늘은 실적이 나빠서 실망하고 있던 참이었습니다."

"그런가요? 그렇다면 저도 기쁘군요. 그러나 후지오 씨가 기뻐하시는 얼굴을 보기 위한 방법이 예금밖에 없다면 더 큰 일 아니겠어요?"

"뭐, 그렇게까지….."

왜 그런지 마리에게 무뚝뚝하게 대하는 후지오 자신도 그 까닭은 알 수가 없었다.

마리는 곁눈으로 후지오를 힐끔 보며 고운 손으로 핸드백을 열었다. 이때 여자 행원이 차를 가지고 왔다.

"우선 백만 엔 예금할게요."

마리는 종이에 싼 돈을 후지오의 앞에 놓았다.

"백만 엔…, 그렇게 많이요?"

마리는 스물너덧 살의 젊은 여성 아닌가. 후지오는 정기예금이라면, 만 엔이나 2만 엔 정도 예금하리라고 생각했다. 액수의 많고 적음을 떠나 그녀의 호의가 더 고마웠다. 그랬는데 백만 엔을 예금한다는 말을 듣고 깜짝 놀랐다.

"왜, 백만 엔은 안 되나요?"

"아닙니다. 다만….."

"다만, 뭐요?"

"젊은 당신에게는 어울리지 않는 너무 많은 큰 금액이라 그렇습니다. 부모님께서는 돈이 많은 모양입니다."

"후지오 씨!"

마리는 새삼 정색하며 불렀다. 종이에 싼 돈을 세기 시작하던 후지오가 마리를 바라보았다.

"그 돈이 어떤 돈이라고 생각하고 계세요? 결코 부모님께 받은 돈이 아니에요."

"그림이라도 팔았나요?"

"아직 그렇게 비싼 그림은 못 그리고 있어요. 이 삿포로로 온 지 겨우 4개월밖에 안 되었으니까요."

"그렇군요."

"아시겠어요?"

"글쎄, 잘 모르겠는데요."

"반지예요. 오팔반지를 팔았어요."

"반지를요?"

"맞아요. 반지를 팔아서라도 후지오 씨가 기뻐하는 얼굴을 보고 싶었거든요. 제가 가엾지요."

후지오는 아무 대답도 하지 않고 지폐를 다시 세기 시작했다. 그런 후지오를 바라보는 마리의 눈에는 즐거운 미소가 감돌았다.

"틀림없이 백만 엔입니다. 기한은 1년으로 하시겠습니까, 아니면⋯."

"1년으로 해주세요. 그런데 후지오 씨는 정말 냉정한 사람이군요."

"마리 씨 죄송합니다만, 잠깐 기다려 주십시오."

후지오는 사무적으로 말하고 정중하게 일어나더니 서류를 가지고 다시 왔다.

"마리 씨, 인감 좀 주실까요?"

"네, 여기 있어요."

마리는 상아도장을 그 앞에 내놓았다.

"증서를 만들어야 하니, 잠시 기다려 주시겠습니까?"

"얼마나?"

"10분에서 15분 정도입니다."

"더 오래 걸려도 괜찮아요. 그동안 당신은 나와 이야기 좀 나누지 않겠어요?"

"네에…."

후지오는 그녀의 말에 머리를 만지며 서류에 도장을 찍은 다음 뒤쪽의 여자 행원에게 그 서류를 가지고 갔다.

후지오가 다시 돌아오자, 마리는 대담하게 다리를 포갰다. 미끈한 각선미가 드러났다.

이제 마리와 마주 앉은 후지오는 자기 무릎에 시선을 주었다.

"저는 말이에요. 후지오 씨에게 물어볼 용건이 있어요."

"무슨 말씀입니까?"

"그것은요, 왜 당신은 저를 멀리하느냐는 거예요."

"뭘요, 저는 별로 멀리한 것 같은…."

마리는 말을 더듬는 후지오를 제지하듯 말했다.

"멀리해요. 왜 그러세요? 나는 그 이유를 알고 싶어요."

행원들의 좌석과 떨어진 곳이긴 하지만, 마리의 질문은 때와 장소를 가리지 않았다. 마리는 자기의 행동을 잘 알고 있는 것 같았다. 그러니 목소리만은 낮췄다.

"저는 사람 만나는 거 그다지 좋아하지 않습니다. 물론 당신 뿐 아니라…."

"그런가요? 나만 멀리하는 건 아니군요. 그건 정말 재미없는 일이에요."

"네?"

"당신에게 나 같은 것은 조금도 관심의 대상이 아니군요. 정말 실망했어요. 무엇보다도 난, 나만 멀리하는 것 아닌가 하고 좀 섭섭하게 여기고 있었어요."

"…."

"사실 후지오 씨는 나를 싫어하는 게 아니라 일부러 나를 무시하는 척하는 거라고 믿고 있었어요."

"저는 인간이 두렵습니다."

"왜요?"

"인간이란 자칫하면 마음의 상처를 입기 쉬운 존재가 아닙니까? 그래서 혹시 마음의 상처를 입지나 않을까, 항상 두렵습니다."

"그래서 사람을 피하고 항상 침묵하는 건가요?"

"그렇다고 할 수 있습니다."

"침묵하고 있으면 마음의 상처를 입히지 않으리라고 생각하세요! 후지오 씨, 당신이 침묵하고 있어서 저는 마음에 상처를 입고 말았어요."

마리는 후지오의 얼굴을 똑바로 바라보았다.

"아, 그것은…."

"사람을 무시하는 것은 남의 마음에 상처를 입히는 거예요. 그걸 모르세요?"

"하지만, 나는…."

"후지오 씨, 당신의 그러한 태도는 일종의 오만이에요. 인간은 약한 존재이기 때문에 마음의 상처를 입기 쉬운 거예요. 다른 사람에게 마음의 상처를 입히지 않기 위해서 침묵을 지킨다는 것은 더 어리석은 일이에요. 어떤 경우에는 남을 상심시키더라도 그건 별수 없잖아요."

"…."

"세상 사람들이 당신처럼 다 입을 다물고 있어 봐요. 이 세상은 쓸쓸해져요."

"그럴지도 모르겠습니다."

"당신은 남에게 상처를 입히지 않기 위해서가 아니라 자신이 상처받기 싫어서 그러는 거예요. 매사에 소심하지요. 만약 자신의 마음에 상처를 입으면 결코 상대를 너그럽게 용서해 주지 않을 사람이에요. 안 그런가요?"

"자기 자신에게 매우 엄격하군요, 마리 씨는…."

"난 당신과 같은 사람을 싫어하지요."

이어 나직하지만 똑똑하게,

"싫어하면서도 또 아주 좋아하거든요. 그래서 난 바보예요."
하고 스스로 비웃었다.

후지오는 뭐라고 대답해야 좋을지 몰라 망설이고 있을 때 지점장이 증서를 가지고 왔다. 이곳은 규모가 아주 작은 지방은행으로 백만 엔이나 되는 거액을 정기예금하는 고객은 최상의 손님이었다.

지점장은 명함을 내놓으면서,

"오늘은 정말 고맙습니다."
하고 머리를 숙였다.

그러면서 마리의 아름다움과 젊음에 놀란 표정을 지었다. 백만 엔이란 돈을 정기예금하기엔 너무 젊다고 지점장은 생각했다.

"저의 이웃에 사시는 화가입니다."

후지오가 소개하듯 말했다.

"그렇습니까. 화가십니까?"

지점장은 더욱 놀랐다.

"그러나 오늘 예금한 돈은 반지를 판 거예요. 그림과는 아무 관계가 없어요."

친밀감이 감도는 눈빛으로 지점장을 바라보는 마리는 천진한 미소를 얼굴에 띠었다.

"손님의 그림을 한번 보여주셨으면 좋겠군요."

"그림은 보지 않는 게 좋을 거예요. 사고 싶지 않을 테니."

"그렇게 말씀하시니 더욱더 보고 싶습니다."

지점장의 말투는 다정스러웠다. 겨우 한두 마디 말을 서로 나누었는데 금방 친해진 두 사람을 보면서 후지오는 새삼 나카하마 마리를 보통 여성과는 다르다고 생각하지 않을 수 없었다.

지점장과 마리 두 사람의 대화가 그림으로 이어지자, 후지오는 조용히 자기 자리로 돌아와 밀린 고객업무를 정리하면서 마리의 말을 어디까지 진실로 받아들여야 좋을까 생각해 보았다. 마리가 자기에게 호감을 품고 있다는 것은 모르는 바가 아니다. 그러나 '싫어하면서도, 또 아주 좋아하거든요.'라는 그녀의 서슴없는 고백은 너무 대담했다.

후지오는 마리와 같은 외향적인 여성은 그 같은 말을 누구에게나 하는 것 아닐까, 약간 엉뚱한 생각을 했다.

'당신은 마음의 상처를 입기 싫어하는 사람이에요. 자신의

마음에 상처를 입으면 결코 상대를 너그럽게 용서해 주지 않을 사람이에요.'

라는 말은 그의 가슴을 찔렀다.

그것은 형 에이츠케에 대한 자신의 강렬한 감정이었다. 어렸을 적부터 끊임없이 형의 학대를 받아온 후지오는 형을 용납하지 못하겠다는 감정을 가슴속 깊이 남몰래 묻어두었다. 그런 형 에이츠케와 다정하게 지내는 마리를 거리를 두고 멀리하는 것은 당연한 일이었다.

지점장의 유쾌한 웃음소리가 몇 번 들리고 조금 후 마리는 은행 문을 나섰다. 후지오와 지점장은 직원 전용 출입문까지 나와서 그녀를 전송했다.

"어이, 후지오 군, 그 여자 재미있는 고객이더군! 그 여자의 그림이라면 사주고 싶은데."

하고 말하는 지점장은 이미 마리에게 도취된 것 같았다.

∞⦶

퇴근하여 집으로 돌아온 후지오는 자기 방의 창가에 서서 뜰 안을 내려다보고 있었다. 아니 뜰 안을 보는 것이 아니라, 이웃집 마리의 집을 살피는 중이었다.

아침부터 부슬부슬 내리는 비는 아직도 멎지 않고, 하루가 저물어 가는 뜰 안 한구석 비에 젖은 빨강과 흰색 작약이 여인처럼 인상적이었다.

예기치 않게 오늘 은행까지 찾아와 준 마리의 호의가 뼈에 사무쳤다. 지금이라도 만나 차분히 이야기라도 나누고 싶었다. 그러나 후지오는 그녀와 대화를 나눈다 해도 전혀 다른 세상에 사는 사람이리라고 생각했다.

사실 후지오는 백만 엔이나 호가하는 오팔반지와 값비싼 다이아반지를 끼고 있는 마리의 생활 태도에 알 수 없는 저항감을 느끼고 있었다.

아내로 맞이할 여자라면 그다지 화려하지 않고 사치하지 않는 여성으로 평소에는 상냥하고, 무슨 일이 있을 때는 강건한 여성이 바람직하다고 생각했다.

함께 식사할 때도 스테이크를 태연하게 먹는 여자보다는 카레라이스를 먹는 여성이 좋았다.

자기는 평범한 샐러리맨이다. 자기 월급의 수백 배나 되는 호화반지를 끼고 있는 여성의 생활을 도저히 이해할 수 없었다.

그런 생각을 하면서도 그는 마리가 집에서 나오지나 않을까 지금 창가에 서서 내다보는 중이었다.

"오빠, 어디를 그렇게 보고 계세요?"

도어가 열린 채로 있었기 때문에 히로코가 복도에 선 채 말을 걸어왔다. 그녀는 남빛 홑옷을 입고 있었다.

"너, 그 옷 참 잘 어울리는구나!"

"그래요? 기뻐요. 하지만 기모노는 싫어요. 입는 연습을 해둬야 하니까요."

그녀는 후지오의 방으로 들어와 문을 닫았다.

"결혼식이 9월이지?"

"응…."

"집을 사주겠다는 아버지의 약속은 어떻게 됐어?"

후지오는 창가의 의자에 앉아 동생을 마주 보았다.

"며칠 전 이시카리 강에 이마노 씨와 함께 갔었어요. 그에게 말했더니, 매우 고마운 일이기는 하지만, 우리 두 사람이 살 집은 우리가 노력해서 마련하자고 하더군요."

"그래? 그럼, 아버지는 크게 실망하셨겠네."

"네, 하지만 그 대신 지참금을 많이 가져가라고 하셨어요."

"아버지는 형에게 돈을 주기 싫어하신단 말이다. 그러나 너는 효성이 지극하다며 뭣이든 힘껏 해주고 싶어 하시거든."

이미 후지오는 형의 악랄한 음모를 아버지가 음식점에서 들어서 알고 있다는 사실을 전해 들었던 바다.

"작은오빠 명의로 땅이라도 사둘까, 하시기도 했어요."

"형이 나빠! 자기 아버지를 공갈 협박하다니…, 나 원 참."

"어머니가 아시면 어떻게 생각할까요?"

"글쎄다. 어머니 성격으로 보아서는…."

"큰오빠는 왜 나만 안 주느냐고 대들지도 몰라요. 아버지와 어머니는 큰오빠에게 절대로 알리지 않겠다고 말씀하시는데, 부부란 정말 묘해요."

"형은 아직 안 돌아왔나?"

"이제 돌아올 시간 됐어요. 안 오면 좋겠는데…."

"…."

"어머! 큰오빠예요!"

그녀는 후지오의 어깨 너머로 에이츠케의 모습을 보고 일어섰다. 후지오도 무의식중에 뒤돌아봤다.

마리의 집 현관 벨을 누르는 에이츠케의 모습이 정원수 사이로 그림자처럼 보였다.

잠시 후 문이 열렸다. 마리의 얼굴이 비스듬히 보였다. 이어 에이츠케가 마리의 집 안으로 사라진 후 문이 닫혔다.

"무슨 일일까? 집으로 들어오지 않고 말이야."

후지오는 잠자코 마리의 집 현관을 다시 한번 보았다.

"어쩌면 현관에 서서 말하고 있는지도 모르겠네요?"

히로코는 걱정이 되는 듯 창밖을 내다보면서 혼잣말처럼,

"마리도 마리 씨예요. 큰오빠 같은 사람을 집으로 들이고…."

"그건 그 사람 자유야."

팔짱을 낀 후지오는 머리를 의자 등받이에 기대었다.

"뭐 그것은 자유겠지만, 그러나 난 마리 씨의 마음을 알 수가

없어요. 저 여자는 큰오빠의 소행을 알면서도 싫어하지 않아요. 오히려 즐기는 것 같아요."

"저 여자는 재미있게 여기고만 있는 사람이 아니지, 누구에게든 말이야."

"그럴지도 몰라요. 분명 작은오빠에게도 흥미가 있어요. 그리고 좀 어려워하는 것 같아요."

"어려워한다고?"

"네, 마리 씨가 말했어요. 큰오빠 같으면 그냥 그렇지만, 작은오빠는 대하기가 좀 어렵다고 하던데요. 집으로 찾아와도 안으로 들여보내 주지도 않더라면서 말이에요."

"…"

"그런데 큰오빠는 아주 실례가 되는 행동을 하는 것 같아요. 그러나 마리 씨는 조금도 어렵지 않다고 하대요. 저는 왠지 걱정돼요. 마리 씨 집으로 가볼까요? 오빠, 가보지 않을래요?"

그녀는 후지오의 얼굴을 쳐다보았다.

"그 여자의 집으로 가다니. 난 안 가겠다!"

후지오는 전등을 켜고 창의 커튼을 끌어당겨 닫았다.

"작은오빠는 마리 씨 싫어요?"

"싫어하는 건 아니지만…."

"일전에 마리 씨가 그러던데요. 작은오빠에게 아무리 호감을 얻으려고 애써도 아무 소용이 없더라고 말이에요."

옷자락을 매만지면서 히로코가 장난스럽게 말했다. 후지오는 잠자코 쓴웃음만 지었다.

"이상하군요."

"뭐가?"

"안 그래요? 마리 씨 같은 매력적인 여성을 좋아하지 않는 남자가 있다는 게 말이에요."

잠시 후 후지오가 다시 입을 열었다.

"난 좋아하지 않는다고는 말하지 않았어. 오늘도 그 여자는 우리 은행에 왔는걸."

"그게 정말이에요, 오빠?"

"그래."

"그럼 기어코 갔구나! 백만 엔을 가지고 가면 기뻐할지도 모른다고 지난번에 그러던데요."

"…"

"그 여자, 정말 오팔반지를 판 모양이네요, 오빠!"

"응, 그렇게 말하더라."

"작은오빠, 여자가 자기가 지니고 있던 반지를 판다는 것은 보통 성의가 아니에요."

"…"

"마리 씨는 정열적이에요, 안 그래요?"

"그럴까? 난 어쩐지 그 여자가 재미 삼아 그러는 것 같은 느낌이 들어."

"그건 아니에요."

남자라는 존재는 그런 아름다운 여성에게 진실로 사랑을 받는다고 믿지 않을지도 모른다고 히로코는 생각했다.

"우리 레코드를 켤까?"

후지오가 일어서서 스테레오 곁으로 갔다. 초콜릿 빛깔의 조그마한 박스는 며칠 전에 후지오가 사 온 것이다.

"뭐 들려주시려고요?"

"트로이메라이!"

조용한 피아노 소리를 들으면서 그녀는 이웃집 마리를 찾아간 큰오빠가 걱정되었다.

그러나 마음속에는 더 큰 걱정거리가 있었다. 아까부터 그 이야기를 작은오빠에게 할까 말까 망설이던 참이다.

그것은 오늘 낮에 게이치와 가까운 음식점에서 라면을 사 먹고 방송국으로 돌아가자 기다렸다는 듯 전화벨이 울렸다.

"HKS 안내입니다."

"여보세요! 당신이 나오키 히로코 씨입니까?"

들어보지 못한 여자의 목소리였다.

"네. 제가 나오키 히로코입니다만…."

"당신은 9월 말에 결혼하실 모양이더군요."

느닷없이 그 여자는 이렇게 말했다.

"여보세요! 누구신가요?"

여자는 그 말에는 대답하지 않고,

"이마노 씨와 결혼할 모양이죠? 그런데 당신은 이마노 씨의 과거를 모르시나 보군요."

하고 비웃듯 말했다.

"넷? 이마노 씨의 과거! 그게 도대체 무슨 말씀인가요."

"모르고 계신다면 별수 없지요. 그렇지만 과거뿐 아니라 현재도 잘 조사해 보는 게 신상에 좋을 거예요."

전화는 거기서 끊어졌다.

걸려 온 전화의 내용만 볼 땐 누군가 장난치는 것이라고 가볍게 생각해 걱정할 필요가 없겠다고 생각했다. 그러나 시간이 흐르자, 걱정거리로 변했다.

게이치에게 이런 이상한 전화가 걸려 왔다고 말하려고 했으나, 공교롭게도 오후에는 스튜디오에 들어가 있었다. 작업 중인 게이치를 찾아 스튜디오까지 가서 확인할 일도 아니었다.

히로코가 짐작하기로는 게이치에게 과거다운 사건은 없었다. 대학 시절 좋아하던 여성은 있었으나 단순한 짝사랑일 뿐이었고, 그 여자는 이미 오사카大阪おおさか 근방의 야산노やさんの로 시집갔다는 말을 전해 들은 터였다. 그런 것을 과거라고 말할 수는 없다.

그렇게 생각하니 역시 장난삼아 한 전화라 치부하고 잠시 잊어버리고 있었는데, 그 생각이 다시 집요하게 머릿속을 맴돌았다.

인간에게는 종종 예기치 않은 이상한 힘을 보여줄 때가 있는 모양이다. 남자답고 솔직한 게이치에게도 남에게 말할 수 없는 숨겨진 과거가 있었다는 걸 입 밖에 내놓을 수는 없는 일 아닌가 하는 생각이 들자, 히로코는 갑자기 걱정이 되어 집으로 돌아오는 길에 게이치에게 전화를 걸었다. 그러나 게이치는 회의 중이라 통화가 되지 않았다.

히로코는 그를 믿었다. 아니 믿으려 하였다. 그런데 미지의 여인으로부터 걸려온 전화를 받고 '혹시' 하는 생각이 마음속에 스며들었다.

그것은 의혹이라고 말할 정도의 심각한 내용은 아니었다. 하지만 어딘가 찜찜한 생각을 아주 떨쳐버릴 수는 없었다. 전화를 받기 전까지는 전적으로 이마노를 신뢰하였다. 그러나 지금은 혹시나 하는 생각이 마음속에 1퍼센트쯤 없는 것도 아니었다.

인간에 대한 신뢰가 허망하다는 것을 느끼면서 히로코는 자기 스스로 꾸짖기도 했다. 게이치를 믿으면서도 전화를 걸어온 그 여인의 말을 믿는 자기 자신이 안타까웠다.

"어때, 좋았어?"

하고 묻는 후지오의 말에 정신을 차리고 보니 트로이메라이의 선율은 끝나가고 있었다.

"네, 아주 좋아요. 그런데 말이에요, 마음에 걸리는 것이 있어서 이렇게 좋은 음악 감상도 제대로 할 수 없으니 한심하군요."

"걱정할 것 없어! 큰오빠 일은 더 이상 상관하지 마."

"큰오빠도 걱정이지만, 그것뿐만이 아니에요."

히로코는 마침내 전화가 걸려 온 애기를 사실대로 후지오에게 했다.

"그건 장난이야. 두 사람을 질투해서 그런 거야."

후지오는 일소에 붙여버렸다. 입이 무거운 그의 말에 히로코의 마음은 웬만큼 가라앉았다.

"저도 장난이라고 생각했어요. 하지만 좀 걱정되어서요."

"물론 걱정이야 되겠지만, 그렇게 걱정할 일이 아니야."

"이마노 씨에게 이런 말 하면 싫어하겠죠? 그렇게 나를 못 믿겠느냐고 말이에요."

"아마 그럴 거다. 그러나 인간이란 서로 믿어야만 하지만, 믿을 수 없는 존재인 것도 분명하거든."

"그럴지도 모르겠네요. 하지만 난 이마노 씨를 믿고 싶어요."

"그러나 꼭 믿는다고 단언할 수도 없어."

"전 믿었어요. 그 전화를 받기 전까지는…."

"인간이란 신까지도 믿지 않는 존재니까."

"난 신보다도 그 사람을 더 믿어요."

"젊은이들은 대개 그렇게 생각하고 결혼까지 하며 신의를 지키기도 하지만….”

후지오는 담배에 불을 붙이며 눈을 감고 천천히 빨았다.

“그런데 왠지 불안하기만 해요.”

“히로코, 믿는다는 건 상대방이 보이지 않으니까 믿는 거야. 그리고 상대방을 모르기 때문에 믿는 거란다.”

“그게 무슨 말이에요? 난 잘 모르겠는데요.”

“내가 책에서 읽은 것인데, 예를 들면 신을 믿는 사람도 사실은 신을 실제로 입증하지 못하지. 따라서 자신도 인식하지 못한다는 뜻이야. 극단적으로 말하면 있는지 없는지도 모르면서 신이 있다고 생각하며 믿는 것이지. 그와 마찬가지로 결혼이란 것도 그 참뜻은 파악할 수 없지만, 믿을 수 있는 사람이라고 단정하고 결혼하게 되는 것이란 말이다.”

후지오는 담뱃재를 투명유리 재떨이에 가볍게 털었다.

“그것도 그렇군요.”

“한번 믿었으면 끝까지 믿어야지! 이마노 군은 믿을 수 있는 정직한 사람이야.”

“네, 정말 믿음직스러워요. 잠시나마 마음이 동요되어 그분을 의심했다는 생각이 드네요.”

히로코는 겨우 마음을 가라앉혔다. 그러나 가라앉혔다고 생각한 마음 한구석에서 또다시 의혹이 고개를 쳐들었다.

‘그런데 전화를 건 여자는 도대체 누구일까?’

어떻게 생겼으며, 뭘 하는 여자일까? 게이치를 어디서 어떻게 알게 됐을까, 그녀에게는 여전히 의문이 남았다.

게이치와 자기 사이에는 누구의 개입도 용납하지 않으리라고 굳게 믿었다. 그러나 그 믿음은 생각뿐이었단 말인가?

히로코는 젊은 여인을 상상했다. 게이치와 아무 관련도 없는 여인이 무엇 때문에 그런 전화를 걸었을까? 아무런 관련이 없다고 믿는 것은 어떠한 믿음도 없는 나 혼자만의 판단 아닌가?

가령 게이치는 그 여인에게 관심이 없었을지라도, 여자 측에서 그를 깊이 사랑하고 있다는 것은 의심할 여지가 없다고 생각했다.

'그건 그렇고, 내 이름은 어떻게 알았을까?'

게이치가 그 여성에게 나와 결혼한다고 말했을까? 의혹은 끊임없이 꼬리에 꼬리를 물고 나왔다.

"뭘 그렇게 심각하게 생각하고 있어?"

"응, 큰오빠는 아직 이웃집에 계실까요?"

히로코는 일어서서 살며시 커튼을 젖히고 창밖을 보았다. 이웃집의 불빛이 환하게 새어 나왔다.

한 소년이 자전거를 타고 집 앞을 지나갔다. 다시 의자에 앉은 히로코는 억양 없는 목소리로 말했다.

"그런데 오빠! 이마노 씨와 아무런 관계도 없는 여인이 왜 그런 전화를 걸었을까요?"

"장난 같으면 아무 관계가 없어도 하지."

"그래요?"

"아무튼 이마노 군과 관련이 있다고 단정할 수는 없어."

"무슨 뜻이에요. 그것은?"

"네 직장에서 너를 좋아하는 또 다른 남자가 있다면 말이다, 그 사내가 술집 여종업원에게 시켜서라도 전화를 걸게 할 수 있잖아."

"설마, 그런 짓을 남자들이 할까요?"

"남자란 상상 이외로 질투가 많으니까. 게다가 앞에서는 그런 질투심을 드러내지 않고 어두운 그늘에서 드러내는 속성을 가지고 있지."

"어머나, 그게 정말이에요? 그렇다면 여자의 질투가 훨씬 단순하네요."

"그럴지도 모르지. 직장에서도 직무상의 질투가 너무 심해서 골치가 아플 지경이야. 아무튼 그런 전화를 걸게 한 사람은 여자가 아닐지도 몰라."

"그렇기도 하겠네요. 큰오빠처럼 자기 친구를 불량배로 가장시켜 아버지를 공갈 협박하여 돈을 빼앗으려는 인간도 있으니까요."

"응, 그건 용납할 수 없는 지독한 악행이었어."

후지오는 입에 문 담배에 라이터를 가져다 대려다가 손을 멈췄다. 뭔가를 생각하는 것 같았다. 그러나 곧 담배에 불을 붙이고 한 모금 깊게 빨고 나서 말했다.

"설마, 형의 장난은 아니겠지?"

"큰오빠? 설마, 그럴 리가. 큰오빠가 나에게 그런 전화를 장난삼아 걸다니 무슨 심술일까?"

"먹기 싫은 감 찔러본다는 말도 있잖아."

"옳아! 아버지가 나에게 땅을 사준다, 집을 사준다고 하시니까…."

"그런 상상은 하고 싶지 않지만."

"듣고 보니 그럴듯하군요. 큰오빠라면 능히 그럴 수 있어요."

"할 수는 있지만, 반드시 형이 했다고 단정할 수는 없어."

"아니에요. 틀림없이 큰오빠 소행이에요. 아아! 하마터면 게이치를 의심할 뻔했어요! 큰오빠는 사람이 왜 그러지!"

"그렇게 속단하면 안 돼! 자칫하면 판단을 그르칠 염려가 있으니까."

"그러나 큰오빠 이외에는 할 사람이 없어요. 제 결혼을 방해하도록 전화를 걸 사람은 말이에요."

"반드시 그렇지도 않아. 누구에게나 남의 일을 방해하고 싶은 야비한 근성은 있으니까. 그런 사람은 형뿐만이 아니야, 히로코! 알겠어? 이 세상엔 무서운 사람들이 얼마든지 우리 곁에 있으니까."

"… 그렇지만."

히로코가 전화 속의 목소리를 떠올리자, 그 여자 곁에 서서 빙그레 웃는 큰오빠 에이츠케의 모습이 눈앞에 그려졌다.

"큰오빠가 집으로 돌아올 때의 표정을 보고 싶어요. 전 아래층으로 내려가 있겠어요."

"반드시 형이 했다고 단정할 수는 없으니까, 쓸데없는 말을 하면 안 돼, 히로코."

"걱정하지 마세요. 아무튼 큰오빠의 얼굴을 보지 않으면 의심이 풀리지 않을 것 같아요."

히로코는 아래층 거실로 내려갔다. 요오키치와 가츠에가 신문을 읽고 있었다. 그들 곁에는 여러 장의 신문이 포개져 놓여 있었다.

"아, 히로코! 너 좀 찾아봐주렴. '교육의 필요성'이란 수필이 틀림없이 실려 있을 텐데…."

"'교육의 필요성'이란 제목 말이죠?"

"응, 그 속에 톨스토이의 명언이 있을 거야. 그 말이 지금 필요한데…."

요오키치는 옷의 앞섶을 희한하게도 활짝 젖히고 있었다.

"문화면에 있겠죠?"

"그러리라고 생각하는데, 네 어머니에게 부탁했더니 다른 기사만 읽고 찾아주지 않는구나!"

"어쨌든, 오늘 밤 안으로 찾으면 되는 거죠."

가츠에는 돋보기를 벗으며,

"오늘은 옷을 잘 어울리게 입었구나!"

하고 히로코의 옷매무새를 살피듯 바라보았다.

"고마워요, 엄마. 겨우 칭찬받았군요. 그런데 큰오빠는 아직
안 들어왔어요?"

"에이츠케는 조금 전에 들어왔단다."

"어머, 정말이에요?"

"정말이고말고. 식사는 밖에서 하고 왔다더라. 오늘은 웬일
인지 술도 마시지 않고 말이다."

"그럼 2층에?"

히로코는 문화면에 시선을 두면서도 맥이 풀리는 것 같았다.
마리의 집에 있으리라고 생각했는데, 언제 돌아왔을까? 그러나
2층으로 올라오는 발소리도, 후지오의 방 앞을 지나가는 소리
도 듣지 못한 터였다.

그때 타월을 어깨에 걸치고 팬티 하나만 입은 에이츠케가
욕실에서 나왔다.

"아니, 너 목욕하고 있었구나!"

하고 가츠에가 에이츠케를 힐끔 보았다.

그러자 그는 냉장고 문을 열고 맥주 한 병을 꺼내 가지고
소파에 앉았다. 이로 맥주병 뚜껑을 벗기며 명랑하게 말했다.

"히로코, 그 옷 잘 어울리는구나."

칭찬이라고는 전혀 할 줄 모르는 에이츠케의 말에 히로코는 웃지도 않고 말했다.

"별안간 칭찬하시니 기분이 좋지 않군요."

에이츠케는 뭐가 좋은지 싱글벙글 웃으면서 관심도 없는 말을 했다.

"언제까지 방송국에 근무할 작정이냐?"

"그건 몰라요, 평생 근무할지도 모르죠."

"쳇! 맞벌이할 작정이냐? 난 기껏해야 7월까지만 근무하리라고 생각했는데. 맞벌이는 고된 일이야."

히로코는 신문에서 얼굴을 들며 에이츠케를 똑바로 보았다. 전혀 그답지 않은 말이었기 때문이다. 그녀의 비위를 맞추는 것이라고밖에 생각되지 않았다.

"저어 오빠! 오늘 모르는 여자에게서 전화가 걸려 왔어요."

에이츠케의 표정을 뚫어지게 바라보며 그녀는 용기를 내서 말문을 열었다.

"그게 무슨 말이냐, 이상한 여자라니?"

"정말 이상한 전화였어요."

"뭣? 히로코, 어떤 전화인데?"

요오키치가 깜짝 놀란 듯 신문을 내려놓으며 물었다.

"아주 거슬리는 전화였어요."

전화 내용을 부모 앞에서 말하기가 망설여졌다.

"귀에 거슬리는 전화냐? 아니면 협박 전화였니?"

요오키치는 불안한 듯 아내와 히로코를 번갈아 보았다.

"대충 그런 전화였어요."

"돈을 내라고 하더냐?"

하고 말하면서 요오키치는 에이츠케에게로 시선을 던졌다.

에이츠케는 컵의 맥주를 단숨에 들이켜고 나서 물었다.

"무슨 협박받을 만한 약점이라도 있니, 히로코?"

"없어요. 아무것도…."

"그럼, 아무것도 두려워할 것 없잖아. 그런데 도대체 어떤 전화였어?"

"어떤 전화였을 것 같아요, 오빠?"

"그걸 내가 어떻게 알아?"

"아버지께서는 어떤 전화였으리라고 생각하세요?"

"돈을 내놓으라는 전화였겠지. 3백만 엔 말이야."

히로코가 그 말에 깜짝 놀라며 숨죽일 때,

"3백만 엔? 아아, 이제야 생각나네요. 그 문제는 어떻게 됐습니까? 그렇게 야단법석을 떨 정도의 일은 아니었죠, 아버지?"

에이츠케는 비웃는 듯 말하고 다시 맥주를 컵에 따랐다.

미움의 옷

하늘을 향해 파도 물결처럼 솟아오른 가파르지 않은 산기슭
이 길게 뻗은 코마가타케駒ヶ岳こまがたけ 구릉은 한 폭의 그림
이었다.

밝고 산뜻한 거대한 남빛 늪의 수면에 코마가타케의 구릉이
또렷하게 그 모습을 드리우고 있었다.

넓이를 가늠할 수 없는 호수 여기저기에 흩어져 있는 섬의
개수는 모두 몇 개나 될까? 요오키치는 기슭에 서서 크고 작은

섬을 합치면 삼사십 개는 족히 될 것이라고 어림짐작하면서 섬들을 바라보고 있었다.

하코다테의 중앙로를 따라 차로 삼사십 분쯤 달리면 명승지로 유명한 이곳 오누마 국립공원에 이르게 된다.

'왜 오누마大沼おおぬま(커다란 늪)라고 부르는 것일까?'

푸릇한 섬들이 잔잔한 수면에 그림자를 던지고 있는 고즈넉한 풍경을 바라보는 요오키치의 마음은 불안정했다.

오누마라는 말은 움직임이 없는 잔잔한 수면을 떠오르게 했다. 하지만 이곳은 틀림없는 호수다. 맑고 푸른 물이 그 끝을 알 수 없게 펼쳐져 있었다.

관광버스 안내 차장의 목소리가 공원광장에서 들려왔다. 상상 이외로 관광객이 적었다. 요오키치도 열차 편으로 몇 번 와 봤지만, 이렇게 혼자 온 것은 오늘이 처음이다.

경치가 아름다운 오누마 호수에 도야코洞爺湖とうやこ나 아칸코阿寒湖あかんこ처럼 잘 어울리는 이름을 붙일 수는 없을까 하고 요오키치는 여러 가지 적당한 이름을 생각해 보았으나 좋은 이름이 떠오르지 않았다.

호수에 매력적인 이름을 붙이면 많은 관광객이 몰려들지도 모른다. 요오키치는 역시 오누마라는 이름이 적당하다고 생각하면서 섬에 이어진 반달 모양의 돌다리를 건너갔다.

어제 토요일 요오키치는 학교 근무가 끝나자, 곧장 역으로 가서 하코다테로 향했다. 집에 있으면서 에이츠케와 얼굴을 맞대는 것이 싫었기 때문이다.

에이츠케는 자기 친구를 앞잡이로 내세우고 돈 3백만 엔을 아버지인 자기에게서 빼앗으려고 했다. 지금도 그는 그 진상이 드러난 줄은 전혀 모르고, 무사태평이다.

"그 문제는 어떻게 됐습니까? 그렇게 야단법석을 떨 정도의 일은 아니었죠, 아버지?"
하고 비웃으며 맥주를 마셨다.

그는 그때의 분노 때문에 치솟던 살의를 지금도 되새기고 있다.

이도가와 미도리의 오빠라고 자청하던 야마하다를 폭력 단원이라고 믿은 자신은 얼마나 전전긍긍하며 나날을 보냈던가?

분명 야마하다는 협박당하는 자기의 모습을 낱낱이 에이츠케에게 전했을 것이 틀림없다. 그것을 들은 에이츠케가 껄껄거리면서 웃어대는 목소리가 들리는 것만 같다.

이도가와라고 자청하던 그의 본명이 야마하다라는 것이 후지오에게 발각되고 나서 발걸음을 뚝 끊었지만, 만약 그의 정체가 탄로 나지 않았더라면 꼼짝없이 돈 3백만 엔을 빼앗기고 말았을 것이다. 그런데도,

"야단법석을 떨 정도의 일은 아니었죠?"
라고 말한 것은 얼마나 대담하고 뻔뻔스러운 태도인가?

그때 안색이 확 달라진 요오키치는 자기도 모르게 주먹을 꽉 쥐었다. 그러나 그뿐, 그는 벌떡 일어나 침실로 들어가 버렸다. 그나마 분노를 억누를 수 있었던 것은 그의 마음에 뿌리 깊게 도사리고 있는 체면을 손상하면 안 된다는 생각이 강렬하게 요동치고 있었기 때문이다. 그것은 분별이라기보다는 요오키치의 본능이었다.

그날 밤 요오키치는 잠을 제대로 이룰 수가 없었다. 죽이고 싶도록 녀석이 미웠다. 당장 에이츠케의 목을 졸라 죽이고 싶었다. 어떠한 수단과 방법도 가리지 않을 것 같은 충동에 몸을 떨었다.

에이츠케와 같은 인간은 이 세상에 불행만 가져다주는 악독한 존재이다. 자기 부모마저 협박하려 들던 놈이다. 또 무슨 일을 저지를지 모를 요주의(要注意) 인물이다.

지금 그 화근을 미리 잘라버리는 것이 사회에 대한 어버이로서의 공적인 책임이라는 생각까지 들었다.

그러나 자식인 에이츠케를 자기 손으로 없앤다면, 법은 친족살인이라는 오명을 자기에게 씌울 것이다. 그래도 죽이는 방법을 궁리하느라고 요오키치는 이불 속에서도 잠을 이룰 수 없었다. 죽였다는 것을 절대 알지 못하게 하는 방법밖에 없다는 결론을 내렸다.

'그럼 어떤 방법으로…?'

요오키치는 그답지 않게 최후의 수단과 방법에 대해 이리저리 궁리해 보았다.

에이츠케 자신의 과실로 죽는 절묘한 방법이 없을까? 술에 만취한 에이츠케가 잘못하여 계단에서 굴러떨어진 것처럼 꾸민다면 아주 자연스러운 방법이 될지도 모른다. 하지만 건장한 체격의 그가 계단에서 떨어진다고 과연 죽을까?

그렇다면 술에 취한 에이츠케를 차에 치어 죽게 하는 방법은 어떨까?

지금은 어느 때보다도 교통사고가 빈번하게 발생하고 있다. 그것이 가장 자연스러운 방법일지도 모른다. 그러나 에이츠케를 찻길로 어떻게 밀어 넣을지가 문제였다.

요오키치는 문득 키미코를 떠올렸다. 키미코는 물에 빠져 죽었다. 그녀와 똑같이 에이츠케도 물에 빠져 죽게 하면 되지 않을까? 그러나 그는 수영을 잘한다. 요오키치는 이제 산을 떠올렸다.

다이세츠잔大雪山だいせつざん 계곡에서 떨어져 죽는 사고가 신문에 자주 보도되었다. 다이세츠잔 정상까지는 로프웨이가 가설되어 있어 등산하기에 좋게 되어 있다.

돌연 외마디 소리를 지르며 골짜기로 떨어지는 에이츠케의 모습을 상상하니 기분이 좋아졌다. 요오키치는 아버지로서 어떠한 동정이나 미련도 갖지 않았다. 녀석은 분명 아버지의 유산을 탐내어 누구보다도 나의 죽음을 원할 것이 틀림없다.

그는 에이츠케를 죽일 방법을 궁리해 봄으로써 격양된 증오감이 다소 누그러지며 위안도 받았다. 한편 추리소설을 써 보고 싶은 엉뚱한 생각마저 들었다. 재미있을 것 같았다.

어찌 된 일일까. 자기 아들을 죽일 방법을 궁리하며 기분이 좋아지는 비도덕적인 인간으로 전락해 버렸다고 생각은 하면서도 그날 밤, 에이츠케에 대한 살의는 좀체 사그라지지 않았다.

날이 밝자, 분노는 웬만큼 가라앉았으나 증오감은 여전히 가슴속에 뿌리 깊게 박혀있었다.

'그 녀석에게는 한 푼도 주지 않겠다!'

이런 다짐을 몇 번이나 거듭하면서 자기가 살아있는 동안 가지고 있는 돈을 몽땅 써버릴 결심을 새롭게 다졌다.

그러나 진솔한 교육자로 살아온 요오키치는 사치스러운 향락은 질색하였다.

'어디로 여행을 떠날까.'하고 그는 생각에 빠졌다. 1박2일이나 2박3일 여행에 드는 경비는 큰 부담은 아니었다.

자신의 일상생활에서 여행하는 것 외에는 돈 쓸 곳이 별로 없었다. 하지만 여행을 하고 싶은 이유는 이 외에도 얼마든지 있었다.

우선 에이츠케의 얼굴이 보기 싫었다. 그의 얼굴만 보면 화가 끓어올라 평정을 유지할 수가 없었다. 그다음은 삿포로에서 멀리 떠나고 싶은 마음의 동요다.

이곳에서 태어나고 자라면서 산 세월이 반세기가 넘었지만, 잠시나마 자기를 아는 사람이 없는 곳으로 떠나고 싶었다. 그런 곳이라면 요오키치를 교육자로 보는 사람은 없을 것이다.

요즘의 그는 세상의 이목에 얽매여 살아가는 데에 대해 심한 회의를 느껴 꼭 질식할 것만 같았다. 세상을 두려워하거나 피하지 않고 활달하게 살고 싶었다. 소심한 그에게는 여행을 떠나는 것 외에 한가롭게 시간을 보낼 방법이 없었다.

삿포로에서 하코다테까지 오는 네 시간 동안 요오키치는 끊임없이 차창 밖으로 시선을 보냈다. 토마코마이苫小牧とまこまい 시를 지나자, 광활한 태평양이 펼쳐지고, 오른쪽에는 타루마에잔樽前山たるまえざん에서 솟아오르는 잿빛 화산 연기가 햇볕에 그을리고 있었다.

열차 안은 냉방장치가 잘되어 있어 무릎이 시렸다. 승객들보다 빈자리가 더 많았고 그의 옆자리도 비어 있었다.

철로 변에는 무슨 꽃인지 모르나 짙은 노란색 꽃이 피어있었다. 그것을 바라보면서 요오키치는 지난날 모이와 산藻岩山もいわやま까지 함께 드라이브했던 그날 밤의 여인을 떠올렸다. 그 여인의 이름도 주소도 모른다. 분명히 이름은 들었는데 잊어버렸다.

'그 여자와 함께 왔더라면 좋았을 걸….'

그렇게 생각한 것도 잠시였다. 여자가 곁에 딱 붙어있다면, 마음이 왠지 개운치 않을 것이다. 혹 아는 사람을 만나지나 않을까, 신경 쓰게 될 터이니 말이다.

대형 오일 탱크가 늘어서 있는 히가시무로란東室蘭ひがしむろらん 항만 부근을 지나 도야코洞爺湖가 가까워지자, 오른쪽으로 우스 산有珠山うすやま이 모습을 나타내기 시작했다. 요오키치는 세계 제2차 대전 말 일본의 모든 신문은 틀림없이 보도했을 것이라고 기억을 더듬었다.

'에이츠케가 태어날 무렵이 아니었던가?'

에이츠케는 소화昭和(しょうわ : 1926~1989까지의 일본 연호) 18(1943)년에 태어났다. 불타는 용암에 뒤덮여 초목이라고는 한 포기도 없는 우스 산을 바라보면서 그는 에이츠케가 어렸을 때의 일을 회상했다.

어른이 되기 전까지는 순진하고 귀여운 아이였다고 기억했다. 그런데 대체 왜 교육자인 아버지의 슬하에서 인륜을 저버리는 악인으로 변해버린 것인지 의문을 갖지 않을 수 없었다.

연못 같은 커다란 우찌우라 만内浦灣うちうらわん이 원을 그리면서 뒤쪽으로 밀려나자, 맞은편에 코마가다케 구릉이 어렴풋이 눈에 들어왔다.

산기슭에서 한가롭게 풀을 뜯는 소 떼가 있는 풍경은 한 폭의 그림이었다.

어쩌면 남의 일을 무심하게 바라보는 사람에게는 목숨을 걸고 고기잡이하는 사람들의 모습조차 한가롭게 보일지 모른다.

어선이 수 척 떠 있는 우찌우라만의 고요한 바다를 바라보면서 요오키치는 그런 생각을 하고 있었다.

지금 그는 오누마호 안에 있는 섬 둘레를 천천히 걷고 있다. 이렇게 한가로이 걷는 자기의 모습을 다른 이가 본다면 혼자 여행을 즐기는 여행객으로 볼 것이다.

하얀 유람선이 기적을 울리며 선착장에 닿았다. 유람선에 탄 사람들도 여행을 즐기는 것일까 궁금해하며 요오키치는 걸음을 멈추었다.

"날씨가 좋군요."

남자의 목소리가 들려와 뒤를 돌아보니 같은 연배쯤 되어 보이는 키 큰 사내가 바로 뒤에 서 있었다.

언뜻 보기에도 남자는 비싼 고급 양복을 입고 있었는데 혼자였다.

"오늘은 참 날씨가 좋군요. 그런데 오누마가 이렇게 아름다운 곳인 줄은 몰랐습니다."

"그것은 오누마라는 이름 때문입니다."

자기와 같은 생각을 하는 남자에게 요오키치는 동질감을 느꼈다.

"저도 그렇게 생각합니다만, 호수라는 이름이 붙으면 많은 관광객이 몰려와 주위가 더럽혀질 우려가 있겠죠."

남자는 눈가에 가느다란 주름을 모으며 고개를 끄덕였다.

"그렇습니다. 사람들이 몰려들지 않는 게 좋지요. 어디서 오셨습니까?"

"삿포로에서 왔습니다."

요오키치는 삿포로에서 왔다고 정직하게 말한 것을 후회했다. 어디 사는 누군지 알리고 싶지 않았기 때문이다.

"아, 그렇습니까? 저는 혼슈本州ほんしゅう에서 왔습니다."

"혼슈에서?"

"아니, 하코다테입니다."

그렇게 말할 때 가만히 다가오는 기모노 차림의 여성이 있었다. 서른두세 살가량 되어 보이는 여인은 그 사나이를 힐끔 쳐다보며,

"사 왔어요."

하며 담배를 내놓고 요오키치에게 가볍게 목례했다.

그 사내에게 일행이 있다는 것을 알고 나자, 요오키치는 왠지 배신당한 것 같았다.

"고마워!"

남자는 담배 한 개비를 꺼내 불을 붙이고 한 모금 길게 빨더니 코마가다케 구릉을 한참 바라보다가 빙긋 웃으며 말했다.

"여기 오누마는 여자와 바람피우러 오고 싶은 곳이군!"

이에 여자는 얼굴을 약간 붉히면서,

"싫어요, 그런 말씀을 하면…."

하고 말하며, 조금 전 왔던 길로 발길을 돌렸다.

"외도 한 번 하는 거죠."

하고 사내는 속삭이듯 말했다.

"외도라고요?"

"저 여자는 유부녀입니다."

"과연, 그렇군요."

요오키치가 고개를 끄덕이자,

"그럼 실례하겠습니다."

하고 말을 마친 사내는 여자를 향해 빠른 걸음으로 걸어갔다.

요오키치는 자신이 매우 촌스러운 남자로 여겨졌다.

엊저녁 그는 하코다테 온천에서 1박 했는데, 다만 하코다테의 밤 풍경을 구경하고 거리의 작은 음식점에서 술을 두어 잔 마시고 초밥을 먹었을 뿐이다.

하코다테의 밤 불빛은 부채 손잡이 두 개가 합쳐진 것 같은 모양으로 소박하게 펼쳐져 있었다. 요오키치는 늦가을 차가운 저녁 바람에 옷깃을 날리며 그 불빛을 바라보았을 뿐이다.

오늘 오후에는 택시로 여자 수도원을 방문하였고, 별 모양의 고료카쿠五稜郭ごりょうかく 능을 둘러보고, 외국인 묘지에서 항구를 보았을 뿐이다.

'수학여행 하는 것 같군!'

천천히 섬의 좁은 길을 걸으면서 왠지 쓸쓸한 마음이 들었다.

섬에서 섬으로 돌다리가 이어지듯 놓여있어 한 바퀴 도는데는 5분도 걸리지 않는 조그마한 섬이 많았다. 수십 개나 되는 섬과 섬이 여기저기 흩어져 있어 각양각색의 다양한 경관을보여주었다.

보트에 탄 여러 명의 남녀를 멀리 또는 가까이 바라보면서 요오키치는 깊은 한숨을 내쉬었다. 뭔가 쓸쓸함이 느껴졌다. 그러나 아내 가츠에와 함께 왔더라면 좋았으리라고는 생각하지 않았다. 가츠에는 무엇이든 같이 공감할 수 없는 여자이기 때문이었다.

히로코나 후지오와 함께 왔더라도 한적한 기분을 맛볼 수는 없었을 것이다. 아들이나 딸 앞에서는 항상 어버이로서의 위신을 지키지 않으면 안 되기 때문이다.

가정은 지상의 안식처다. 그러나 현재의 요오키치에게 가정은 괴롭고 울화가 치미는 불쾌한 곳이었다.

도대체 인간은 어디에 몸을 두면 마음의 평안을 얻을 수 있을까? 조금 전 잠깐이나마 부러워했던 사내도 한 번 외도를 해본다고 말할 만큼 덧없는 즐거움밖에 모르는 가련한 인간이라고 생각되었다.

요오키치는 천천히 걸어 다시 돌다리까지 왔다. 돌다리 난간에 몸을 기대자, 말할 수 없는 공허함이 엄습해 왔다.

세상의 이목을 두려워하는 삶의 방식에 권태를 느끼고 불유쾌한 가정으로부터 멀어지려고 여행을 왔으나 마음은 생각처럼 활짝 열리거나 여유롭지 않았다.

과연 남자로서 세상의 번다함을 생각지 않고 한가로이 살아갈 수는 없을까? 에이츠케처럼 사람을 하나의 인격으로 생각하지 않고, 대담하게 여자를 하나의 소유물로 대하는 것이 옳은 일일까? 그러나 여자를 상대한 다음에 찾아오는 허무감을 요오키치도 모르는 바는 아니다.

'환락 후에는 허무가 있다.'라는 말이 있다.

여자를 상대한 다음에 찾아오는 형언하기 어려운 허무감을 사람들은 도대체 무엇으로 위안받을까?

그렇다면 요오키치는 무엇을 즐기기 위해서 삿포로를 떠나왔을까? 고독을 즐기기 위해서였다면, 그것은 삿포로로 돌아가기만 하면 흔적도 없이 사라질 환상이 아닌가?

인간이 누리는 즐거움 중에 일시적이 아닌 영원한 즐거움이 과연 있을까?

골프도 마작도 결국은 일시적 즐거움이 아닌가?

그것은 아내를 헤아릴 수 없을 만큼 상대하더라도 아내와의 사랑이 깊어지지는 않는 것과 비슷하다. 어쩐지 헛된 짓을 하는 것 같은 기분이다. 어딘지 잘못된 것만 같았다.

이런 상태로 살다가 이대로 일생이 끝나버리지는 않을까?

작렬하는 오후의 햇볕이 뜨겁게 내리쬐었다. 난간에 기댄 채 요오키치는 하얀 구름이 떠다니는 하늘을 쳐다보았다.

'난 앞으로 몇 년이나 더 이 세상에 머물 수 있을까?'

쉰다섯이라는 나이는 아직 늙은이 축에는 안 든다. 그러나 앞으로 20년을 더 살지, 덜 살지 허무하기만 하다.

앞으로 20년은 긴 세월이 아니다. 오히려 짧다고 봐야 한다.

그는 20년 전 옛날을 바로 어제처럼 기억할 수 있었다.

"인간은 누구나 오래 살기를 원한다. 그러나 노인이 되기를 바라지는 않는다."

이렇게 말한 한 철학자의 말을 되새겨본 요오키치는 과연 그렇다고 생각하면서 쓴웃음을 지었다.

불현듯 20년이나 30년은 더 살고 싶어졌다. 20년 후에는 75세이며, 30년 후에는 85세가 된다.

'언젠가는 나도 죽는다!'

코마가타케 구릉 옆으로 한 점의 구름이 햇빛에 반짝였다. 요오키치는 자기가 죽어도 저 구릉은 지금 모습 그대로 엄연히 자리 잡고 있으리라고 생각했다.

'무엇을 위하여 살아왔을까?'

요오키치는 지금까지의 자신의 삶을 돌이켜보았다. 아들 에이츠케만 없었다면, 남부럽지 않을 만큼 마음 편하고 행복한 생활이었을지도 모른다고 가정하자 생각은 또 에이츠케에게로 돌아갔다.

꿀벌의 세계에서는 쓸모가 없어진 꿀벌은 가차 없이 죽이는 것을 영화로 본 적이 있다. 교미가 끝난 수벌에게는 죽음을, 알을 낳지 못하는 여왕벌이나 게으른 벌은 죽임을 당했다.

그러나 인간의 세계에서는 악한 자나 게으른 자나 다 떳떳하게 살고 있다. 아니 오히려 선한 사람의 수가 적어 악인들에게 짓눌리며 살고 있다.

현재의 요오키치도 역시 에이츠케가 없는 세상을 찾아서 이 오누마까지 온 것이 아닌가?

결국 자신도 악에 눌려 움츠러든 존재이다.

과연 에이츠케와 같은 악인이 이 세상에 또 있을까? 아니 없을 것이다. 요오키치는 크게 한숨을 쉬었다.

어쨌든 내가 낳은 자식 아닌가.

살아있는 한 자신은 이처럼 에이츠케를 증오하고 원망해야 한다니 얼마나 우울한 일인가?

하얀 유람선이 물길을 가르면서 다시 앞으로 나아갔다.

요오키치는 깊은 허무감에 사로잡혔다.

어디선가 뱃고동이 길게 울렸다.

물이 되어 만나는 사람들

7월로 접어들자, 날씨는 별안간 겨울처럼 추운 날이 일주일 가량 이어졌다. 그러더니 오늘부터는 평년 기온으로 돌아왔다.

히로코는 오늘도 텔레비전 방송국 인포메이션에 앉아 있었다. 인포메이션 바로 앞 로비에는 사람들이 끊임없이 오갔다. 방송국 직원이거나 방송국에 상시로 출입해서 인포메이션의 안내가 필요하지 않은 사람들이었다.

그때 늘 명랑한 프로듀서 모리와케가 도쿄에서 온 여배우 이케노 준코池野淳子いけのじゅんこ와 함께 들어오는 것이 보였다. 남색 옷을 입은 이케노 준코는 요염한 미소를 얼굴에 담뿍 지으면서,

"잘 계셨어요? 또 이삼일 신세를 져야겠어요."

하고 히로코에게 인사를 건네며 지나갔다.

여배우 이케노 준코는 1년 전 HKS가 제작한 1시간짜리 드라마에 출연한 적이 있다. 그런 관계로 히로코와는 이미 서로 얼굴을 익힌 사이였다.

요염한 이케노 준코가 오른쪽으로 멀어져가는 것을 바라보고 있을 때 전화벨이 울렸다.

"여보세요! 나오키 히로코 씨입니까?"

"네에, 제가 나오키 히로코입니다만…."

어디서 들었던 목소리라고 생각하면서 그녀가 긴장하고 있을 때,

"히로코 씨! 당신 정말 이마노 씨와 결혼하실 작정이세요?" 하고 여자가 물었다.

지난번에 전화를 걸어왔던 그 여자의 목소리였다.

"실례지만, 누구신가요?"

"그것은 알 필요 없고요. 아무튼 난 이마노라는 인간을 잘 아는 사람이에요."

여자는 차갑게 말했다.

"그런 말은 듣고 싶지 않아요. 앞으론 전화하지 말아요." 하고 히로코는 수화기를 내던지듯 내려놓았다.

지난번 통화 후로 20일가량은 전화가 걸려 오지 않았다. 역시 장난삼아 한 전화였다고 생각하며 게이치에 대한 의혹도 느슨해져 있었다. 그런데 뜻밖에 오늘 또 그 여자에게서 전화가 온

것이다.

'몇 번이나 장난을 칠 셈인가?'

불현듯 오빠 에이츠케가 믿게만 느껴졌다.

게이치에게는 여태껏 모른 체 하고 있었지만, 역시 이 문제만은 그에게 얘기해 두는 편이 좋을 것 같았다. 어쩌면 게이치에게도 자기를 중상 모략하는 전화가 왔을지도 모르지 않는가.

에이츠케에게 화가 난 아버지 요오키치가 딸의 결혼 준비에 돈을 아끼지 않겠다고 구체적으로 밝힌 터였다.

히로코는 결혼 예복을 빌려 입으려고 했는데, 요오키치는 드레스까지 맞춰야 한다고 주장했다.

신혼생활에 절대적으로 필요한 집을 사주겠다는 것을 사양하자, 마리가 낀 것과 똑같은 다이아반지를 사주겠다고 고집까지 부렸다. 그 다이아반지는 집이 필요할 때는 언제든 요긴하게 쓸 수 있을 거라고 요오키치는 말했다.

히로코는 그것이 아쉽지는 않았다. 비싼 물건을 혼수로 가져가는 게 게이치를 기쁘게 해주는 일이 아니며, 오히려 그에게 큰 부담만 안겨줄 따름이라는 것이 그녀의 생각이었다.

"반지 같으면 눈에 띄지 않겠지. 장롱 속 깊숙이 넣어두면 될 거다."

요오키치가 어제저녁 그렇게 말할 때, 에이츠케는 그 말을 듣고도 히로코를 힐끔 보았을 뿐, 아버지에게 아무 말도 하지 않았다.

방금 온 전화는 그것을 질투하는 에이츠케가 훼방을 놓으려는 농간이 틀림없다고 그녀는 생각했다.

그때 또 전화벨이 울렸다. 조금 전 그 여자가 또 전화를 걸어온 것 같아 히로코는 가만히 수화기만 바라보고 있었다. 그러나 벨 소리는 그치지 않았다. 할 수 없이 수화기를 들자, 뜻밖에도 니시이 이찌지로 교수의 목소리가 들려왔다.

지금 방송국 앞 도청 청사에 있는데, 5시쯤 게이치와 함께 식사하지 않겠느냐는 내용의 전화였다.

늘 온화한 이찌지로의 목소리에 히로코는 위안받았다. 조금 전 가시 돋친 것처럼 불쾌한 여인의 목소리를 들은 탓에 히로코의 상처받은 마음의 위안은 더욱 크고 강렬했다.

"이마노 씨는 후지 산富士山ふじやま을 촬영하러 사로베さろ
ヾ 들녘으로 가서 지금은 없어요. 저 혼자라도 괜찮으시다면, 선생님을 만나 뵙고 싶어요."

하고 히로코는 어리광 부리듯 말했다.

"그래, 이마노 군은 출장 갔나?"

잠깐 생각하는 듯하더니,

"그럼, 도청 남쪽에 있는 연못가에서 기다려 줘. 5시에 끝날 예정이지만, 어쩌면 다섯 시 반에 끝날지도 모르니까."

하고 이찌지로는 전화를 끊었다.

다섯 시 정각에 정문을 닫고 직원 전용 출입문의 수위가 인포메이션 일을 겸해서 보게 된다.

인포메이션의 작은 방에서 아침부터 저녁까지 혼자 근무하며 낯모르는 수많은 사람을 응대하는 일은 비교적 신경을 많이 써야 하지만, 시간 외 근무가 없는 것은 좋았다. 퇴근 시간이 분명하게 정해져 있어 퇴근 후의 스케줄을 잡을 수 있는 이점이 있었다.

게이치처럼 출장을 가거나, 촬영이 지연되거나, 출연자 접대 등으로 밤늦게까지 퇴근하지 못하는 일은 없었다. 업무 마감시간인 다섯 시면 칼처럼 퇴근하여 집으로 돌아갈 수 있었다.

히로코가 밖으로 나오자, 여름 해는 아직 밝게 빛나고 있었고 기온은 오전보다 높았다. 그녀는 작은 핸드백을 들고 맞은편에 있는 도청 앞마당으로 들어섰다.

도청 정문 통로를 중심으로 양옆에는 넓은 연못이 펼쳐져 있었는데, 북쪽에 있는 것을 북쪽 연못, 남쪽에 있는 것을 남쪽 연못이라 불렀다. 약속한 대로 히로코는 남쪽 연못가 잔디에 앉아 이찌지로를 기다렸다.

수면에는 포플러와 느릅나무, 그리고 빨간 벽돌의 도청사가 어리어 있고, 연못가엔 엷은 분홍과 하얀 연꽃이 다투듯 피어있었다. 나무 밑 잔디밭에 한가롭게 앉아 있는 몇몇 젊은 남녀와 그림을 그리고 있는 중년의 남자와 륙색을 짊어진 관광객으로 보이는 젊은이들이 흩어져 있다.

히로코는 흐린 시선으로 연못의 물을 바라보았다.

연한 노란색을 띤 수련이 예뻤다. 연못가에서 쉬고 있는 사람들의 그림자가 수면에서 조금씩 일렁이기도 하였다.

문득 히로코는 누가 자기를 보는 것 같아 고개를 들었다. 그러나 주위에는 가만히 연못을 바라보는 사람들뿐이었다.

히로코는 다시 뒤를 돌아보았다. 잔디밭 사이로 난 통로를 따라 천천히 거니는 사람들의 그림자와 철책 너머의 도로를 차들이 바쁜 듯 달려갈 뿐이다.

그녀가 낯모르는 여자의 전화에 신경이 곤두서있는 스스로 자조의 쓴웃음을 지을 때 니시이 이찌지로의 모습이 연못 저편에 나타났다.

이에 히로코는 재빨리 일어서서 한 손을 높이 들어 흔들었다. 그가 입은 회색 양복은 여느 때보다 더 그를 젊어 보이게 하였다. 히로코는 서둘러 이찌지로에게로 다가갔다.

"그렇게 서둘지 않아도 될 텐데."

숨을 헐떡이며 다가오는 그녀에게 이찌지로는 부드러운 미소를 지어 보였다.

"그렇지만…."

히로코는 잠시 말을 멈추었다가,

"그동안 안녕하셨어요?"

하고 고개를 까딱하고는 그를 쳐다보았다.

"응, 잘 있었지. 보는 바와 같이 건재해. 이마노 군은 출장 중이라니 좀 서운하군!"

"네. 그렇지만 선생님과 이렇게 단둘이 얘기하고 싶어서요."

그녀의 말은 이찌지로의 마음에 위로가 되었다. 두 사람은 잔디에 자리를 잡았고, 그는 담배에 불을 붙이고 말했다.

"히로코 양은 결혼하면 아주 훌륭한 현모양처가 될 거야. 이마노 군은 행운아지!"

"그러면 얼마나 좋겠어요."

"꼭 행복할 거야."

낮지만 자신 있게 말하는 이찌지로의 목소리에 그녀의 맑은 눈동자가 빛났다.

"그런데 선생님, 저는요, 인간의 행복이란 무엇인지 잘 모를 때가 있어요."

"뭘 모른다는 거지?"

"저어…, 그건요. 누구든 사랑을 하면 눈을 반짝이면서 자기가 이 세상에서 제일 행복하다는 얼굴을 해요."

"그래서?"

"그렇지만 그런 행복은 언제까지나 영원히 계속되는 게 아니잖아요. 사랑하는 사람과 결혼했더라도 1년이 채 되기도 전에 권태로운 얼굴을 하던데요, 뭐."

"그건 말이야, 반짝반짝 빛나는 행복은 별로 없지만, 고요하고 그윽한 행복이 없다고도 단정할 수 없지."

"선생님께 실례되는 말씀이지만, 선생님도 그렇게 행복해 보이지는 않아요."

"그야, 그럴 테지. 아무튼 지어낸 얘기지만, 파랑새가 떠나야 비로소 깨닫는 것인지도 몰라. 행복이란 거 말이야."

"행복이 사라져 버린 다음에야 행복을 깨닫는 건, 어쩐지 가치가 없는 것 같아요. 무엇보다도 선생님의 행복을 저희 오빠가 빼앗았다고 생각하면 말이에요."

"히로코 양! 그런 말은 하지 말기로 하지. 난 아가씨를 그의 누이동생이라고 밖에 생각하지 않아."

이렇게 말하며 위로의 빛을 가득 담은 눈길로 그녀를 보았다.

"고마워요, 선생님."

"아무튼 히로코 양은 지금 행복하지?"

"네에, 그런데 그게 더 두려워요. 인간이란 사치의 동물인가 봐요. 전 이마노 씨와의 행복이 얼마나 오래 지속될지 생각하다 보면, 그것이 두려워져요."

"과연 그렇겠군!"

"행복이란 순간이라서 허무한 느낌이 들 때도 있어요."

히로코는 고개를 숙이고 잔잔한 연못의 물을 바라보았다. 비도 오지 않았는데, 자잘한 물거품이 맴을 돌듯 떠돌고 있다.

벌레가 수면을 건드렸는지도 모른다.

"인간처럼 죄 많은 삶에는 순간의 행복만 있을 뿐이지만, 그마저도 감사할 일이라고 말하는 사람이 있더군."

"어머나, 아주 엄격한 삶의 지침이군요."

히로코는 얼굴을 들었다.

"냉담하게 들리나? 하지만 그런 말도 전혀 이상하게 들리지 않는 것이 인간 세상이니까."

"행복이란 대체 뭘까요?"

"히로코 양은 어떻게 느끼지?"

"글쎄, 그걸 잘 모르겠어요. 다만, 우리가 행복하다고 느끼는 것에 어떤 과오가 있는 것 같아요."

"음, 과연. 그래서 예를 들면…."

"예를 들면 돈이나 재물로 행복을 사지 못한다는 사실은 누구나 알아요. 왜냐하면 돈 많은 부잣집에 더 외롭고 불행한 일이 많다는 것을 알기 때문이에요. 그걸 알고는 있지만, 정작 으리으리한 집 앞을 지날 땐, 저런 집에서 살면 얼마나 행복할까, 하고 생각하는 경우가 있어요."

"그래?"

하면서, 이찌지로는 매우 젊고 발랄한 생기가 도는 그녀의 눈동자를 귀여운 듯 바라보다가 수긍하는 표정으로 말했다.

"나도 히로코 양이 말하려는 게 뭔지 알 것 같아. 어쩐지 지금까지의 사고방식이 근본적으로 잘못된 것 같지?"

"그렇습니다, 선생님. 진정으로 사랑을 모르면서 저희는 사랑하는 것 아닌가 하고 생각하기도 해요. 사랑이란 감당할 수 없는 어려운 말 같아요."

"그렇지! 어려운 말이지, 감당할 수 없는 말이야."

"얼마 전 책에서 읽었는데, 사람들은 단순히 좋아하는 감정을 경솔하게 사랑이라는 말로 바꾸려는 경향이 있는 것 같아요. 저는 그게 마음에 걸려서…."

히로코는 미지의 여인에게서 온 불쾌한 전화를 받은 후로 게이치를 의심했다. 아니, 그것은 의심이 아니라 마음의 동요였다. 그러나 그 마음의 동요는 자신의 사랑이 허약하다는 사실을 깨닫는 계기가 되었다.

그 후로 그녀는 게이치에 대한 자신의 사랑에 충실하기는 해도 두 사람의 마음에 중대한 무엇이 빠진 것 같아 아쉬워하던 참이었다.

그러므로 세상의 연인들이 결혼하고 얼마 안 되어 원인을 알 수 없는 권태를 느끼고 이혼하는 따위의 소동을 벌이는 것도 사랑이 무엇인지 잘 모르는 데서 빚어진 비극이 아닌가 하는 생각이 들기 시작했다.

"히로코 양! 그대는 아직 젊은데도 생각은 깊군."

"아니에요. 생각하는 면이 너무 얕아서 큰일이에요. 그런데 선생님, 진정한 행복은 존재하겠지요? 다만 저희들이 행복이 무엇인지 모르고 있을 뿐 아니겠어요."

"그야, 그렇겠지. 아니, 저것은…."

이찌지로가 눈살을 찌푸리며 연못 건너편을 바라보았다.

"누구세요? 아시는 분이에요?"

"아니, 오사무와 비슷해서…."

"오사무 씨?"

히로코의 얼굴에 순간 그늘이 드리워졌다. 이찌지로는 그 표정을 보고 고개를 가로저으면서,

"아니, 비슷할 뿐이었어. 그럼, 우리 식사하러 갈까?"

하면서 이찌지로는 아무 일 없었던 것처럼 자리에서 일어섰다.

히로코는 잠깐 뒤를 돌아보고 나서 그의 뒤를 따랐다.

"어머, 선생님 어깨에 뭐가 붙어있어요."

그녀는 이찌지로의 어깨에 붙은 하얀 부푸러기를 떼어 집어던졌다.

"오늘 저녁은 뭐로 할까?"

"선생님이 좋아하시는 거라면 저는 무엇이든지 좋아요."

"아니, 난 히로코 양이 좋아하는 것이면 더 좋겠는데…."

두 사람은 잔디밭을 가로질러 도청의 정문을 나왔다. 바로 앞은 차가 번잡하게 지나는 도로였다.

두 사람은 오른쪽으로 꺾어 돌아 철책을 따라 난 보도를 걷기

시작했다. 매연이 코를 찔렀다.

"선생님, 그럼, 불고기 드실래요. 선생님께 고기 구워드리고 싶어요."

"그것, 참 좋겠군."

이찌지로는 선량하게 미소 지었다.

"저는 무조건 무슨 일이든 선생님을 도와드리고 싶어요. 요리나 세탁 같은 거 말이에요."

오사무만 기분 좋게 허락한다면, 그녀는 일요일마다 니시이 이찌지로의 집을 찾아가고 싶었다. 그래서 오빠 에이츠케의 부도덕한 짓 때문에, 딸 키미코를 잃어버린 아버지 이찌지로를 위해서 자기가 할 수 있는 모든 일을 성심껏 해드리고 싶었다.

여섯 시가 지났어도 7월의 하늘은 아직 밝았다.

"고마워요. 그 마음만으로도 난 적지 않은 위안을 받아요."

히로코는 자신과 이찌지로의 관계가 기묘하다고 생각했다. 또 오빠와 키미코의 관계를 생각하면 이찌지로와 자신은 분명 부자연스러운 사이다. 오사무가 자신에게 적의를 노골적으로 드러내는 편이 오히려 정상이라고 여겼다.

몇 개의 교차로를 건너는 동안 두 사람은 나란히 걸었다.

"선생님, 저번에 이상한 전화가 걸려 왔어요."

히로코는 문득 전화를 걸어온 그 여인에 관한 얘기를 이찌지로에게 하고 싶었다. 큰 거리의 공원 옆을 지나면서 그 얘기를 간단하게 했다.

"허어, 그것, 참 악질이군."

이찌지로는 분수 옆에 멈춰 서서 심각한 표정을 지었다. 분수의 물보라가 그의 어깨 위에 떨어졌다.

"작은오빠는 누가 장난삼아 한 소행이라고 해요."

"물론 장난이겠지만…."

이찌지로는 가까운 벤치에 걸터앉았다. 하늘은 서서히 저녁 빛으로 물들기 시작하였다.

"저는 큰오빠의 훼방이 아닌가 싶어요."

"에이츠케 군이? 설마 그럴 리가…."

"부끄럽지만, 큰오빠는 그런 짓을 하고도 남을 사람이에요."

고개를 숙인 히로코의 발밑으로 비둘기 두 마리가 다가왔다.

"아니야, 에이츠케 군이 한 짓은 아닐 거야."

하고 이찌지로는 딱 잘라 말했다.

"아니에요, 오빠가 틀림없어요. 오빠는 돈이라면 부모도 형제도 보이지 않는 사람이니까요."

그녀는 오빠가 아버지에게 3백만 엔을 갈취하려 했다는 것까지 털어놓았다.

"그러니까 이번에도 에이츠케가 한 짓이라고 생각하는 건가? 아무리 그래도 그런 짓은 하지 않았을 거야."

"아니에요, 오빠는 아직 자기가 아버지의 돈을 빼앗으려 했던 일을 가족들이 눈치챈 줄 모르고 있으니까요."

그녀의 말에 이찌지로는 팔짱을 끼고 깊은 생각에 잠겼다.

히로코는 갑자기 불안해졌다. 오빠 에이츠케가 한 짓이라면 불쾌하기는 하지만, 한편으로는 안심할 수 있었다. 그것은 게이치에게 아무 근거가 없는 일이라고 말할 수 있기 때문이다.

그러나 에이츠케가 아니라면, 누군가가 확실한 증거를 가지고 훼방을 놓는 것이다. 히로코는 그 이유를 모르는 것이 오히려 더 불안했다. 역시 게이치에게 그 전화 얘기를 해야만 되겠다고 생각하면서 다가온 비둘기에게 작은 손을 내밀었다.

"그것, 참 아주 악랄한 장난이군."

이찌지로는 그 나름대로 뭔가 깊이 생각하는 모양이었다.

불고기로 저녁을 마친 두 사람은 빌딩 한 귀퉁이에 있는 음식점에서 나왔다.

"우리 좀 걸을까? 아직 여덟 시밖에 안 됐군!"

이찌지로는 손목시계를 들여다보았다.

"네, 앞으로 선생님과 얘기 나눌 기회도 없을 테니까요."

이찌지로는 맥주 두 병과 그녀가 구워준 고기와 야채를 즐거운 마음으로 먹었다.

"9월에는 새신부가 되는군."

이찌지로는 등을 곧게 펴고 한 손을 바지 주머니 속에 넣고 골목길 쪽으로 걸어갔다. 역전 거리지만 한 걸음 안쪽으로 들어가면 이렇게 사람의 왕래가 적은 길이 또 있을까 할 정도로 인적이 드문 어두운 길이었다.

"선생님!"

"응?"

"이런 말씀을 드려서 죄송하지만, 전 선생님께서 결혼 피로연에 참석해 주시면 좋겠어요."

"나를 초대하는 건 어려울 거야."

"네에…."

"그렇지 않겠어? 나도 참석해서 히로코 양의 결혼을 마음껏 축하해 주고 싶지만…."

이찌지로는 말끝을 흐렸다. 자기의 말에 진실성이 없다는 것을 느꼈기 때문이다. 이 아가씨의 결혼을 진정으로 축하할 수 있을까? 물론 게이치는 좋은 청년이며, 히로코와 잘 어울린다고 생각은 한다.

그러나 그녀가 결혼한다는 사실에 마음 한구석에서는 저항감이 들끓고 있음을 부정할 수가 없었다. 그것은 히로코의 결혼을 반기면서도 한편으로는 그러고 싶지 않기도 했기 때문이다.

"선생님이 가장 기뻐해 주실 거라고 저는 믿어요. 선생님은 저희 두 사람을 잘 알고 계시기 때문에 제가 신부가 된 모습을 보여드리고 싶어요."

히로코는 어리광처럼 이찌지로의 얼굴을 쳐다보았다. 그러

나 곧,

"용서하세요. 이렇게 제멋대로 말씀드린 걸…."

"피로연에 가지 않아도 축하 선물은 해야지. 뭐가 좋을까, 히로코 양?"

"축하 선물을 주시겠다고요? 기쁘지만 그건 사양하겠어요."

"사양할 것 없어, 히로코 양."

히로코의 느린 발걸음에 보조를 맞추며 천천히 걸으면서도 이찌지로의 마음은 엉킨 실타래처럼 복잡하기만 했다. 자기도 모르게 오사무의 말을 곱씹고 있었다.

오사무는 히로코가 아름다운 미모의 여성이 아니었다면, 그렇게 깊이 사귀지는 않았을 거라면서 아버지인 자기를 나무란 것이다.

그 말이 사실 그대로일지도 모른다고 생각하며 옆에서 걷고 있는 히로코를 보았다. 하얀 볼과 기다란 눈썹이 등불 밑에 아름다웠다. 할 수만 있다면 언제까지나 이렇게 히로코와 함께 있고 싶었다. 그녀처럼 진심으로 키미코의 죽음을 슬퍼하는 아가씨는 그의 주변에 없었다.

"그러나 선생님께 선물을 받을 수는 없어요."

"왜?"

"그건 제가 괴롭기 때문이에요."

"그러면 난 히로코 양 결혼을 축하해 줄 방법이 없잖아?"

"아니에요. 제가 결혼한 후 우리 집으로 놀러 오시면…."

이찌지로는 새 가정의 새신부가 된 히로코를 그려보았다. 그것은 딴 세계로 영영 떠나버린 것 같은 외로움이었다.

"그렇죠, 선생님? 그것이 가장 좋은 결혼 축하예요."

이찌지로는 대답하지 않았다.

어느새 두 사람은 포장도로를 지나 자갈이 많은 외진 길을 걷고 있었다. 바람이 이따금 생각난 것처럼 불며 지나갔다.

"선생님! 그게 좋겠지요?"

"그게 좋다면…."

"저는요, 이삼일 전에 선생님 꿈을 꾸었어요."

히로코가 어린애 같은 소리로 말했다.

"그래, 무슨 꿈을 꾸었지?"

젊고 아름다운 여자가 자기 꿈을 꾸었다고 하니, 이찌지로는 기분이 좋았다.

"저어…, 선생님하고 제가 단둘이 거리를 걷는 꿈을 꾸었어요. 끝도 없이 넓은 보리밭이 있었어요. 마치 이시카리石狩いしかり 평야 같은 푸른 보리밭이었어요. 그런데 꿈이란 참 이상해요. 그 보리밭 위를 하얀 돛단배가 미끄러져 가는 꿈이었어요."

"호오, 보리밭에 하얀 돛단배가? 정말 환상적인 꿈이군?"

"맞아요, 환상적이었어요. 선생님이 그 배를 향해 '어~이!'하고 소리를 질렀어요. 그랬더니 글쎄, 그 배가 별안간 사라져 버리잖아요. 나는 갑자기 슬퍼져 선생님과 걸으며 그만 눈물을 흘리고 말았어요. 그랬더니 선생님은 아주 부드러운 목소리로 저를 위로해 주시더군요."

"호오, 그럼. 고맙다고 말해야지."

"고마워요, 선생님. 위로해 주셔서."

히로코는 꾸벅 고개를 숙였다. 이찌지로는 미소 지으며 자기는 이 아가씨의 어깨에 미친 듯 입 맞추던 꿈을 떠올렸다.

"그런데 선생님! 선생님은 신혼여행 어디로 다녀오셨어요?"

"우리는 신혼여행 같은 건 갈 수 없었지. 그 시절엔 너무 가난했거든."

죽은 아내의 얼굴이 눈앞에 떠올랐다가 사라졌다.

"그럼, 저희도 신혼여행은 가지 말까요?"

"왜?"

"저도 선생님과 똑같이 하고 싶어요."

"뭣, 나와 똑같이?"

"네, 선생님과 똑같이 하고 싶어요."

"왜?"

"왜 그런지 저도 잘 모르겠어요."

"믿기 어려운데 즐거운 얘기군."

그녀는 미소 지으며 이찌지로를 바라보다가 재빨리 말했다.

"선생님, 방금 선생님께 받고 싶은 선물이 생각났어요."

"뭐지?"

"언젠가 선생님은 저더러 일기를 쓰라고 말씀하셨죠? 그 후부터 저는 매일 일기를 써왔어요. 그러니까 말이에요."

"일기장이 아쉬워?"

"네, 선생님이 주신 일기장에 저의 신혼생활을 적고 싶어요."

"그거 아주 값싼 선물이군그래."

이찌지로는 쓴웃음을 지으며 그녀의 고운 마음씨를 가슴으로 느꼈다.

자기의 권유에 따라 매일 일기를 기록해 왔다는 것과 결혼하기 전에 일기장을 선물로 받고 싶어 하는 것은, 자기를 소중히 여기는 마음의 표현이라 생각하니 기뻤다.

"저는 선생님께 이야기하듯 일기를 쓰고 싶어요."

"고맙소, 히로코 양. 아가씨는 정말 훌륭한 아내가 될 거요."

"그럴까요?"

"여자란 대개 남편을 위로하는 말을 잘 몰라. 그런데 히로코 양은 그런 말을 잘하는 아내가 되리라 믿어."

"그토록 칭찬해 주시니 기쁘네요."

두 사람은 잠시 발걸음을 멈추고 섰다가 발길을 돌려 네온사인이 밝은 거리 쪽으로 향했다.

자물쇠 속의 별

이시카리 만石狩灣いしかりわん의 낮은 해안선이 한쪽으로 살포시 기울고, 저 멀리 오타루 곶小樽岬おたるみさき이 육지로 뻗어나는 것이 꿈속 같았다.

게이치와 히로코는 뜨거운 모래 위에 젖은 몸을 눕히고 일광욕을 즐기고 있었다. 조금 떨어진 곳에 에이츠케와 후지오와 파란 수영복 차림의 마리의 모습도 보였다.

바다와 모래가 똑같이 뜨겁게 내리쬐는 햇빛을 반사하고 있었다.

히로코는 모래 위에 배를 깔고 엎드려 즐비한 바닷가의 집들을 장난감처럼 바라보고 있었다.

"인간이 사는 곳에서는 반드시 먹을 것을 파는구나!"

하고 게이치는 혼잣말하며 웃었다.

바로 코앞의 작은 가게에서 주스와 사이다를 든 젊은이들이 밖으로 나왔다. 오징어와 옥수수를 굽는 가게도 있었다.

그 가게 앞에서 40대 남자가 열두세 살가량의 여자아이와 함께 바다 쪽을 바라보면서 옥수수를 먹고 있었다.

"뭐라고요, 인간이 사는 곳에서는 반드시….”

"아, 그거? 인간이 사는 곳에서는 반드시 먹을 것을 판다고 했지. 윗글은 잊어버렸지만 아주 좋은 노래였어.”

게이치의 건장한 어깨에 마른 모래가 묻어있었다. 마리의 명랑한 웃음소리가 저편에서 들려왔다. 게이치는 마리를 힐끔 보았다. 마리의 젖은 머리가 햇빛에 반짝 빛나며 아름다웠다. 마리는 자기를 바라보는 게이치를 향해 미소를 보냈다.

"날씬하지요, 마리 양은?”

"응, 날씬하지. 그러나 저 여자는 가정주부 타이프는 아니야. 혼자 살아야 할 타이프라고 생각해.”

"큰오빠는 그녀에 대한 집념이 강해요.”

모래 위에 책상다리로 앉은 에이츠케가 팔을 크게 벌리면서 뭐라고 말하자, 마리는 고개를 끄덕이면서도 시선은 후지오에게 쏟고 있었다.

게이치는 말없이 모래를 한 줌 쥐더니 히로코의 몸 위에 솔솔 뿌렸다. 그녀는 부드러운 모래의 감촉으로 게이치의 마음을 읽었다.

상품광고 깃발인지 노란 삼각형의 기가 마치 만국기처럼 바닷가의 집에 둘러쳐져 있어 바닷바람에 팔랑팔랑 나부꼈고, 레코드에서는 '황성荒城의 달'이 흘러나왔다.

"해수욕장에서 듣는 '황성의 달'은 흥미롭군요. 바다에 대한 노래는 이런 때 더 실감이 날 거야."

히로코는 게이치와 이런 말을 나누는 것만으로도 즐거웠다.

"이제 이상한 전화는 안 오지?"

"아니에요. 어제도 온 걸요."

"어제도?"

게이치의 짙은 눈썹이 꿈틀거렸다.

"네, 어제는 토요일이었잖아요? 열두 시에 집으로 돌아가려는데, 전화가 왔어요."

"끈덕지군. 이젠 그따위 것 신경 쓰지 말아요."

그녀는 지금 바로 곁에서 게이치의 얼굴을 바라보고 있으니, 아무것도 걱정할 필요가 없다고 생각했다.

게이치의 진심 어린 눈동자에서 거짓을 숨기는 어둠은 찾아볼 수 없었다. 말에도 활발하고 생기가 있어 애매한 곳이라곤 조금도 없었다. 그에게서 의심할 여지를 찾을 수 없는 것이 오히려 더 염려스러울 정도였다.

"그렇지, 신경 쓰지 말아야 해. 적은 우리가 서로를 싫증 내게 하려는 데 목적이 있으니까. 우리가 불쾌하게 여긴다면, 그것은 저쪽의 함정에 빠지는 셈인 거야."

"지금까지보다 더 가깝게 지내야 해요."

"응, 그래야지."

하고 게이치가 고개를 끄덕일 때, 에이츠케가 크게 소리쳤다.

"야, 히로코! 두 사람 무슨 말을 그렇게 다정하게 하냐?"

게이치와 히로코는 다정하다는 말에 서로 얼굴을 마주 보고 미소 지었다.

"미안합니다."

하고 말하면서 게이치는 히로코의 손을 잡고 일어서 그들에게로 갔다.

"둘 사이가 그렇게 좋으니 기쁩니다, 이마노 씨. 그런데 당신은 헤엄을 아주 잘 치더군요."

"그렇던가요?"

"보트는 어떻습니까?"

"겨우 노를 저을 정도입니다."

"저는 보트를 좀 잘 타는 편입니다. 그런데 마리 씨는 보트를 싫어하는 모양입니다."

마리 앞에서는 에이츠케도 특유의 오만한 태도를 삼가고 있었다. 쭉 뻗었던 다리를 옆으로 구부리며 마리가 빈정대듯 말했다.

"유감이에요, 에이츠케 씨. 그처럼 노를 잘 젓는 모습을 아직

150 ◇ 사랑의 계단

보지 못해서 말예요."

교사가 인솔하는 초등학생들이 왔는지, 백 미터쯤 떨어진 바다에 수박처럼 떠 있는 하얀 모자와 빨간 모자가 마치 동화 같았다.

하늘에는 헬리콥터가 소리를 내면서 빙글빙글 돌았고, 열 척 가량의 보트가 바다에 떠 있어 한 여름임을 말해주었다.

번화한 해변 풍경을 눈여겨보면서 히로코는 이곳에도 사람이 오지 않을 때가 있겠지, 하는 엉뚱한 생각을 했다.

여름이 지나고 왠지 쓸쓸해진 바닷가로 게이치와 단둘이 온 것 같은 느낌이었다.

"무슨 생각을 그렇게 해요, 히로코 씨?"
하고 마리가 물었다.

"해변이 너무 번잡하다고 생각했어요."

히로코는 지금 왜 한 사람도 없는 해변을 연상할까, 하고 스스로 의아했다.

"나 혼자 헤엄이라도 치고 올까."
하면서 에이츠케가 일어섰다.

게이치와 히로코와 마리도 뒤따라 일어섰다. 그러나 후지오는 무릎을 끌어안고 머리를 무릎에 댄 채 꼼짝도 하지 않고 앉아 있었다.

"후지오, 수영하지 않을래?"

하고 에이츠케가 묻자,

"난 좀 있다가…."

후지오가 짧게 대답했다.

히로코는 게이치와 함께 바다로 들어갔다. 20미터까지는 밀려드는 모래 때문에 물결이 탁했으나, 그 너머 저편에는 푸르고 아름다운 바다가 있었다.

물이 깨끗한 곳까지 들어왔어도 물은 허리 정도밖에 차지 않을 만큼 얕았다. 히로코는 깊은 바다 쪽으로 천천히 헤엄쳐 가기 시작했다.

수영은 익숙한 평영(平泳)이었다. 대여섯 살 때부터 매년 이곳 바다에서 헤엄을 치며 자랐기 때문이다.

그들 삼남매는 모두 헤엄을 잘 쳤다. 그중에서도 후지오는 훌륭한 솜씨를 보였고 원거리 수영도 능했다.

"그만 돌아갈까요?"

"왜, 벌써. 멀리 오지도 않았는데…."

게이치의 대답을 듣고 보니 구태여 돌아갈 필요도 없는 것 같았다.

히로코는 마음이 편해졌다. 넓고 푸른 바다에 게이치와 단둘이 있는 것 같은 한가한 기분이었다.

인간은 작은 일 때문에 걱정하기도 하고, 또 안심하기도 하는 변덕이 많은 존재라고 그녀는 생각했다. 또 아이를 낳으면 꼭 수영을 가르쳐야겠다고 마음먹기도 했다.

언젠가 두 살 난 어린아이가 수영하는 모습을 텔레비전에서 본 적이 있다. 두 살부터 헤엄을 칠 수 있다면 연못에 빠져 죽는 아기는 없을 것이다. 히로코는 그런 상상을 하면서 행복에 젖어 들었다.

두 사람은 백오십 미터가량 헤엄쳐 갔다가 기슭을 향하여 되돌아오기 시작했다.

"내가 무슨 생각을 했는지 궁금하지 않아?"

하고 게이치가 들쑥날쑥한 이를 드러내며 웃었다.

"글쎄요. 우리의 아이?"

이 말에 그는 깜짝 놀란 얼굴을 히로코 쪽으로 돌리면서,

"그걸 어떻게 알았어?"

하고 말했다.

히로코도 놀랐다.

두 사람은 우연히 같은 생각을 한 것이다. 장차 태어날 자신들의 아이에 대해서. 훗날 아기가 태어나 자라면 푸르고 넓은 바다에서 아버지와 어머니는 너에 대해 생각했다고 오늘의 일을 이야기해 들려주고 싶다는 생각이 파도처럼 밀려왔다.

기슭을 백 미터쯤 앞두고, 게이치가 돌연 큰소리로 외쳤다.

"무슨 일 있는 모양이야, 히로코!"

해변 쪽을 보니 사람들이 허겁지겁 모여드는 광경이 보였다.

"누가 물에 빠진 모양이에요."

"그럴지도 몰라."

물이 이렇게 얕은데 설마 빠지는 사람이 있을까 하면서 두 사람은 재빠르게 헤엄쳐 갔다.

"심장마비일지도 몰라요."

하고 말하면서도 히로코는 또 불안해졌다. 후지오의 우울해하던 얼굴이 눈앞에 떠올랐다.

혹시 후지오에게 무슨 일이 생긴 건 아닐까?

히로코의 가슴은 두근거리며 마구 요동쳤다. 그러나 후지오는 그때 바닷물에는 들어오지 않았다.

그럼, 해변에서 쓰러진 걸까?

'설마 작은오빠는 아닐 거야.'

히로코는 애써 불안을 털어버렸다.

해변까지 헤엄쳐 온 히로코는 걸어 나오면서 후지오를 찾았다. 그러나 그는 보이지 않았다. 에이츠케도 마리도 없었다. 셋은 해변에 둘러선 사람들 무리 속에 있는지도 모른다.

"작은오빠는 아니겠지…."

조금 전의 불안이 다시 엄습해 왔다.

"설마…."

하고 게이치는 자기의 마음을 스스로 다독였다.

사람들은 해변에 몇 겹으로 둘러서 있었다.

"무슨 일이에요?"

히로코는 옆에 선 사람에게 물었다.

"누가 물에 빠졌답니다."

한 남자가 젖은 목소리로 대답했다.

"어린애예요?"

"아뇨, 어른입니다."

사람들 틈을 헤치듯이 하여 목만 내밀고 들여다보았다. 누군가 남자의 몸 위에 올라타고 인공호흡을 하는 중이었다.

"앗! 큰오빠!"

히로코는 비명을 질렀다.

거기엔 축 늘어진 에이츠케의 얼굴이 있었다. 그 곁에는 한 손을 짚고 들여다보는 마리의 얼굴이 있었다.

∞∞

요오키치는 파자마 바람으로 다다미 위에 누웠고, 가츠에는 그 곁에서 히로코의 옷을 매만지고 있었다. 땀이 줄줄 흘러내리는 무더위에도 그녀는 단정한 자세로 앉아 옷을 기웠다.

"어머니에게 옷을 깁게 해놓고 해수욕하러 가다니…."

가츠에는 이렇게 투덜대는 남편 요오키치를 돋보기 너머로 힐끔 보더니,

"여보, 이렇게 무더운 일요일에 그 애가 집에 틀어박혀 있는 것을 보면, 당신은 가엾은 생각 안 들어요?"

"그것도 그렇지만, 요즘 아이들은 단정하게 앉아 바느질 따위는 하지 않는다니까. 모두 어머니가 잘못하기 때문이지. 딸자식에게는 그런 것을 가르쳐야 하는 법이오."

"그러나 억지로 배울 필요는 없어요. 양장점에 가면 잠옷이든 양복이든 다 맞춰주는 세상이니까요."

"그렇군! 그럼, 당신도 그따위 것 꿰맬 필요 없잖소. 사 오는 게 낫지."

"저는 손이라도 움직여 일하지 않으면 지루하니까요."

'아내는 늘 같은 소리를 하는구나,'하고 생각하면서 요오키치는 낮은 음성으로 부드럽게 말했다.

"그렇게 지루하오?"

"매일 아침이 오면 또 밤이 되고, 또 밤이 지나면 아침이 오는, 몇 년을 지내보아도 늘 똑같은 일상만 되풀이되잖아요?"

"하지만 히로코가 시집가는 건 그렇게 지루하지 않지?"

"그야 당연하죠. 나이가 차면 결혼하는 게….."

"그런가? 그런데 에이츠케 같은 골치 아픈 놈도 당신 마음에는 그냥 아무렇지 않소?"

가츠에는 대답하지 않고 눈을 가늘게 뜨고 바늘에 실을 꿴다.

"그 녀석은 불효자식이야! 불효자식!"

요오키치는 하얀 백합이 활짝 핀 정원에 눈길을 주었다.

"여보! 애들이란 다섯 살까지만 효도하는 모양이에요."

"다섯 살까지만?"

"그래요. 다섯 살까지만 부모를 즐겁게 해주고 희망을 품게 한다는 말이 있어요."

"음!"

그럴지도 모른다. 요오키치는 그 말을 듣고 아이들을 너무 두둔한다고 생각했다. 다섯 살의 어린아이는 자각이 없다.

"그것은 진정한 효도가 아니야."

"그렇지만 기쁨을 주는 것은 틀림없으니까요."

"그럼, 뭐지? 에이츠케가 아무리 불효해도 괜찮단 말인가?"

선풍기의 스위치를 3단에서 2단으로 바꾸면서 요오키치는 가볍게 코를 문질렀다.

"괜찮은 건 아니지만 별수 없잖아요? 천성이 그러니까요."

"그런가? 정말 어쩔 수 없는가?"

에이츠케가 그런 인간으로 자란 것은 아내의 가정교육이 잘못된 것 아닐까, 하고 나무랄 생각도 요오키치에게는 있었다.

친구를 시켜 아버지를 협박하려 했던 일을 아내에게는 아직 알리지 않았다. 그 이유는 아내와 에이츠케는 서로 뜻이 통하는 듯 보였기 때문이다. 사실 가츠에는 입이 무거운 사람은 아니다.

"그런데 이웃집 마리 양 말이요?"

선풍기의 스위치를 다시 3단으로 바꾸며 요오키치는 아빠 다리를 했다. 더위는 누워도 앉아도 몸 언저리를 떠나지 않고 땀을 줄줄 흘러내리게 하며 극성을 부렸다.

"당신은 어떻게 생각해?"

"마리 양 말인가요? 예쁜 아가씨라고 생각해요."

가츠에는 실을 송곳니로 물어뜯어 잘랐다. 이렇게 실을 자를 때 한쪽 눈을 감는 아내의 표정은 옛날과 조금도 변함없다고 요오키치는 생각했다.

"다름이 아니라 에이츠케의 신붓감으로 어떠냐는 말이오."

"그 아가씨는 에이츠케에게 오지 않을 거예요."

"그렇지도 않을걸. 같이 볼링도 치러 다니고, 함께 커피도 마시러 다니지 않던가?"

"그저 그렇게 할 뿐이겠죠. 볼링을 같이하고 커피를 함께 마신다고 해서 부부가 되겠다고 생각하는 건 아니니까요."

"그럴까?"

"그렇지요."

"그걸 어떻게 알아?"

"보면 알지요. 그 마리라는 아가씨는 무엇보다도 눈이 높아요. 에이츠케 같은 녀석은 거들떠보지도 않아요."

"그래? 그것, 참 억울하군."

하고 요오키치는 약간 아쉬운 듯 말했다.

그는 에이츠케가 마리에게 마음을 두고 있다는 것을 알고 있었다. 마치 세상을 자기 것인 양 여기며 살아온 오만한 에이츠케를 마리가 거들떠보지도 않는다는 사실에는 도리어 속이 후련했다. 그러나 아내에게 말로는 억울하다고 말했다.

"그렇게 억울하세요?"

"물론 억울하지. 당신은 에이츠케가 불쌍하지 않소?"

"불쌍하다니요? 불쌍하다는 말은 약한 놈에게나 하는 말이에요, 여보!"

"그런가? 그럼 불쌍하다고 생각하지는 않는단 말이지?"

"에이츠케에게도 사랑스러운 점이 있나요?"

"그러니까 어떻게 생각하느냐고 묻지 않소?"

"아무렇게도 생각지 않아요. 지금에 와서 그걸 생각해서 무얼 해요? 우리가 낳아서 키운 자식인데, 별도리 없지요."

"별도리가 없다고?"

어린아이는 다섯 살까지 부모에게 효도를 다 한다는 말은 아이를 두둔해서 나온 말이 아니라, 실망에서 나온 말인지도 모른다고 요오키치는 마음속으로 생각했다.

"정말 당신은 별난 사람이구려."

"그런가요?"

가츠에는 억양 없는 어조로 말했다.

목덜미의 땀을 연신 닦으면서도 바느질을 멈추지 않는 아내의 모습에 문득 가여운 생각이 들었다.

무슨 일에든 그다지 놀라지 않는 아내가 어떤 때는 믿음직스러우면서도 때로는 무딘 여자라고 마음속으로 경멸해 온 터였다. 그러나 지금 요오키치는 그녀가 불평 한마디 터뜨리지 않는 갸륵한 여자라고 생각했다.

"좀 쉬는 게 어때, 여보."

다다미 위에 한쪽 팔꿈치를 짚으면서 위로해 주려고 하자,

"별로 피곤하지 않아요."

하고 가츠에는 여느 때와 다름없는 말투로 말했다.

그는 쓴웃음을 지었다. 어떠한 말도 가츠에의 마음속으로는 스며들지 않는 것 같았다. 그가 한 말은 언제나 그대로 튕겨 나올 뿐이었다.

그때 거실의 전화벨이 울렸다. 그녀는 요오키치의 얼굴을 바라보았다. 그러자 요오키치는 턱짓으로 아내에게 전화를 받으라고 했다. 아무 일 없이 드러누워 있는 자기가 가지 않고 바느질하는 아내를 재촉하면서 요오키치는 조금 미안한 생각이 들었다.

"네에!"

수화기를 든 가츠에가 말했다. 그녀는 '나오키입니다.'하고 전화를 받는 적이 없다. 언제나 무뚝뚝하게,

"네에."

하고 전화에 대고 말했다.

"아, 히로코, 그래…?"

이따금 '응, 그래'하며 맞장구칠 뿐, 그녀는 히로코의 말만 듣고 있는 모양이었다.

"응, 그래…, 별수 없지, 곧 갈께."

수화기를 내려놓은 가츠에는 멍하니 테라스 쪽을 바라볼 뿐이었다.

"여보, 히로코가 뭐래?"

가츠에는 천천히 뒤를 돌아보며 조용히 말했다.

"에이츠케가 물에 빠졌대요."

"뭣? 에이츠케가 물에 빠졌다고?"

요오키치는 자신도 모르게 벌떡 일어났다.

"이봐, 여보! 빨리 말해 봐요. 물에 빠져서 죽었어, 살았어?"

"에이츠케는 죽지 않아요."

"그럼 살아났나?"

"테이네케이진카이手稲渓仁会ていねけいじんかい병원으로 구급차로 옮긴 모양이에요. 인공호흡으로 겨우 목숨은 살렸다고 하네요."

가츠에는 이런 말을 할 때도 아무런 동요 없이 아주 침착하게 말했다.

"당신은 냉정하기 짝이 없는 사람이군! 빨리 차 불러요, 차!"

"그렇게 허둥댈 필요까진 없어요. 살아났으니까요. 그렇지만 세면도구와 잠옷은 챙겨가야 하지 않겠어요."

이렇게 말하면서 가츠에는 바느질하던 옷에서 재빨리 바늘을 빼 바늘쌈지에 꽂았다. 그 침착하고도 절제하는 아내를 보며 요오키치의 마음도 웬만큼 가라앉았다.

그와 동시에 요오키치는 조금 전 자신이 놀라던 일이 이상하기만 했다.

에이츠케가 물에 빠졌다는 말을 들은 순간 몹시 놀랐고 걱정도 되었다. 에이츠케가 죽었으리라고 생각한 것이다. 그것은 분명 친자식의 위급함을 들었을 때 어버이의 심정이다.

그러나 지금 에이츠케가 살아났으니 서두를 필요 없다는 아내의 말을 듣고 그는 평상시의 기분으로 돌이킨 것이다. 한시름 놓는 한편, '목숨이 질긴 놈이군!'하는 생각도 들었다.

"그런데 여보! 히로코가 빨리 오라고 하지 않던가? 그리고 우리를 놀라게 하지 않으려고 살아났다고 말한 것 아닐까?"

"그럼 죽었다는 말인가요, 당신은?"

큰 보자기에 세면도구와 잠옷 등속을 싸면서 가츠에는 냉엄한 얼굴로 요오키치를 쳐다보았다.

"그게 아니라, 그럴지도 모르니까 바삐 서두르라는 말이오."

이렇게 내뱉듯 말하고 요오키치는 차를 부르기 위해서 다이얼을 돌렸다.

❧

에이츠케는 일주일 후면 퇴원할 수 있다고 했다. 비교적 빨리 회복하고 있어 곁에서 시중을 들 필요가 없었으나, 가츠에는 어제와 오늘 아침저녁으로 병원에 드나들었다.

에이츠케가 물에 빠진 지 3일째 되는 날 저녁, 시원한 집 뜰 안에 요오키치를 비롯하여, 가츠에, 후지오, 히로코, 그리고 마리가 모였다.

"그런데 어째서 헤엄을 잘 치는 에이츠케가 물에 빠졌을까?"

요오키치는 몇 번이나 되뇌던 말을 지금도 또 되뇌었다.

해가 막 서산에 떨어진 여름날의 뜰 안은 아직 밝았다.

"저도 그게 이상해요. 멀리까지 몇 번이나 헤엄쳐 갔다 왔는데, 그렇게 잔잔하고 얕은 물에 빠질 거라고는 꿈에도 생각지 못했어요."

하는 히로코의 말에,

"빠진 게 아니라, 원숭이가 나무에서 떨어진 게지."

하는 가츠에의 말에, 후지오는,

"나무에서 떨어진 원숭이라⋯."

하고 중얼거리듯 말하며 잠자코 있는 마리를 보았다.

마리는 마치 소녀처럼 머리를 양 갈래로 늘어뜨리고 하얀 리본을 달고 있었다. 마리는 후지오의 시선을 맞받아 쏘는 듯 따가운 눈초리로 마주 보았다.

"결국 사람이란 실수할 수도 있다는 말이에요, 아버지."

"그렇고말고, 히로코. 사람이란 자기가 좋아하고 늘 잘하던 일도 실수할 때가 있는 모양이다!"

에이츠케가 살아난 것에 대해서 요오키치는 짓궂은 생각이 점점 더해갔다. 엊저녁 병원에 갔을 때 에이츠케는 환자답지 않게 넉살을 떨며 웃고 있었다.

"아버지, 사람은 언제 죽을지 모르는 나약한 존재지요. 인생은 짧은 것일지도 모르지만, 이제부터는 하고 싶은 것 실컷 하다 죽기로 결심했습니다."

죽음의 소용돌이 속으로 휘말려 들어갔다가 가까스로 위기를 모면한 자다운 겸손도 뉘우침도 없었다.

사람은 보통 위기에 처하면 평소의 자기 행동을 반성하고 후회하며 잘못을 고치겠다고 마음먹는 법인데, 에이츠케에게서는 그와 같은 태도를 전혀 찾아볼 수 없었다.

"아버지도 언제 돌아가실지 모릅니다. 앞으로 돈 따위를 소중하게 움켜쥘 필요 없습니다."

에이츠케는 이런 말까지 했다. 그의 얼굴은 좀 누렇고 야비해 보였다.

그런 에이츠케가 살면서 하고 싶은 일은 다 하고 싶다고 말한 이상 더욱더 악랄하게 행동할지도 모른다. 요오키치는 생각만 해도 마음이 불안해졌다.

'나쁜 일에는 싫증도 내지 않는 놈이군!'

그런 생각을 할 때, 히로코가 말했다.

"저는 백사장에 둘러선 사람들 틈을 헤집고 들여다보기 전까진 작은오빠가 물에 빠진 줄 알았어요. 그때 작은오빠는 우울한 얼굴로 백사장에 혼자 앉아 있었거든요. 그래서 전 작은오빠만 걱정했어요. 그때 작은오빠는 왜 물에 들어오지 않았어요?"

"뭐, 특별한 이유는 없었어…."

후지오는 말끝을 흐리곤 마리를 쳐다보았다. 마리는 아무것도 모르는 척하며 부채질만 하였다.

"마리 씨가 큰오빠가 물에 빠진 걸 발견했다면서요?"
하고 히로코가 물었다.

"네. 그래서 사람 살리라고 외쳤지요."

"그래서 작은오빠가 구했군요."

"응."

"작은오빠는 정말 언제나 믿음직해요."

"위급한 경우가 아니라도 후지오 씨는 언제나 대단해요."
하고 마리는 밝은 목소리로 말했다.

"그럼 에이츠케는 마리 양과 후지오에게 구출된 셈이군. 이젠 에이츠케도 두 사람에게 고개를 제대로 들지 못하겠구나.”

하고 요오키치가 당연하다는 투로 말했다.

“그건 모르죠. 그럴 오빠가 아니니까요. 그런데 작은오빠! 미처 물어보지 못했는데, 오빠는 마리 씨가 사람 살리라고 외칠 때 해변에 그대로 앉아 있었어요?”

“아니, 막 바다에 뛰어 들어가려던 참이었지.”

“그래요, 그럼 가까운 곳에 계셨어요?”

“아니 20미터쯤 떨어져 있었어. 왜?”

“다름이 아니라, 다른 사람에게 구출되지 않고 작은오빠에게 구출된 게 좀 흥미로워서요.”

마리는 빛나는 눈으로 히로코를 쳐다보고 나서 후지오에게로 시선을 돌렸다.

“흥미롭다니요? 아이 참, 그런 말이 어디 있어요. 후지오 씨가 진땀을 뺐어요. 난 수영이 서툴러서 아무 도움도 되지 못했으니까요.”

“아니, 당신은 헤엄 잘 쳐요. 어쩌면 나보다 더 잘 할지도 모르죠.”

“후지오 씨보다요? 어머나, 그것 기분 좋은 말인데요.”

마리는 빙긋 웃어 보였다.

“만약 그때 큰오빠가 죽었다면 어땠을까?”

히로코가 말했다.

"아마, 오늘쯤 장례식을 치르고 있겠지."

당연하다는 듯 가츠에가 한마디 했다. 그 말에 모두 한바탕 웃었다.

"그럼 난 살아있지 못했을 거예요."

마리가 말했다.

"어머나! 그게 정말이에요?"

"그럼, 정말이지요."

"왜요? 마리 씨는 큰오빠를 좋아하지도 않으면서…."

"그러나 함께 수영하던 사람이 눈앞에서 죽었다면, 그런 마음이 생길 것 같아서요."

"그렇겠지, 그런 마음이 들지도 모르지."

고개를 끄덕인 것은 요오키치였다.

"그러나 마리 씨보다는 큰오빠가 수영을 잘하니까, 그런 마음은 갖지 않아도 돼요."

그때 후지오가 슬그머니 자리에서 일어섰다. 하얀 옷이 그를 한층 더 매력적인 청년으로 보이게 했다.

"그것도 그렇군요."

테라스를 통해 안으로 들어가는 후지오의 뒷모습을 바라보면서 마리가 말했다.

"이제 수박이 시원해졌을 거예요. 자를까요, 어머니?"

히로코는 그렇게 말하고 집 안으로 들어가니 후지오가 주방에서 컵에 물을 따르고 있었다.

"물 마시고 싶어요? 얼음 있는데…."

"응."

후지오는 뒤돌아서서 동생을 물끄러미 바라보았다.

"왜 그래요, 오빠?"

"아니야, 형 일이…."

"큰오빠가 왜요?"

"형은 혼자 물에 빠진 게 아니었어."

"그럼?"

"마리 씨가 그 사실을 잘 알 거야."

"넷? 마리 씨가? 그럼, 그 여자가 큰오빠를 어떻게 했나요?"

"추측이지만…. 나중에 조용히 얘기해줄게."

후지오는 주방에서 나와 정원 쪽으로 갔다. 히로코는 냉장고에서 꺼낸 수박을 손에 들었다.

❧

"치즈와 버터 정도는 있어. 자, 어서 들어가자."

시무라 후사유키는 함께 온 게이치를 돌아보며 현관문을 열었다. 그러고는 곧 주방으로 갔다.

이찌지로와 오사무는 직장에 나가고 집에 없었다. 하루 종일

문이 닫혀 있던 집 안은 현관에 발을 들여놓자마자 후끈한 열기가 느껴졌다. 게이치는 사방을 둘러보고 나서 구두를 벗었다.

이상하게도 이 집에 올 때마다 마음 한구석에 걸리는 저항감 같은 게 느껴졌다. 그것은 이 집안을 채운 슬픔 때문인지도 모른다. 그 슬픔은 에이츠케의 누이동생 히로코와 약혼을 한 자신의 심정이기도 했다.

"비가 한바탕 쏟아지겠군."

러닝셔츠만 입은 후사유키가 재빨리 테라스 문을 열면서 하늘을 올려다보았다. 회색 하늘이 무겁게 짓누르고 있었다.

"비가 와야 좀 시원할 텐데."

거실 한복판에 선 게이치도 넥타이를 풀어 내렸다.

"그 넥타이 멋있군."

"그래?"

"뭐야? 빙글빙글 웃기만 하고. 애인이 선물했나 보군!"

"그 정도로 알아두게."

"쳇! 자네에게 맥주는 주지 않을 걸세."

후사유키는 웃으면서 냉장고에서 맥주 두 병을 꺼냈다. 게이치는 기다렸다는 듯 테이블 의자에 앉았다.

"버터와 치즈가 있을 텐데…, 어디 보자, 김이 있구나. 김에 참기름을 발라서 소금을 뿌리는 거야. 그런 다음 불에 살짝 구우면 맛이 좋지 않겠나?"

후사유키는 이렇게 말하고 김에 참기름을 바르기 시작했다.

"자식, 솜씨가 일품이군!"

"암, 솜씨가 좋고말고. 우리 집엔 홀아비가 셋이나 있으니 말이다."

"아, 그렇지…."

"이렇게 불에 구워서. 이보게, 자넨 맥주병을 따게."

"오케이."

두 사람은 테이블을 사이에 두고 마주 앉았다.

"아주 근사해, 맛이!"

단숨에 맥주를 한 잔 들이켜고 나서 후사유키가 말했다. 그때였다.

"언제 들어오셨어요?"

문이 열린 현관에서 여자의 목소리가 들려왔다.

"아, 네에…, 방금 돌아왔어요."

"이 소포를 받아놓았어요."

40대의 여인이 조그마한 소포를 가지고 들어왔다. 턱이 가늘고 인품이 넉넉해 보이는 여자였다. 게이치도 한두 번 본 적이 있는 이웃집의 야노 미치코矢野路子やのみちこ였다.

"어머나! 오셨어요?"

미치코는 반가운 듯 인사했다.

"미안합니다, 아주머니."

후사유키는 허리를 숙이면서 소포를 받아 들었다.

"북어를 구웠어요."

"고맙습니다. 늘 폐를 끼쳐서. 그럼 먹으러 가겠습니다."

후사유키가 미치코의 뒤를 따랐다. 게이치는 자기 잔에 맥주를 따르면서 여자가 없는 이 집의 따분한 생활을 그려보았다. 주방 설거지대에는 오늘 아침에 쓴 그릇이 씻기지도 않은 채 놓여있었다.

이 집에 잔일을 거들어 주러 오고 싶다던 히로코의 마음을 이해할 것 같았다.

"이마노, 북어와 가지무침을 얻어왔어."

하면서 후사유키가 쟁반을 들고 들어왔다.

"정말 고마운 분이군."

"응. 고마운 분이야. 그녀는 미망인이고 외삼촌은 홀아비니까, 두 사람이 합치면 참 좋을 것 같은데 말이야."

"서로 그럴 생각이 없을까?"

게이치는 구운 북어를 바라보면서 말했다.

"아니, 그 여자는 그럴 생각이 상당히 많은 모양인데, 외삼촌은 모른 척 시치미를 떼고 있지 뭐야."

"아, 그래? 시치미를 떼고 있다는 말이지."

"하지만 오사무는 그녀에게 호감이 가는 모양이야."

"이성으로 말인가?"

"설마, 그럴 리야 없겠지. 열두어 살이나 위인데 말이야."

"열두어 살이 아니라, 스무 살 위의 연상이라도 사이좋게 잘 지내는 남자가 세상에는 흔하잖아."

"그야 그렇지. 여자가 반드시 남자보다 연하라야 한다는 법 따위 없으니까. 나도 대여섯 살 연상을 마누라로 삼고 싶어. 물론 연하가 더 귀엽기는 하지만…."

"그럼, 귀엽고말고."

"자식! 열 올리긴!"

후사유키는 게이치의 컵을 빼앗는 시늉을 하며 껄껄 웃었다. 별안간 방이 어두워지는 것 같더니, 후드득후드득 굵은 빗방울이 함석지붕에 떨어지는 소리가 들렸다.

"야아, 비 온다!"

두 사람은 동시에 밖을 내다보았다.

"빗발이 거세구나!"

천둥 번개가 으르렁거리면서 순식간에 지붕과 땅에 맹렬하게 폭우를 쏟아댔다. 에이치는 일어나 테라스의 문을 닫았다.

"문 열어두는 게 낫지 않아? 무더워 죽겠어."

맥주병을 따면서 후사유키가 말했다.

"그럼, 열어둘까?"

또다시 문을 연 게이치는 뜰 안의 정원수와 수국이 쏟아지는 비에 무참히 쓰러지는 광경을 바라보았다.

"다녀왔습니다. 사람 잡는 지독한 비야!"

현관 쪽에서 오사무의 목소리가 들렸다.

"비 맞았지?"

"맞고말고요. 차고에서 여기까지 오는데 이렇게 젖었어요."

입고 있던 상의마저도 비에 흠뻑 젖은 오사무가 와이셔츠와 바지까지 손에 들고 거실로 들어왔다.

"아, 오셨습니까?"

"이렇게 먼저 와서 대접받고 있습니다."

"네, 어서 드십시오."

오사무는 세면대로 가 손을 씻고 와 찬장에서 컵을 꺼냈다.

"옷 갈아입지 않아도 되겠어?"

"귀찮습니다. 이대로 있으면 마르겠지요."

게이치가 따라주는 맥주를 마시는 오사무의 표정은 어딘지 모르게 어두운 데가 있었다.

"춘부장님께선 늦으시는군요."

게이치의 말에 오사무가 말했다.

"아버지께서는 저녁 식사를 하고 오신다는 전화가 있었습니다. 난 이마노 씨와 함께 계시리라고 생각하고 있었지요."

"나하고요?"

"그 여자도 함께 있으리라 생각했습니다."

"나오키 히로코 말입니까? 그녀는 오늘…."

게이치는 뭔가 말을 하려다가 입을 다물었다.

"이마노, 뭐야?"

후사유키가 묻자,

"응? 뭐 얘기해도 괜찮아. 그녀의 오빠가 오늘 퇴원한대."

순간 오사무의 눈이 빛났다. 그러자 후사유키가,

"어디가 아파서 입원했나?"

게이치는 말없이 치즈를 입에 넣는 오사무의 굳은 표정에 시선을 보냈다.

"아픈 게 아니고 일주일 전에 수영하다 물에 빠졌어."

"뭐, 물에 빠졌다고! 그 사람이?"

"응. 수영에는 익숙한 모양이던데…."

"파도가 거칠었나?"

"아니, 바다는 아주 잔잔했지. 나도 함께 갔으니까."

"아, 너도 갔어?"

"응. 그녀의 세 남매와 이웃집에 사는 아가씨와 나, 모두 다섯 사람이 갔지."

게이치는 그때의 상황을 자세히 설명해 주었다.

"흥! 그럼, 쥐가 났을 수도 있겠군."

"그렇게 생각할 수밖에 없는데, 본인은 발에 쥐가 난 것도 아니고 몸에 이상도 없었다고 말했어."

"이상하군. 먼 거리까지 몇 번이나 왕복할 정도로 수영을 잘

하는 사람이 물에 빠지다니, 그건 도무지 믿을 수가 없잖아."

"그러니까, 정말 이상한 일이야…."

그때까지 말 한마디 하지 않던 오사무가 컵을 손에 든 채 비웃듯 말했다.

"뭐, 하나도 이상한 일 아닙니다. 그건 천벌입니다."

"그렇군, 천벌이야?"

후사유키는 쓴웃음을 짓고 게이치를 바라보았다.

"천벌입니다. 그런데 왜 죽지 않았을까요?"

오사무가 허공을 물끄러미 바라보며 말했다. 눈빛은 여전히 어두웠다.

"천벌天罰이라는 말의 천天은 도대체 무엇을 뜻하는 것일까? 신神을 가리키는 말일까?"

후사유끼는 애써 화제를 바꾸었다.

"글쎄요. 우리나라에서 천天이라고 하는 말의 뜻은 그리스도교에서 말하는 신과는 달라서 인격이라고 해야 할까. 그런 건 아닌 것 같아."

"과연 그렇군! 천天이라는 것은 공간적으로 떠도는 것인지도 모르지. 그러나 우리나라의 경우는 신이라고 하면 그 정체가 다르지. 여우를 신으로 섬겨 신사神社じんじゃ에 모시기도 하고, 전사한 사람을 모시고 신처럼 떠받드는 그런 미신迷信 개념이란 말이야."

"말하자면 절대적인 신이 아니란 말인가?"

또 비웃듯 웃음을 띠고 두 사람의 대화를 듣고 있던 오사무가 말했다.

"아무튼 하늘이 주는 것이건, 신이 주는 것이건 간에 천벌은 천벌입니다. 그런 자식은 천벌을 받기 전에 빨리 뻗어버려야만 합니다."

"그런 난폭한 말은 하지 마, 이마노 앞에서는 말이야."

후사유키가 타이르자, 오사무는 당황한 듯 말했다.

"아, 실례했습니다. 생각해보니 이마노 씨는 그의 매제가 되는군요. 이마노 씨는 나에게 적이 아닌데 말입니다."

"난 당신에게 적군도 아니고, 아군도 아닙니다."

게이치는 컵에 남아 있는 맥주를 마시고 나서 조용히 말했다.

"그야 그렇겠죠. 이마노 씨는 나에게도 저쪽 사람에게도 원한이 있는 것은 아니니까요. 이마노 씨가 그 여자와 결혼하면, 나도 뭔가 생각을 달리해야겠습니다, 형님?"

오사무의 목소리가 부드러워졌다.

"생각을 달리하다니 그게 도대체 무슨 말이야?"

"이마노 씨는 나와 장기를 두는 친구가 아닙니까. 그러니까 그 여자가 친구의 부인이 된다면 깍듯하게 예의를 지키지 않으면 안 되겠죠?"

"그야 그렇지. 그런데 무슨 바람이 불어서 네가 그런 생각을 다 하게 되었나?”

갑자기 부드러워진 오사무의 태도가 미심쩍다는 듯 후사유키가 고개를 저으며 말했다.

후사유키가 게이치를 집으로 데리고 온 데에는 그만한 이유가 있었다. 이찌지로와 오사무 부자 사이가 원만치 않았기 때문이다. 그 원인은 말할 것도 없이 아버지가 히로코와 다정하게 지내는 것이었다.

오사무에게 친밀감을 가지고 있는 게이치가 가끔 이 집에 출입함으로써 에이츠케에 대한 감정은 말할 것도 없고, 그의 약혼자인 히로코에 대한 감정도 누그러뜨리고 싶은 것이 후사유키의 바람이며, 동시에 게이치가 원하는 것이기도 했다.

그러나 오사무의 태도는 더욱 강경해졌고, 에이츠케 가家 사람들에 대한 미움을 버리고 온정으로 대하려는 태도는 아예 보이지 않았다. 그런데도 전혀 예상치도 못했던 오사무의 태도가 지금 바뀌어 있는 데에 놀랐다.

“그렇게 의아하게 생각하지 마세요. 나도 이마노 씨처럼 좋은 분과는 오래 사이좋게 지내고 싶으니까요.”

신통하게도 오사무는 이렇게 말했다.

“아, 그래? 그것, 참 반가운 말이군! 그게 진심이라면 축배를 들어야지. 안 그래, 이마노.”

“시무라! 오사무 군은 진심이야.”

"그렇습니다. 진심입니다. 솔직히 말해서 에이츠케 그 자식에 대한 감정을 쉽게 풀 수는 없지만, 이마노 씨에 대해서만큼은 마음을 고쳐먹어야겠습니다."

"고맙습니다. 아버님께서도 기뻐하실 겁니다."

"아, 그런가요? 아버지까지 기뻐하시리라고는 미처 생각지 못했군요."

오사무의 갑작스러운 태도 변화에 약간의 불안은 있었지만, 후사유키는 기분이 좋았다.

"이렇게 된 이상 쇠뿔은 단김에 빼야지! 이마노, 어서 히로코 씨를 데려오게."

"응. 그녀도 기뻐할 거야. 요즘 그녀는 이상한 전화를 받고 번민하고 있으니까."

"그건 또 무슨 소리야, 이상한 전화라니?"

"뭐, 그렇게 신경을 쓸 일은 아니지만, 어떤 여자가 전화로 이마노의 과거를 아느냐? 그걸 알면서도 왜 결혼하려 하느냐 따위의 말을 하더라는 거야."

"이봐, 이마노! 자네도 여자를 울린 적 있나?"

게이치는 전등 아래로 혈색 좋은 후사유키의 얼굴을 바라보다가 나직이 말했다.

"솔직히 말하면 그런 적도 있었지."

"솔직히 말하면?"

"물론."

"에이, 자넨 여자를 울릴 사내는 아니야."

"그럴지도 모르지."

"물론 그 전화는 두 사람의 결혼을 방해하려는 수작임이 틀림없지. 그건 자네를 잘 모르는 자의 소행일 거야."

"그럴 테지, 히로코는 나를 믿으니까. 우리 두 사람 사이에 장애물이나 걱정 따윈 없어. 그런데 그런 장난을 하는 한심한 사람도 있더군!"

"누가 '한 사람의 결혼은 열 사람의 슬픔'이라고 말했다더군. 아마 이마노의 결혼을 아쉬워하는 여인이 있는 모양이군. 짐작 가는 사람도 없나?"

후사유키는 입술에 대려던 컵을 테이블 위에 내려놓았다.

"글쎄. 난 혹시 그녀의 결혼을 슬퍼하는 어떤 남자가 있는 게 아닌가 싶어."

오사무가 일어나 냉장고에서 맥주를 꺼냈다.

"전화를 걸어온 사람은 여자였어?"

"응. 그렇지만 전화는 반드시 본인이 아니라도 할 수 있지."

"그도 그렇군. 오사무! 너는 어떻게 생각해?"

두 사람의 대화를 묵묵히 듣고 있던 오사무에게 후사유키가 물었다.

"글쎄요, 전 잘 모르겠네요. 이마노 씨도 충분히 여자들에게 사랑받을 만하니까. 그런 전화가 왔대도 하나도 이상할 게 없는 것 같군요!"

"야아! 그 말에도 일리가 있네!"

"장난삼아 전화를 건 적은 있지만, 따라다닌 적은 없습니다. 가끔 난 개 같은 놈이기도 하지요."

"무슨 소릴 그렇게 해. 너는 술이 들어가면 그런 말 하는 게 버릇이 됐어."

하고 후사유키가 유쾌한 듯 껄껄 웃었다.

게이치는 어둑해진 마당에 잠자코 시선을 던졌다. 쏟아지던 빗줄기는 어느새 이슬비로 변했는지 소리 없이 내리고 있었다.

게이치는 왠지 오사무가 장난삼아 전화를 건 범인이 아닐까, 하는 뚱딴지같은 생각을 하고 있었다. 그러나 오늘 저녁의 태도로 보아서는 그렇지 않은 것 같다. 하지만 그에 대한 선입견은 쉽게 사그라지지 않았다.

"커튼 닫을까요?"

게이치는 자리에서 일어나 테라스의 커튼을 닫았다. 그러면서 문득 시인 엘리엇의 시구詩句를 떠올렸다.

"사람을 싫어했지, 엘리엇은 말이야."

의자로 돌아온 게이치가 혼잣말로 중얼거렸다.

"그건 또 무슨 말이야? 아닌 밤중에 홍두깨처럼….

"아아, 엘리엇의 시구가 떠올랐어, '동물은 참 좋은 벗이다.

그들은 아무 질문도 하지 않으며, 어떠한 비평도 하지 않는다.'
라고, 그는 노래했거든."

"그 말은 질문을 받기 싫다는 반증이고, 비평도 하지 않는
생활을 하고 있다는 말이지. 재미있는 말이야."
하고 후사유키가 대답했다.

운명의 물레방아

"에이츠케! 에이츠케!"

가츠에가 부르는 소리가 정원에 있는 요오키치에게도 들리는데, 2층에 있는 에이츠케에게는 들리지 않는 것인지, 대답이 없었다. 남색과 하얀색의 가는 줄무늬가 가로로 놓인 로브를 입은 요오키치는 수국水菊을 손에 꺾어 든 채 에이츠케의 방문을 올려다보았다.

그의 방 창문에 걸린 하얀 레이스 커튼이 바람에 날렸다.

방금 점심을 먹고 2층 자기 방으로 올라간 에이츠케는 퇴원한 지 닷새째가 된다.

지금 집에는 여름휴가 중인 요오키치와 다음 주부터 출근하기로 되어 있는 에이츠케와 가츠에 세 사람뿐이며, 후지오와 히로코는 출근하고 없었다.

조용한 오후였다. 이웃집 아이들의 소리도 들리지 않았다. 맑게 갠 하늘에 은빛 여객기가 햇빛에 번쩍이며 날고 있었다.

수국을 손에 든 채 하늘을 바라보던 요오키치는 이번 여름 방학 동안 비행기를 타고 어디론가 여행을 가고 싶은 생각이 불현듯 들었다.

그러나 무더운 혼슈우本州ほんしゅう에는 가고 싶지 않았다. 비행기가 시야에서 사라지자, 그는 집 안으로 들어갔다.

"에이츠케에게 무슨 일 있소?"

"아니에요, 그저 병이 다 나았다는 걸 마리 양에게 알렸으면 해서요."

"에이츠케가 직접 가서 말하라고?"

"마리 양에게는 에이츠케가 말하는 게 좋지요. 여러 가지로 걱정을 끼쳤는데, 안 그래요?"

"그야, 그렇지만…."

요오키치는 화장실로 가서 수도꼭지를 틀었다. 수국은 물을 충분히 주지 않으면 금방 시들어 버린다.

"이봐요, 하얀 꽃병 좀 가져다주시오."

여름 방학이 되어 집에만 틀어박혀 있게 되자, 요오키치는 하루하루 지내는 시간이 지루하기 짝이 없었다. 그래서 꽃꽂이라도 해보려는 참이다. 정년퇴직 후 직업도 없이 집 안에만 있게 되면 무미건조한 생활을 견딜 수 없을 것 같다.

과수원집에서 태어나고 자란 요오키치는 부지런히 일하길 좋아했다. 무슨 일이든 하지 않으면 마음이 안정되지 않는 성미였다.

가츠에가 가져온 하얀 꽃병에 수국을 꽂아 텔레비전 위에 놓았다.

"에이츠케 혼자 보내는 것보다 당신이 함께 가는 게 낫지 않을까?"

"난 어제 생필품이 다 떨어져 시장에 가야 해요. 그러니 당신이 함께 가는 게 좋겠어요."

가츠에는 대답을 듣지도 않고 옷을 갈아입으려고 옆방으로 들어갔다.

"무슨 일이에요? 큰소리로 에이츠케! 에이츠케! 부르시니."

2층에서 흰옷을 입은 에이츠케가 내려오며 물었다. 그러자 옆방에서 소리가 들렸다.

"마리 양에게 아버지와 같이 가서 무사히 퇴원했다고 전하고 오려무나."

"병이 다 나았다고? 물에 빠졌는데 무슨 전갈이 필요해요?"

"그러는 게 아니야. 여러 가지로 걱정도 끼쳤고, 마리 양은 병원에도 여러 번 문병하러 왔단다."

"흥!"

에이츠케는 못마땅한 듯 앞에 있는 소파에 아빠 다리를 하고

앉더니,

"7월도 오늘로 마지막이구나!"

하고 벽에 걸린 달력에 눈길을 주었다. 요오키치는 큰아들의 얼굴을 바라보았다. 아닌 게 아니라, 에이츠케의 얼굴은 좀 야위었다.

"잠깐 얼굴만 내밀고 오자."

"뭘 가지고 가죠?"

옆방에서 또 가츠에의 목소리가 나왔다.

"타월 세트다. 현관에 놔두었으니 가지고 가거라."

"그럼 에이츠케, 다녀올까?"

요오키치가 자리에서 일어서자,

"저 혼자 가겠습니다. 뭐, 어린애도 아닌데."

"아니야. 아버지는 아버지대로 해야 할 인사가 있으니까."

"뭘, 그렇게까지…."

퉁명스럽게 말했으나, 요오키치의 뒤를 고분고분 따랐다.

"이런 걸 받으면 오히려 거북하게 여기지 않을까요?"

에이츠케는 이렇게 말하면서 타월을 싼 보따리를 들고 문을 나섰다.

"마리 양도 가지고 있겠지만, 인사치레는 해야지."

"그냥 상품권이나 갖다주는 게 좋을 텐데."

에이츠케는 투덜투덜 불평을 늘어놓았다. 요오키치는 자신의 병이 다 나았다는 것을 알리기 위해서 부모가 작은 선물까지 준비했는데 투정만 부리는 에이츠케가 불쾌했다.

마리의 집 문에 붙어있는 핑크색 초인종을 누르자, 인터폰에서 대답이 들려왔다.

"누구세요?"

"네, 나오키입니다."

요오키치가 대답하자,

"어머나, 아저씨! 웬일이세요? 잠깐 기다려 주세요."

경쾌한 목소리가 들려왔다. 자신의 방문을 이렇게 크게 반기니 요오키치는 몹시 기뻤다. 곧 문이 열리고 마리가 얼굴을 내밀었다.

"어서 오세요. 어머나! 에이츠케 씨도 오셨군요. 아저씨는 제 집에 처음 오시죠. 정말 기뻐요."

두 사람은 화실로 안내받았다.

"죄송해요. 여기가 응접실 겸 화실이에요."

막 그리기 시작한 그림이 화실의 중앙에 놓인 캔버스에 걸려 있고, 다른 때보다 방이 넓어 보였다.

"여기서 그림을 그리시는군요."

요오키치는 신기한 듯 실내를 둘러보았다.

"무슨 일입니까, 그림이 한 점도 없네요."

에이츠케가 의자에 걸터앉으며 마리를 쳐다보고 볼멘소리로 말했다.

"덕분에 모두 다 팔았어요."

"모두 팔았다고요? 저번에는 그림이 여러 장 있던데."

"오늘도 두 장이나 팔고 지금 막 돌아와 옷 갈아입으려던 참이었어요."

마리는 연한 파란색 원피스 차림에 머리를 위로 올려 예쁘게 묶은 모습이었다.

"마리 양!"

요오키치가 정중하게 말했다.

"지난번에는 여러 가지로 도움을 많이 받았습니다. 에이츠케 입원 중에도 매일 같이 문병하러 오시고, 덕분에 이 아이도 쾌차해서 다음 주부터는 출근하기로 했습니다."

"이렇게 되어 제 체면이 말씀이 아닙니다."
하고 에이츠케는 멋쩍은 듯 쓴웃음을 지으며 말했다.

"아무튼 우리가 찾아온 것은 감사 인사를 드리기 위해서입니다. 이건 그저 형식적인 인사치레로 타월세트인 모양입니다. 난 상품권이 좋을 거라고 말했지만…."

"너무나 고마워요, 에이츠케 씨. 저는 타월이 필요했어요. 제가 지난겨울에 여기 삿포로로 왔잖아요? 그래서 겨울용품밖에 없어요. 아저씨, 열어봐도 될까요?"

재빨리 보따리를 푸는 모습을 보면서 요오키치는 귀여운 아가씨라고 생각했다.

"어머나, 근사해요! 근사해!"

타월이라지만 비로드(우단)처럼 부드러운 감촉에 '피리 부는 여인'이 수놓아져 있었다.

"그것, 참, 잘 됐군!"

에이츠케는 자기도 모르게 목을 움츠리며 우쭐하듯 말했다.

"우리 어머니는 의외로 센스가 좋군!"

"어머, 어머님은 취향이 아주 고상한 분이에요. 현대의 첨단을 달리는 분이세요."

"설마, 그럴 리가…."

"설마가 아니에요."

"마음을 쓰시는 것만은 분명 현대인입니다만…."
하고 에이츠케는 웃었다.

"아니에요, 어머니께서는 모든 면에서 저희보다 더 앞서 있어요. 말하자면 인생의 달인이에요."

"과연 그럴듯하군!"

아내가 모든 면에서 앞서 있는 인생의 달인이란 말을 듣고 요오키치도 빙그레 웃었다.

어떤 상황에서도 마음이 흔들리지 않는 사람을 인생의 달인이라고 한다면 가츠에는 훌륭한 달인이 틀림없다. 아들 에이츠케가 물에 빠졌다는 말을 들었을 때도 그녀는 그리 놀라지도 않고 당황하지도 않았었다.

"아주머니는 악의가 조금도 없고, 언제나 침착하고 냉철하시죠."

"그렇게 칭찬하시면 어머니는 감동할 거요. 아니, 우리 어머니는 감동이라는 걸 모르는 분이시니, 아무 감흥도 없겠지만."

"매정한 말씀이네요, 시원한 수박 있는데, 잡수실래요?"

마리는 타월을 상자 속에 도로 넣으면서 소녀처럼 고개를 갸웃거렸다.

"아니요. 괜찮소. 오늘은 그저 인사차 왔을 뿐이오."

"그러지 마시고 천천히 노시다 가세요. 아저씨는 모처럼 이렇게 오셨는데."

마리는 수박을 가지러 주방으로 가려다가,

"어머, 깜빡 잊었네!"

하면서 왼손 중지에서 반지를 뺀 후 창가의 벽장문을 열었다. 거기엔 조그마한 보석함이 있었다. 마리는 서랍 하나를 열고 그 속에 반지를 넣었다.

에이츠케는 마리가 벽장문을 닫을 때까지 독사 같은 눈초리로 바라보다가 그녀가 자리를 떠나자 빙긋 웃었다.

요오키치는 에이츠케의 그런 태도가 불안했다.

"아주 맛있어요."

마리는 수박 그릇을 테이블 위에 올려놓았다. 잘 익은 수박향이 풍겼다.

"어서 드세요."

"아, 이거 정말 실례가 많습니다."

요오키치는 수박을 깨물면서도 마리의 반지에 대한 걱정으로 머리가 복잡했다. 에이츠케의 표정에는 사냥감을 노리는 사나운 짐승의 눈초리가 담겨있는 것 같았다. 혀에서 녹는 것 같은 달콤한 수박을 먹으면서도 요오키치는 진정되지 않았다.

바로 그때, 현관에 누가 왔는지 초인종이 울렸다. 마리가 벌떡 일어나 인터폰을 들었다.

"누구세요?"

"마리 양, 나예요. 우리 집 양반과 에이츠케 거기 있지요? 우리 집 양반에게 전화 왔다고 좀 전해주세요. 난 잠깐 나갈 일이 있어서요."

가츠에는 그렇게 말하고 대문을 떠난 모양이다.

"아저씨 전화 왔대요. 통화 끝나면 다시 오세요!"

요오키치는 먹던 수박을 놓았다가,

"모처럼 주신 것이니, 여기서 달게 먹고 가겠습니다."

하고 수박을 뜬 스푼을 서둘러 입에 넣었다.

요오키치가 밖으로 나가자, 에이츠케는 눈앞에 있는 마리를 처음 보는 여자처럼 힐끔힐끔 보았다.

"왜 그런 눈으로 보시죠?"

"마리 씨는 무서운 여자 같기에 바라보고 있습니다."

"어머, 이렇게 귀여운 제가 뭐가 무서워요?"

마리의 입술에 예쁜 미소가 떠올랐다.

"마리 씨, 제가 물에 빠진 이유가 뭔지 아시지요?"

"아뇨, 난 전혀 몰라요. 쥐가 난 게 아니었나요."

"모른다고? 누가 그런 말을 곧이듣겠습니까?"

에이츠케는 다 먹은 수박껍질을 스푼과 함께 접시에 요란하게 집어 던졌다.

"아니, 에이츠케 씨, 왜 이렇게 화를 내세요?"

"당신은 물속에서 내 옆구리를 세게 차지 않았습니까?"

에이츠케는 마리의 표정을 주의 깊게 살폈다.

그날 에이츠케는 마리에게 수영을 가르쳐주고 있었다. 마리는 헤엄을 쳐본 일이 별로 없다고 했으나 적응은 빨랐다.

무엇보다도 수영복 차림의 마리는 너무나 아름다웠다. 그녀의 육체는 상상했던 것보다 더 포동포동했다. 풍만한 유방과 함께 물속에서 떴다가 잠겼다가 하는 허벅지를 본 에이츠케의 마음은 설렜다. 손을 휘젓는 척하며 그녀의 허벅지에 손을 댄 순간, 에이츠케의 옆구리에 강한 충격이 느껴졌다.

"윽!"

하고 비명을 지른 후, 그는 정신을 잃고 말았다. 정신이 들었을 때는 해변 모래 위였다.

처음에는 에이츠케도 마리에게 옆구리를 얻어맞은 사실을 몰랐다. 물속에서 순식간에 무슨 일이 일어났으리라고 생각했다. 그러나 병원 침대맡에서 마리가 농담 삼아 한 말에 불현듯 의구심이 들었다.

"난 공수도 3단이에요."

그렇다면 공수도 3단인 마리의 주먹이, 아니면 팔꿈치가 자기의 옆구리를 친 것이 틀림없다. 원숭이가 나무에서 떨어지듯 얼토당토않게 자신이 물에 빠진 상황도 충분히 납득이 갔다.

하지만 수영에 익숙하지 못한 그녀가 물속에서 공수도 기술을 썼다는 점은 이해되지 않았다. 만약 마리가 수영에 아주 능숙하다면? 그럼, 왜 헤엄을 못 치는 척했을까?

에이츠케는 비로소 여성의 또 다른 면을 알고 놀라움을 금치 못했다.

지금까지 에이츠케와 사귀던 여성들은 그의 유혹에 쉽게 넘어왔을 뿐 아니라 내밀한 몸마저도 서슴없이 내맡겼다. 여자에 대해 가지고 있던 환상이 산산이 부서지는 어처구니없는 일이 일어난 것이다.

여자들은 약간 반항하기는 해도 마음은 이내 에이츠케에게로 기울기 마련이었다. 오히려 그의 유혹을 기다리기까지 하는 것이 여자들이었다.

단 한 사람 키미코는 저항하기는 했으나 오래 계속하지는 못했다. 에이츠케에게 정면으로 맞서 주먹세례를 퍼부으며 자신의 정조를 지키는 용감한 여인은 마리 외에 하나도 없었다.

만약 그때 후지오가 재빨리 구해주지 않았더라면 자기는 이미 죽은 목숨이었으리라고 생각하니, 지금 그의 눈앞에 있는 그녀의 장밋빛 볼과 반짝반짝 빛나는 검은 눈망울이 아름답기보다는, 언젠간 반드시 보복하고 말겠다는 증오가 끓어올랐다.

"내가 당신을 쳤다고요? 내 주먹질에 당신이 물에 빠질 만큼 허약한 사람인가요. 난 몰랐군요."

마리는 스푼을 쥔 채 재미있다는 듯 웃었다.

"주먹질이 아니라 힘껏 걷어차지 않았습니까? 그 정도로 차면 어떻게 될지 잘 알고 있잖아요?"

"에이츠케 씨, 당신은 여자에게 살짝 걷어차이고 물에 빠질 정도로 약하세요? 그럼, 물속에서 그런 짓궂은 장난은 처음부터 하지 말았어야지요?"

"역시 무서운 사람이군요."

에이츠케는 다이아반지를 생각하며 화를 누그러뜨렸다.

"에이츠케 씨! 정당방위는 인정해야지요."

"참 당신, 변호사 딸이었지. 만일 그때 내가 죽었다면 당신은 살인한 겁니다."

"그런 죽음이라면 당신에겐 영광이었겠죠. 약한 여자의 손에 얻어맞아 죽었다면, 당신다운 훌륭한 죽음 아닌가요."

"정말 지독한 여자군, 지독한 여자!"

에이츠케는 씁쓸하게 웃을 수밖에 없었다.

"당신은 내가 죽었다면 본인도 살 수 없었다는 말을 하고 싶은 모양이군요. 나에게 미안한 마음은 있습니까?"

"미안하다고 생각하지 않아요. 당신은 죗값을 받아야 마땅하니까요."

"당치도 않은 말 그만 하세요."

순간 에이츠케의 시선은 다이아반지가 들어있는 벽장으로 향했다.

"인간이란 자기가 저지른 죄 때문에 신세를 망치는 법이에요. 앞으로 조심하는 게 좋을 거예요."

이때 에이츠케는 이 여자에게서 다이아반지쯤은 빼앗아도 괜찮다고 마음속으로 결단을 내리고 있었다. 이젠 망설일 필요도 없었다.

마리는 의기양양했다. 사람을 물에 빠뜨려 죽을 지경에 이르도록 만들어 놓고도 미안하다는 말은커녕 사죄하려는 기색도 보이지 않는 당돌한 여자다.

에이츠케는 여자의 몸에 손을 댄 것이 죽음과 바꾸어야 할 만큼 중대한 일이라고는 생각하지 않았다.

지금 마리는 자신을 우롱하는 것이 분명하다. 만약 다이아반지를 훔친 것이 탄로 나도 문제 될 것 없다고 스스로 판단했다.

그럴 때 마리를 살인미수로 고발하겠다고 위협하면 사건은 무마될 것이다.

에이츠케는 싱글벙글 웃으며 빈정거렸다.

"자기가 저지른 죗값 때문에 신세를 망친다? 그때 당신의 기습적인 공격에 죽었더라면 좋았을 것을, 모처럼 찾아온 기회였는데, 후지오가 구해주는 바람에 극락세계 구경조차 하지 못한 것이 못내 아쉬울 따름이오."

지금 이 여자는 자기 자신을 얕잡아보는 것이 분명하다. 에이츠케는 이 여자가 자신이 가진 무서운 힘을 모르고 하는 소행이라고 속으로 비웃었다.

"후지오 씨는 정말 침착한 분이에요."

"그런가요?"

"후지오 씨도 연애해 본 적 있을까요?"

"글쎄, 그 녀석은 여자에게 그다지 꼴리지 않는 놈이라."

"그럴까요? 남자들은 속으로 자기가 여성의 호감을 샀다고 자부하는 사람들이 많지만, 호감을 사려고 애쓰는 남자들이 오히려 더 많지요. 전적으로 여성의 호감을 사는 남성은 동경하는 여성의 눈빛을 가만히 받는 사람이에요."

"…."

"그래서 후지오 씨는 여성들이 반할만한 남성이지요."

"난 어떻습니까?"

에이츠케는 싱글벙글 웃으면서 또 물었다.

"후지오 씨만 못해요."

"좀 섭섭하군요! 그나저나 즐거운 일이 남았습니다."

"넷? 즐거운 일이라고요?"

마리는 다이아반지에 대해서는 까마득히 잊었다.

8003

TV 방송국 모퉁이를 돌아 키타이찌죠北一條きたいちじょう 거리로 들어서는 순간, 먼지바람이 별안간 불어닥쳤다. 회오리 바람이었다.

히로코는 무의식중에 눈을 감고 양손으로 갈색 스커트를 잡았다. 오른손에 들고 있던 가죽 핸드백이 무릎에 닿았다.

바람이 지나가고 겨우 눈을 떴을 때,

"이제 퇴근하십니까?"

눈앞에 시무라 후사유키가 오사무와 함께 빙긋빙긋 웃으며 서 있었다.

"어머! 오랜만입니다."

히로코는 당황해하면서 고개를 숙였다. 그러나 오사무를 본 순간 가슴속에 예리한 고통이 내달렸다.

"실은 퇴근 시간이 가까워 여기서 기다리고 있었습니다."

"여기서 기다리고 계셨다고요?"

"그렇습니다. 히로코 씨, 이 남자 아십니까?"

시무라는 오사무의 가슴에 손가락을 쏘듯 대면서 물었다.

"네, 저어…."

"실례가 안 된다면 소개해 드리겠습니다. 이쪽은 니시이 오사무, 제 사촌 동생입니다."

"형은 농담을 잘하시죠. 지난번에는 실례가 많았습니다."

"아니에요, 오히려 제가 실례했어요."

히로코는 별안간 가슴이 뜨거워지는 격정을 느끼며 오사무를 바라보았다.

새해를 맞아 이찌지로의 집을 찾아갔던 어느 날 저녁의 일을 히로코는 아직 잊지 않았다.

"당신이 오빠의 일을 사과하려고 찾아왔다고 해서 우리가 고맙게 여길 줄 아십니까?"

하고 오사무가 아니꼬운 듯이 말하는가 하면,

"'눈에는 눈, 이에는 이'라는 말 아시지요?"

하고 신랄하게 힐난을 퍼부었다.

그가 이렇게 말을 붙여온 것은 그날 이후 오늘이 처음이다.

"토요일인데 이마노와 함께 퇴근하지 않고 혼자 가십니까?"

"네. 그렇게 됐어요. 오늘은 오후까지 볼일이 있다대요."

"허어, 그것, 참! 토요일인데도 쉬지 못하니 안타깝군요. 실은 두 분과 함께 식사라도 나눌까, 했는데…. 이마노가 참석하지 못한다니, 다음 기회로 미룰까? 어때, 오사무?"

"…, 아아, 나는…."

오사무는 말을 더듬었다.

"그럼, 다음에 또 뵙겠습니다."

후사유키는 명랑하게 말하고 길가에 세워둔 차 문을 열었다.

"그럼 실례합니다."

가볍게 고개를 숙이고 오사무는 운전석에 올랐고, 이어서 후사유키가 조수석에 앉아 무슨 말인가 하더니 차에서 내렸다.

클랙슨을 울리면서 가볍게 고개를 숙이는 오사무에게 그녀는 고개를 숙여 공손히 인사를 보냈다.

이윽고 그의 차가 떠났다.

"놀라셨죠? 우리가 중간에서 기다리고 있어서…."

히로코와 나란히 서서 오사무의 차를 떠나보내며 그가 쾌활하게 말했다.

"네에, 약간. 그러나 기뻤어요."

"그렇습니까? 그렇게 말씀하시니, 나도 좋습니다."

후사유키는 담배를 입에 물고 라이터를 켜면서 히로코를 바라보며, 약간 심각한 표정으로 말했다.

"오사무 군 얘기를 잠시 나누고 싶은데 별일이 없으면 함께 걷지 않겠습니까?"

후사유키와는 게이치와 이찌지로가 함께 자리한 가운데 식사를 한 적도 있으며, 종종 방송국으로 찾아온 적도 있어서 서로 친하게 지내는 사이다. 낮에 후사유키와 거리를 함께 걷는 것이 게이치에게 별로 미안하지는 않았다. 그보다 히로코는 지금 오사무에 관한 얘기를 듣고 싶었다.

"네, 좋아요. 함께 걷지요."

"그러시겠습니까? 히로코 씨, 아직 점심 전이지요?"

"아직 못 먹었어요. 시무라 씨는?"

"저도 아직 안 먹었습니다. 그럼, 김밥이라도 사서 공원 잔디밭에서 함께 먹을까요?"

"그게 좋겠어요."

두 사람은 나란히 보도를 걸었다.

"웬일인지, 오사무는 요즈음 갑자기 히로코 씨에 대한 태도가 많이 부드러워졌습니다. 이마노 군에게 말씀 들으셨죠?"

"네, 지난 화요일에 그런 말 들었어요. 그러나 오늘 만나리라고는 전혀 예상치 못했어요."

"그것도 무리는 아니지요. 젊은 놈답지 않게 융통성 없고 고집 센 녀석이니까요."

"사무라 씨! 저 역시도 융통성 없지요."

"뭘…. 히로코 씨는….."

"그럴 거예요. 완고함은 비단 노인에게만 있는 성벽은 아니에요. 젊은이도 어머니나 손윗사람의 충고를 안 듣고 무슨 일이든 제멋대로 하려는 경향이 많지요."

"듣고 보니 그렇군요. 오사무만 외골수라 할 수도 없네요."

두 사람은 호텔 앞을 지나 전찻길로 나왔다. 길모퉁이의 작은 가게 앞에서 흰옷을 입은 소녀가 옥수수를 굽고 있었다. 묘하게 쓸쓸해 보이는 작은 여자아이였다.

"그럼요. 오사무 씨는 완고하지 않아요. 키미코 씨를 생각하면 나 같은 사람에게 말도 붙이기 싫은 게 당연해요."

"그건 그렇습니다."

이따금 전차 소리가 차 소리보다 더 크게 울렸다.

히로코는 오사무가 진정으로 자신에 대한 감정을 누그러뜨렸을까 궁금했다. 아직도 믿기지 않는 점이 있기 때문이다. 그래도 게이치가 그에 대해 전해준 것과는 확연히 달라져 있었다.

조금 전에 본 오사무의 얼굴은 다소 경직되어 보이기는 했으나 온화한 면도 있는 것 같았다. 그런 분위기로 보아서는 '눈에는 눈'이라는 말은 하지 않았을 것 같다.

아직 서로 차분히 대화를 나눈 것은 아니었으나, 히로코는 오늘 오사무를 만난 것이 뜻밖의 행운이라 생각하니 더없이 기뻤다.

"역시 이마노가 오사무와 서로 알고 지내게 된 것은 다행이었습니다."

"그래요. 모두 시무라 씨 덕분이에요."

만약 후사유키가 게이치의 친구가 아니었다면, 자신은 평생 오사무의 원한을 안고 살아가야 할 터였다.

두 사람은 호텔 맞은편의 과일가게로 들어갔다.

과일가게라고는 하지만 가게 절반쯤 되는 좁은 공간에서는 과일을 팔고, 나머지 절반에서는 김밥과 주먹밥을 팔고, 그 한편의 나머지 공간에서 우유와 빵 따위를 파는 가게였다.

"어머니가 만들어 주시던 음식 생각이 나는 김밥이 좋겠군." 후사유키가 큰 소리로 말하자, 점원은 피식피식 웃었다. 호의가 잔뜩 담긴 웃음이었다. 후사유키는 밥이 보이지 않게 싼 김밥 네 줄과 우유 두 개, 자두 몇 개를 샀다.

"제가 들게요."

가게를 나와 히로코가 후사유키에게서 종이봉투를 받아 들려고 하자,

"전 말입니다, 가끔은 여자가 되고 싶습니다. '저 사람 가엾게도 공처가로군.' 하고 남들의 동정을 받는 남편이 되기를 소망합니다. 이제부터 그 연습을 하려는 것이니 염려 마십시오." 하고 후사유키는 종이봉투를 건네주지 않았다.

게이치도 상당히 활달한 사내지만, 후사유키도 그에 못지않다고 생각하면서 그녀는 미소 지었다.

가게에서 약 백 걸음쯤 떨어진 곳에 공원이 펼쳐져 있는데

초등학교 운동장만 한 녹지대로 풍광이 아름다웠다.

둥근 방사형의 분수 주위에는 돌로 만든 벤치가 몇 개 놓여있어 노인과 젊은이들이 앉아 있고, 어디서 여행을 온 듯 커다란 륙색을 베개 삼아 잔디 위에서 낮잠을 자는 사람의 모습도 한가로웠다.

흐린 하늘 아래 이따금 바람이 불어오면 분수 물보라가 안개처럼, 바로 밑에 있는 사람들의 옷에 떨어져 내렸다.

두 사람은 거기서 약간 떨어진 잔디에 앉아서 김밥을 먹기 시작했다.

"오사무도 김밥을 아주 좋아합니다."

김밥 한 조각을 한입에 넣고 나서 후사유키가 말했다.

"오사무 씨는 참 쓸쓸할 거예요."

히로코는 어머니도 누이동생도 잃어버린 오사무의 외로운 심정을 헤아리면서 말했다.

"그 애뿐 아니라, 남자란 모두 외로운 존재입니다. 아무리 잘난 척 뽐내봤자, 곁에 와이프가 없으면 원만하게 살아 나갈 수 없습니다."

"꼭 그렇지도 않을 거예요."

"아니, 현실입니다. 아무리 머리가 좋고 대담하고 박력 있는 남자라도, 대부분은 와이프에게 기대어 삽니다. 신문사에서 일하다 보면 여러 부류의 사람과 만나는데, 그때마다 훌륭한 남자

뒤에는 반드시 헌신하는 아내가 그림자처럼 그 뒤에 있다고 생각합니다. 아내를 잃고 기가 죽어있는 사람도 자주 봅니다."

"그런가요!"

히로코는 얌전하게 김밥을 먹으면서 오사무에 대해서 무슨 말을 할까 궁금했다.

"그렇습니다. 어떤 남자든 여자 없이는 아무것도 안 됩니다. 세상 남자들은 모름지기 그 사실을 인정해야 합니다."

후사유키는 벌써 김밥을 두 줄째 먹기 시작했다.

"더구나 남자 중에는 이상한 말을 하는 사람도 있습니다. 누가 이런 말을 하기도 했지요. 인간세계에는 남성과 여성이 있는 것이 아니라, 남자와 여자 두 종류가 있다고. 남자와 여자는 종류가 아주 다른 생물이란 것이죠."

"그건 무슨 의미인가요?"

"요컨대 '사람'이라는 種種 속에 남성과 여성이 있다고 생각하지 않고, '남자'와 '여자'를 각기 다른 두 종류의 생물이라고 보는 거지요. 서로 다른 종이니, 서로를 이해하지 않아도 된다는 것이죠. 그것은 컨트롤을 잘 못하는 남자가 하는 말 아닐까, 싶습니다."

"그럴 거예요. 남자나 여자나 똑같은 인간인데 말이에요."

"아마, 이마노는 히로코 씨에게 여자 종류라고는 말하지 않겠지요?"

"그렇겠지요."

"그래서 오사무 말입니다."

김밥을 두 줄이나 다 먹은 후사유키는 즙이 뚝뚝 떨어지는 자두 껍질을 벗기면서 말했다.

"히로코 씨, 이제까지의 그의 무례를 용서해 주시죠?"

"오히려 제가 사과드리는 게 옳다고 생각했어요."

"고맙습니다. 그 애는 나쁜 사람 아닙니다. 키미코가 워낙 불쌍하게 죽었으니까요. 그래서 그 애의 마음이 오기로 가득 찼던 것입니다. 그 시간이 좀 길기는 했지만 말입니다."

"당연하지요. 저희 오빠도 너무 지나쳤어요."

"히로코 씨는 정말 너그럽군요. 오사무에게 심한 말까지 들었는데 말입니다."

"그렇게 말씀하시는 게 당연하니까요."

"그럼, 정말 용서해 주신다는 말씀인가요?"

"물론이에요. 그런데 오사무 씨는 오빠의 소행을 절대 용서하지 않겠죠? 물어볼 필요도 없겠지만, 시간이 가면 달라지지 않을까요? 시간이 해결해 줄 거예요."

"시간이 해결해 준다고는 하지만, 진정한 의미의 해결이란 있을 수 없다는 구절을 어느 책에선가 읽은 기억이 납니다."

"그야 그렇겠죠. 사람은 시간이 흐르면 노여움도 가라앉고 증오심도 차차 식어 가기 마련이지요. 그렇지만 사랑으로 용서

한다든가 관용을 베푸는 고상한 행동은 좀 힘들지 않을까요."

"그럴지도 모르겠네요."

히로코는 에이츠케를 포함한 자기 가족이 오사무에게 진정으로 용서받을 수 있다면 얼마나 좋을까 하고 속으로 바랐다.

또 마음 한구석에 그런 기대가 자리 잡고 있음을 느꼈다. 그 기대가 얼마나 큰지 히로코 본인도 알 수 없었다.

"아무튼 오사무를 나쁘게 생각하지 않는다는 말을 들으니 안심입니다. 그 애의 편협한 성질 때문에 언제까지 원만하게 지낼 수 있을지 모르지만, 지금은 히로코 씨를 대하는 태도를 바꾸려고 애쓰고 있다는 것만은 인정해 주십시오."

말을 끝낸 후사유키가 손목시계를 보고 허겁지겁 일어나며 말했다.

"아, 이거 야단났구나. 하마터면 잊을 뻔했군. 오늘 두 시까지 원고 가지러 가기로 약속한 일이 있습니다."

"어서 서두르세요."

"아직 몇 분 정도는 시간이 있군요. 이렇게 당황한 적은 없는데, 실례했습니다."

하고 후사유키는 웃으면서 작별했다.

그가 떠난 뒤 히로코는 몸과 마음이 너무 피곤해 멍하니 앉아 있다가 오빠 후지오에게 전화를 걸기 위해 자리에서 일어났다.

후지오가 근무하는 은행 근처의 조용한 찻집에서 두 사람은 마주 앉았다. 2층까지 시원하게 터져있고 하얀 계단 난간이 현대적인 분위기를 연출하고 있었다.

다방에서 일하는 아가씨들 셋은 모두 양어깨에 긴 머리를 늘어뜨리고 리본을 달고 있었다. 검은 머리에 파란 리본이 유독 도드라졌다.

은행원 후지오는 여느 때와 마찬가지로 오후 세 시에 근무를 마쳤다.

그동안 히로코는 백화점과 책방을 둘러보며 시간을 보냈다.

"…, 왠지 부자연스럽구나!"

"뭐가요?"

"오사무라는 사내가 네가 집으로 돌아가는 길목에서 기다리고 있었다는 것 말이다."

"글쎄요. 하지만 걱정하지 않아도 될 것 같네요. 어쩌면 시무라 씨는 그런 식으로 만나는 게 오히려 나으리라고 생각했는지도 몰라요."

히로코는 혼자 차를 타고 떠나버린 오사무의 모습을 떠올리며 말했다.

"그렇지만 '눈에는 눈'으로 갚겠다던 사람이 약속도 없이 만나러 온 것은 좀 이상하군. 아무튼 사람은 그렇게 독한 마음을 품고 살 수는 없는 존재이지만….”

“오빠! 정말 오사무 씨는 나와 친하게 지내고 싶은 걸까요?”

히로코는 반쯤 남은 아이스커피를 마셨다.

“말을 들어보니 그럴 법도 하지만, 난 왠지 부자연스러운 것 같구나. 왜 그랬을까?”

“그럼, 진심은 그렇지 않을 거라는 말씀이군요.”

“형이 애당초 너무 무자비했으니까. 키미코가 죽은 지 일 년도 채 안 됐으니, 그들에겐 아직 슬픔이 그대로 생생하게 남아 있을 테니까. 물론 이마노가 사람들과 다정하게 지내기도 하지만, 난 그런 그의 행동이 억지로 하는 것 같은 느낌이 들어서 그래.”

후지오는 담배 연기를 보며 심각한 표정으로 말했다.

“억지로 그런다고요?”

“응, 무엇 때문에 그런 억지스러운 행동을 하는지 알 수 없으니 걱정이군.”

“왠지 불안해요.”

“아니, 이건 내 개인적인 견해에 불과해. 이마노는 별로 부자연스럽게 생각하지 않지, 히로코?”

“어쩐지, 그 행동이 너무 돌발적이란 말은 했어요.”

“돌발적이라고? 그렇겠지. 인간이란 불가해한 존재니까 말이다. 뭐라고 단정 지을 수 없구나. 이웃집 마리 양도…."

후지오는 입을 다물었다.

"마리? 마리 씨가 왜요?"

"그 여자도 불가사의해…."

"마리 씨는 매력 있어요."

"매력적인 것과 불가사의한 것은 달라."

"그야 그렇지만…."

후지오는 담뱃재를 재떨이에 털면서 무엇인가를 곰곰이 생각하는 것 같았다.

"오빠, 마리 씨 좋아해요?"

그는 히로코를 보며 빙그레 웃더니 심각한 표정으로 말했다.

"실은 말이야, 형이 물에 빠졌을 때 구했던 사람은 내가 아니라, 그 여자야."

순간 히로코는 뭘 잘못 들은 게 아닌지 귀를 의심했다. 마리가 물에 빠진 에이츠케를 구했다니 상상조차 못 한 일이었다.

"설마…."

그녀는 후지오를 의아스러운 눈빛으로 바라보았다.

"넌 설마 싫겠지. 그녀는 수영을 잘해. 형이나 나보다 더. 지난번에도 내가 말했지."

"그러고 보니, 언젠가 수영을 잘한다고 했던 말을 들은 것도 같아요. 그럼, 사실이군요? 마리 씨가 큰오빠를 구했다는 게…."

"사실이고말고. 구해놓고 나서 소리를 질렀어. 내가 달려가 보니, 그녀는 축 늘어진 형을 옆구리에 끼고 헤엄쳐 나오고 있었어. 물론 나도 거들었지. 그때 그녀는 형을 구조한 게 나라고 말하기로 약속하자고 했어."

"왜 그랬을까요?"

"여러 가지 사정이 있었겠지."

후지오의 표정에는 불안한 기색이 자리 잡고 있었다.

"오빠가 지난번에 말했죠? 큰오빠가 혼자 물에 빠진 게 아닌 것 같다고. 그게 무슨 뜻이죠?"

조금 남은 커피잔을 앞으로 끌어당기면서 히로코는 말했다.

"그것은…."

젊은 남녀 한 쌍이 두 사람의 곁을 지나갔다. 후지오는 잠깐 기다렸다가 말을 이었다.

"그야 상황이 부자연스러웠기 때문이지. 형이 그렇게 물에 빠질 이유도 없고, 마리 양의 태도도 어딘가 부자연스러웠으니까."

"그럼, 마리 씨가 큰오빠를 물에 빠뜨렸다는 말인가요?"

"내 눈으로 직접 보지 않았으니 자세히는 몰라. 아무튼 형이 장난하니 마리 양이 자기도 모르게 세게 뿌리쳤던 모양이야. 그런데 공교롭게도 뿌리친 그 주먹에 형이 옆구리를 맞았다고 마리 양은 말하던데."

"어머나, 세상에, 오빠는 그걸 언제 들었어요?"

"가만있자, 언제더라….."

"어디서요?"

"아, 그래. 백만 엔을 또 정기예금 할 때였어."

그녀는 좀 섭섭한 듯 후지오를 바라보다 원망을 섞어 말했다.

"난 정말 섭섭해요. 큰오빠를 그렇게까지 알고 있으면서 시치미를 딱 떼다니 말이에요."

"형에 대한 일이니 놀랄 건 없어. 무엇보다 아버지나 어머니께 말하면 안 돼."

"그렇지만 큰오빠가 말할지도 모르잖아요?"

"형이 아무리 속이 좁아도 그런 말까지는 못 할 거야."

"그렇겠네요. 여자의 팔꿈치에 얻어맞고 소위 남자가 물에 빠졌다면 명예롭지는 않으니까요."

히로코는 잠깐 웃더니 정색하며 말했다.

"그렇다면 마리 씨는 정말 무서운 사람이군요."

"응, 어딘지 께름칙한 데가 있어."

"도대체 어떤 사람일까요?"

"나도 잘 모르겠어. 솜씨가 상당하다는 건 분명하지만."

후지오는 엊그제 지점장이 들려주던 말을 상기했다.

서둘러 퇴근하려다 은행 복도에서 지점장과 마주쳤는데, 그

는 후지오의 어깨를 툭 치며,

"어이, 난 나카하마 마리 씨의 그림을 샀어. 그 여자는 아주 명랑한 고객이더군. 친구에게도 소개해 줬지. 그 친구는 그림을 두 점이나 샀어."

하고 말하는 지점장은 기분이 아주 좋아 보였다.

그때 후지오는 샐러리맨이 큰 경제적 부담 없이 그림을 사려면 지점장처럼 나이가 40대는 되어야 한다고 생각했다. 마리가 4, 50대들과 사귄다고 생각하니 기분이 썩 좋지는 않았다.

후지오는 지점장이 하던 말을 히로코에게도 들려주었다.

"정말 마리 씨 대단하군요."

"대단해?"

"나보다 두어 살밖에 안 많아요. 그런데도 나는 매일 인포메이션 안내 일만으로도 기진맥진하는데, 마리 씨는 직접 그림을 그려 파니까요. 그림을 판다는 건 보통 일이 아니잖아요."

"그래도 마리 양에게는 대수롭지 않은 일이야."

손에 들고 있던 컵 속의 물을 물끄러미 바라보던 후지오가 말했다.

"어째서 대수롭지 않아요? 마리 씨가 매력적이라 그래요? 그림은 그것을 그린 사람이 아무리 매력적이라도 그림 솜씨가 서투르면 아무도 사지 않아요."

"그림은 아무리 잘 그려도 유명 화가가 아니면 안 팔리는 모양이야."

"그야 그렇지요. 세상일이란 다 그런 거니까요. 아무튼 마리 씨의 생활력은 대단해요. 지난 2월에 도쿄에서 왔을 뿐인데, 그림을 그려서 생계까지 꾸리니 말이에요."

"…."

"작은오빠!"

"응?"

"오빠는 마리 씨가 싫어요. 아니면 좋아요?"

"좋지도 싫지도 않아. 나와는 다른 별세계의 사람이니까."

"그게 정말이에요?"

"정말이고말고. 냉정한 말 같지만, 그 여자는 진지하게 사는 사람인지, 아닌지 잘 모르겠어."

"천만에요. 마리 씨는 헛되게 시간을 낭비하지는 않아요. 오빠가 잘못 보고 냉정하게 말하는 거예요."

후지오는 잠자코 의자 등받이에 등을 기대었다.

옆 테이블에서 남녀 고등학생이 마주 앉아 소프트아이스크림을 먹고 있었다. 그때 남학생이 큰 소리로 말했다.

"난 수학을 발명한 사람을 저주해."

여학생은 피식피식 웃으며 낮은 소리로 뭐라고 속삭였다. 그것을 보고 히로코도 웃었다. 그러나 후지오는 여전히 뭔가를 생각하는 표정이었다.

"오빠, 이도가와 미도리 오누이는 지금 뭘 하고 있을까?"

"아아, 그 야마하다라는 사내와 키히사가와 시아라는 여자 말이지?"

"흥신소에 의뢰해서 뒷조사해 봤어요?"

"응, 별로 조사할 필요가 없는 것 같아 내버려 뒀어."

"왠지 쓸쓸해요. 큰오빠가 하는 짓을 생각하면 말이에요."

"쓸쓸하다기보다는 좀 더 엄격하고 신중해야지."

두 사람은 얼굴을 마주 보았다.

히로코는 뭔가 즐거운 얘기로 화제를 돌리고 싶었다. 그러나 큰오빠 에이츠케는 게이치와 자기에게도 일일이 간섭했다. 에이츠케는 그녀의 결혼 비용을 될 수 있으면 적게 들이기 위해 어제도,

"냉장고 같은 건 신랑한테 사달라고 해."

하고 몇 번이나 큰 소리로 말했다.

8월에 키미코의 영혼을 위로하는 불교식 제祭를 지내기로 예정되어 있었다. 에이츠케는 틀림없이 참석하지 않을 것이다.

히로코는 뭘 하고 싶어도 이상하게 에이츠케의 그늘이 검은 구름처럼 머리 위에 덮여있는 것 같아서, 후지오와 얼굴을 마주 대하고 있으니, 큰오빠의 험담을 하지 않을 수 없었다.

"오빠, 늘 하는 얘기지만, 형제란 도대체 어떤 관계일까…?"

"같은 부모에게서 태어난 각각 다른 인격이지."

"각각 다른 인격?"

"응, 이렇게 바꿔 말해도 될 거야. 같은 부모에게서 태어난 타인이라고 말이야."

"어머나! 타인이라고?"

"좀 냉정한 소리 같지만, 자기와 인격이 다른 사람이라는 의미로 타인이라고 단정해도 될 거야."

후지오는 이렇게 말하고 담배 연기를 깊숙이 빨아들였다.

오빠 후지오의 말대로 형제란 타인과 같은 존재라고 그녀는 새삼 생각했다.

같은 형제지만 에이츠케의 오만함과 후지오의 섬세함은 물과 기름처럼 아주 이질적이었다. 물과 기름은 하나의 그릇에 담아도 성질상 한 데 섞이지 않는 이질적인 존재임이 분명하다.

"정말 우리 삼 남매는 제각기 다르군요. 특히 큰오빠와 작은오빠는 성격이 정반대예요."

"히로코! 네가 제일 착실하지."

"작은오빠도 성실하잖아요. 지나칠 정도로 책임감이 강하고. 그런데 같은 부모에게서 태어난 형제의 성격이 왜 제각기 다를까요?"

"글쎄…."

후지오는 꽁초가 된 담배를 재떨이에 비벼 끄면서 가만히 뭔가 생각하더니 나직이 말했다.

"그만큼 인간에게는 가능성이 많다는 증거겠지. 아버지와 어머니에게 없는 성격을 타고나지는 못할 테니 말이다."

"그럼, 아버지나 어머니에게 큰오빠나 작은오빠 같은 성격이 잠재해 있다는 말이에요?"

"아마 그럴 거야. 우리는 삼 남매지만, 십 남매라면 십인십색이겠지."

"놀랍군요. 이마노 씨와 결혼해서 그이와 닮은 아이가 태어나면 좋겠지만…, 어떤 아이가 태어날지 걱정돼요."

"그야 마음대로 될 리가 없지. 부모란 어떤 때는 화내고, 어떤 때는 온화하고, 어떤 때는 반대하고, 또 어떤 때는 성실하기도 하니 말이다. 첫째와 둘째 아이를 낳을 때 가진 마음가짐에 따라 성격이 달라질 거다."

"하지만 부모를 닮지 않은 개망나니라는 말도 있잖아요."

에이츠케는 아버지 요오키치나 어머니 가츠에와도 닮은 점은 없는 것 같다.

"그렇지, 전혀 상상조차 못 했던 인간이 태어날지도 모르지."

"정말 그래요. 어떤 애가 자식으로 태어날지 알 수 없죠."

"하지만 그 어미가 낳은 자식이 틀림없어. 히로코, 너 카인을 아니?"

"카인? <카인의 후예>라는 소설이 있긴 한데, 잘 몰라요."

"카인은 아담과 이브의 장남이야. 그리고 인류 최초의 살인

자지. 카인은 아우인 아벨을 죽였는데, 아벨은 성격이 좋았던 모양이야."

"마치 큰오빠와 작은오빠 같군요."

"아무리 그래도 내가 형에게 죽임을 당하지는 않겠지. 아무튼 인류 최초의 가정에 아벨과 같은 아우가 있었다는 것은 암시적이랄까, 상징적이랄까. 성경에 나오는 이야기야."

후지오는 손을 들어 웨이트리스를 불렀다. 어깨 밑으로 머리를 늘어뜨린 소녀가 머리를 찰랑찰랑 흔들며 다가왔다.

"커피 한 잔 더 줘요, 히로코는?"

"글쎄, 난 아이스크림 먹을래요."

얼굴이 둥근 소녀는,

"알겠습니다."

하고 방긋 웃고는 물러갔다.

히로코는 문득 저 소녀는 어떤 부모에게서 태어났을까 혼자 상상해 보았다.

"그런데 오빠, 형제는 타인과 같은 관계라고 말했는데, 같은 지붕 밑에서 한솥밥 먹고 자라는 거 아니에요? 물론 같은 부모의 피도 섞여 있고요. 말하자면 가장 가까운 사이가 틀림없잖아요!"

"물론 그렇지. 인정상으로도 서로 가장 사랑하고 아껴야 할 관계이지."

히로코는 가져온 아이스크림을 조금 먹고 긴 눈썹과 함께 눈을 내리떴다.

"오빠, 연인이나 부부는 적어도 좋아하는 감정으로 맺은 관계 아니에요? 그렇지만 형제는 태어날 때부터 사이가 좋지도 나쁘지도 않은 관계로 그냥 핏줄로 맺어진 거잖아요? 언젠가 그런 말 한 적 있잖아요."

"아, 그 점은 말이야, 형제 관계는 개인 의사의 범위 내에 있다는 거지."

"인간이란 같은 지붕 밑에서 태어나고 자랐다고 해서 마음과 마음이 맺어졌다고는 할 수 없어요. 물리적인 거리는 내면적인 마음의 거리와는 아무런 관계가 없는 것 같아요."

"그렇지만 서로 사랑으로 결합한 부부라도 한 지붕 밑에서 살면, 오히려 두 사람의 애정에 거리가 생기는 일도 있으니까."

"생각하면 할수록, 큰오빠 같은 사람과 형제간이라는 사실이 견딜 수 없이 불쾌해요."

히로코는 문득 초등학교 친구 시마죠 유사미島條由左美しまじょうゆさみ를 떠올렸다. 한 살 아래인 유사미의 남동생은 초등학교 시절부터 도벽이 심해 중학교를 마치자마자, 소년원에 들어갔다.

그는 아는 사람 누구에게나 돈을 빌렸는데, 누나인 유사미의 친구들에게도 빌렸다. 히로코도 천 엔을 빌려주었지만, 아직 받지 못했다.

　그가 소년원에서 나온 후, 친구끼리 싸움을 벌여 결국 한 사람은 중상을 입고, 또 한 사람은 죽었다. 그는 지금까지 미결수로 수감되어 있다.

　유사미는 성질이 온순하고 행동이 좀 느렸다. 그녀는 끝내 삿포로에서 살지 못하고 동생의 폭력 사건 후 오사카大阪おおさか로 가버렸다는 것을 풍문으로 들었다.

　나이가 한 살 위인 유사미에게도 남동생의 비행에 대한 책임이 있다고는 생각하지 않는다. 그러나 유사미는 친구나 아는 사람들에게 얼굴을 들지 못하고 암울한 일생을 보내지 않으면 안 되게 되었다.

　형제는 서로 사랑해야 한다고 하지만, 실제로 그런 남동생이 있다면 어떨까. 형제간이기 때문에 오히려 더 미워하고 저주하고 꾸짖어야 하는 것 아니냐고 히로코는 말하고 싶었다.

　그녀는 오빠 에이츠케와 자신도 그들과 비슷하다고 생각했다. 지난번에도 그는 로브차림으로 가슴을 드러내놓고 위스키를 마시고 있었다. 그는 늘 하던 대로 혼자만 위스키를 마셨고, 아버지와 동생에게 권하는 법이 절대 없는 습성을 가졌다.

　그때 그는 위스키를 마시면서 히로코에게 말했다.

　"어이 히로코, 이마노의 누이동생은 예뻐?"

　"글쎄요. 오빠한테는 말하지 않는 게 낫겠어요."

히로코는 예쁘장한 게이치 누이동생들의 얼굴을 눈앞에 그렸다.

"흥, 그럼, 이마노는 한 달에 월급을 얼마나 받지?"

"글쎄요. 한 십오만 엔 정도."

"뭐, 십오만 엔! 그런 박봉을 받으면서 주제넘게 결혼한다는 거냐? 네가 결혼할 때 지참금이라도 듬뿍 가지고 가지 않으면 안 되겠는걸."

에이츠케는 경멸하는 투로 비아냥거렸다. 또 불쾌해하는 히로코의 얼굴은 거들떠보지도 않고 제멋대로 지껄였다.

"난 말이야, 이마노처럼 박력 없는 사내는 싫어. 그 자식 편모슬하에서 자랐을 거야. 불량소년으로 교도소에 간 적은 없대?"

"편모슬하라고 꼭 불량소년이 되는 건 아니에요. 양친이 멀쩡하게 살아있는데도 오빠같이 이상한 사람도 있으니까요."

한마디도 지지 않고 쏘아붙이는 히로코에게 에이츠케는,

"뭐라? 오빠한테 무슨 말버릇이냐? 동생답게 말하지 못해?"

하고 큰소리쳤다. 히로코는 마음속으로,

'누이동생한테 그런 말밖에 하지 못할까? 좀 더 오빠답게 점잖게 말 못 할까?'

하고 생각했으나 너무 어처구니가 없어 꾹 참고 말았다.

그러나 생각하면 할수록 화가 치밀어 올랐다. 입만 열면 욕밖에 하지 않는 에이츠케에게 그녀는 형제간의 우애 따윈 느낄

수도 없었다. 이런 생각을 할 때 후지오가 입을 열었다.

"큰일이야, 큰일! 형은 우리가 아무리 좋게 대해도 아무 반성도 하지 않을뿐더러 충고도 듣지 않으니 참는 수밖에 별도리가 없어."

"싫어요. 언제까지 속 썩으면서 살아야 해요. 우리의 소중한 인생을 그런 오빠 때문에 늘 불행하게 살아야 하다니. 난 이제 지쳤어요."

후지오는 고개를 끄덕이면서 히로코의 말을 듣다가 별안간 한숨을 내리 쉬더니 입을 다물어버렸다.

히로코는 흐물흐물해진 아이스크림을 먹으며, 어쩌면 에이츠케가 자기의 결혼식 전에 또 무슨 일을 저지를 것만 같아 가슴을 졸였다.

언젠가 모르는 여인에게서 불쾌한 전화가 걸려 온 것 역시 에이츠케가 결혼을 방해하기 위해서 전화를 걸게 한 것 아닐까, 생각하는 중이었다.

한편 후지오는 무슨 생각을 하는지 이맛살을 찌푸리며 슬픈 시선 끝을 허공에 두고 있었다.

"왜 그러세요, 오빠?"

"응."

"무슨 생각을 그렇게 하세요?"

"내 마음속에 대해서."

그는 겨우 히로코에게로 시선을 옮겼다.

"마음속이라니? 뭔데요."

"히로코, 나는 말이야."

"네, 말씀하세요."

"아까 내가 형을 구조한 게 마리 양이었다고 했지?"

"네."

"그 의미를 알겠니?"

"…?"

"실은 말이야, 난 그때 형을 그대로 바닷물 속에 팽개쳐 버리고 싶었어."

"넷? 그럼….."

"그래, 솔직히 난 형을 구해주고 싶지 않았어. 어릴 적부터 늘 형의 학대를 받았으니, 형이 미웠어. 형과 같은 인간은 물에 빠져 죽어도 싸다고 생각했어. 마리 양은 그때 내 생각을 눈치챘던 모양이야. 그래서 나를 재촉해 형을 구하게 했던 거지."

"…."

"나도 무서운 놈이지."

"나 같아도 구해주지 않았을 거예요, 오빠."

히로코는 말은 그렇게 했지만, 가슴은 철렁 내려앉았다.

별이 흘리는 눈물

승용차는 오타루おたる를 지나 란시마蘭島らんしま로 빠지는 터널로 들어섰다.

그 순간 좌석의 빨간 시트가 짙은 갈색으로 변했다. 이찌지로는 터널 안의 레몬 빛 전등 탓이라고 생각하며 운전 중인 오사무의 앞으로 약간 굽은 등을 바라보았다.

지금 세 사람은 샤코탄 반도積丹半島しゃこたんはんとう로 가

는 중이다. 푸른 바다에 기기묘묘한 바위들이 우뚝우뚝 솟아있는 샤코탄 반도의 안내포스터를 역에서 보았지만, 아직 한 번도 가보지는 못했다고 한 달 전에 후사유키가 말했었다.

삿포로에서 가면 엎어지면 코 닿을 만큼 가까운 거리는 아니지만, 약 백 킬로미터가량 떨어져 있어 하루에 충분히 다녀올 수 있는 거리다. 그래서 언제 짬을 내 한번 가보자고 약속했는데, 드디어 오늘 셋이 함께 가게 된 것이다.

"잘못했네. 오타루에서 김밥이라도 먹고 올걸."
하고 후사유키가 중얼거리자, 오사무가 말했다.

"고헤이五平ごへい 해안에서 싱싱한 성게라도 먹는 게 더 나을 거예요. 아직 열 한 시밖에 안 됐으니까요."

"싱싱한 성게? 그것 좋겠군."

해수욕을 즐기는 사람들로 번성한 란시마 해변은 빨강, 노랑, 파랑 파라솔들로 화려한 빛을 뿜냈다.

8월도 어느덧 중순에 접어들어 바닷가를 찾는 사람 숫자가 줄기는 했으나 아침부터 찌는 더위와 휴일인 것도 한몫하여 오전인데도 이미 손님들로 붐볐다.

그러나 이찌지로의 마음은 희비가 교차했다. 샤코탄은 딸 키미코와 함께 와서 온종일 즐겁게 놀았던 추억이 있는 곳이기 때문이었다.

키미코와 함께 왔던 그날처럼 샤코탄 곶은 여전히 그림처럼 아름답게 펼쳐진 바다에 안겨있었다.

이윽고 요이치余市よいち가 가까워짐에 따라 국도는 해안에서 차츰 멀어지고 양편으로는 포도밭이 펼쳐졌다. 요이치 상점가를 끼고 왼쪽으로 꺾어 역 앞으로 들어가자, 이국풍의 낡은 위스키 공장 건물이 보였다.

"야아, 내가 좋아하는 위스키가 여기서 생산됐구나."

후사유키는 반가운 듯 공장을 바라보았다.

"형님, 스코틀랜드가 위스키의 본고장이라는데, 이곳 요이치도 기후와 물이 스코틀랜드 못지않은가 봐요."

"아, 그래? 난 몰랐는데. 동생은 그걸 알고 있었군."

"저는 이곳 샤코탄까지 너덧 번 와봤으니까요. 저쪽을 보세요. 저기가 요이치 강인데, 메기가 많이 나는 모양입니다."

오사무가 다리 위에서 차의 속도를 늦추면서 사촌 형에게 말했다.

"홋카이도에서 메기가 잡힌다는 것도 난 까맣게 몰랐어. 이래서는 신문기자 자격이 없는데 말이야."

"형님이 모르는 것도 조금은 있어야죠."

대답하는 오사무의 목소리에 이찌지로의 마음은 전에는 느껴 보지 못했던 흐뭇함을 맛보았다. 기미코를 잃은 후 이렇게 밝은 오사무를 본 적이 없었다.

그가 히로코에 대한 태도를 바꾸었다는 것과 TV 방송국 앞에서 기다렸다가 그녀를 만났다는 것도 후사유키에게 들어서 이미 알고 있었다.

그러나 그것은 너무 갑작스러운 변화였으므로 믿기지 않았다. 오히려 오사무가 자기 이해의 범주를 벗어나 너무 멀리 날아가 버린 것 같았다.

바닷가까지 이어지는 길은 바위를 깨서 거의 수직으로 깎아 세워 만들었는지, 흙과 돌을 쌓아 만들었는지 굽이굽이 꺾어지는 길로 접어드니 바닷물은 더 푸르고 맑았다.

어디쯤이었을까? 키미코가 여기 왔을 때 이 맑은 물을 보고 감탄하여 소리 지르면서 좋아했었다. 그는 키미코의 목소리라도 들리는 듯 차창 밖을 두리번거렸다.

오사무는 짧은 터널을 빠져나와 길가에 차를 세웠다. 셋은 차에서 내렸다. 꾸불꾸불한 산기슭 안쪽으로 바다가 감겨 들어와 작은 포구를 이루고 있었다. 콘크리트 방파제 틈을 비집고 자란 갈대가 바람에 흔들리는 풍경이 바다와 잘 어울렸다.

산과 바다 사이의 평지에 집이 두어 채 있고, 옛적 청어 어전이라 불리던 커다란 망루는 오래된 고가古家가 지켜온 세월의 흔적을 사실 그대로 보여주었다.

옛날 아미모토綱元あみもと(어선이나 그물을 갖고 많은 어부를 거느리는 사람) 청어잡이 성수기에 많은 계절노동자를 수용하려면 이처럼 웅장한 집이 필요했으리라.

홋카이도 해안 어촌에도 이와 비슷한 청어 어전이 군데군데 남아 있어, 이찌지로는 이들 어전을 볼 때마다 왠지 쓸쓸했다.

지금도 바닷바람에 시달리는 청어 어전에서 작달막한 노파가 어린아이를 등에 업고 나오는 모습을 보았다. 이찌지로는 시선을 먼바다로 던졌다. 까마귀 울음소리가 요란했다.

언뜻 보니 후사유키가 땅에 엎드려 오사무와 이찌지로에게 카메라앵글을 들이대고 있었다. 절벽 위 바위산을 배경으로 사진을 찍으려고 엎드린 것이다.

청어잡이가 한창일 무렵 이 집에는 얼마나 많은 젊은 남녀들이 아침부터 저녁까지 바쁘게 일했을까? 그 때는 지금처럼 쓸쓸하고 한적한 날이 오리라는 것은 누구도 상상하지 않았을 것이다.

그들에게 바다는 무한한 보고寶庫였음이 틀림없다. 청어가 잡히지 않는 날이 오리라는 것을 누가 상상이나 했을까.

그것은 죽은 아내와 키미코 생전 자신의 마음과 비슷하지 않을까 싶었다.

이찌지로는 아내와 금실 좋게 늙어가면서 오사무와 키미코가 손자를 두엇씩 안겨주리라 상상했다. 그래서 처자와 귀여운 손자들이 자신의 최후를 지켜보는 가운데 편안하게 죽기를 소망했었다.

설마 아내와 키미코를 먼저 저세상으로 떠나보내리라고는

꿈에도 생각지 않았다. 지금 남은 것은 오직 오사무뿐인데, 자칫 자기보다 먼저 죽어버릴지도 모른다는 불안한 마음이 늘 가슴 언저리를 맴돌았다.

이찌지로는 그런 생각을 하면 가슴이 찢어질 듯 아팠다.

"외삼촌, 무슨 생각을 그렇게 하십니까?"

하면서 후사유키가 다가왔다.

"뭐, 별것 아니야. 그저 바닷물이 참 맑구나, 하는 거지."

"과연 그렇습니다. 저 맑은 물이 본래 바다의 모습이죠."

하고 후사유키는 쾌활하게 말했다.

다시 차에 올라탄 세 사람은 이로나이色內いろない 곳 부근 바다에 우뚝 솟은 촛대바위를 보았다.

촛대바위 옆에 나직한 바위와 편평한 평상 같은 바위가 마치 들마루처럼 보였다. 이찌지로는 멀리서 보면 촛대바위라기보다 공장 굴뚝처럼 보이던 옛 기억이 떠올랐다.

"어떤 이유로 생겼죠?"

후사유키가 감탄하며 말하자, 오사무는

"굉장하지요. 저것은 샤코탄 삼경 중 하나입니다. 높이가 40미터나 된답니다."

하고 설명해 주었다.

"외삼촌, 저런 바위가 어떻게 해서 만들어졌을까요."

"글쎄 말이야!"

이찌지로는 키미코가 저 바위를 보고 긴 드레스를 입은 서양 여성이 서있는 것 같다고 했던 말이 기억났다.

"샤코탄 반도라고 부르지 말고 기암奇巖きがん 반도라고 부르는 게 더 나을 것 같습니다. 그만큼 기기묘묘한 바위가 많으니까요."

"글쎄다."

"그런데 외삼촌, 저 촛대바위를 보는 순간 모든 이들은 탄성을 지를 것입니다. 그걸 전부 녹음해 두면 재미있을 것 같은데요. 그 탄성은 아마 기기묘묘한 화음을 이룰 겁니다."

"그렇겠지. 사람이 지르는 탄성은 개개인에 따라 천차만별이니까."

"그럼, '와, 굉장하다! 아유 신기하네!' 이런 식이겠죠?"

"그럴지도 모르지."

"형님, 저 촛대바위에는 전설이 있습니다. 한 신神이 샤코탄 반도를 빼앗아 가려고 하자, 이곳 사람들이 샤코탄 반도를 저 바위에 굵은 밧줄로 꽁꽁 동여맸다는 이야기지요."

"그것 참 걸작이군 그래. 그 육중한 샤코탄 반도를 저 길고 홀쭉한 바위에 동여맸다는 말이군."

하고 말하며 후사유키는 웃었다.

그러나 이찌지로는 웃음이 나오지 않았다. 인간이란 물에 빠지면 지푸라기라도 잡는 법인데, 만약 그런 절박한 지경에 처한 인간이라면 약점을 여지없이 드러냈을 거라는 생각이 들었기 때문이다.

어느새 터널을 지났고, 더욱 험준한 바위산이 하늘을 찌를 듯 높이 솟아있었다. 암석을 하나하나 쌓아 올린 것 같은 층계가 있는 바위산은 어떤 곳은 헐벗었고, 또 어떤 곳은 풀에 덮여 끝없이 이어졌다.

이제 차는 산길로 접어들었다. 무거운 간지석을 가득 실은 트럭이 산길을 올라간다고 알리기라도 하듯 활엽수 숲이 양쪽으로 펼쳐졌다. 차는 한낮에 소 몇 마리가 풀을 뜯는 조그마한 목장을 뒤로 하고, 두어 학급밖에 없는 조촐한 초등학교 앞을 지나 높은 언덕길을 오르기 위해 출력을 높였다.

'산에 싸리나무가 많네.'

키미코와 함께 왔을 때는 무더운 여름도 지나고 시원한 바람이 불기 시작한 9월 말이었는데, 그때도 분명 싸리꽃이 곱게 피어있었다.

길가의 작은 밭에 심은 옥수수와 감자가 보이기 시작한다 싶은 찰라 차는 내리막길을 쏜살같이 달려 내려가 해변 길로 들어섰다.

길을 덮어 누르는 것 같은 바위산을 꾸불꾸불 돌아 몇 개의 터널을 지나서야 겨우 수십 채의 가옥이 늘어서 있는 거리에 닿았다. 곶串의 끄트머리까지 가려면 앞으로 8킬로미터 정도는 더 달려야 한다.

오사무는 '가족관'이란 간판이 붙어있는 바닷가의 여관 앞에 차를 세우고,

"이 부근엔 싱싱한 성게가 있을 겁니다."

하면서 남색 주렴이 드리워진 식당을 가리켰다.

"미안합니다. 싱싱한 성게는 지금 없습니다만…."

카운터 저쪽에서 마흔은 넘어 보이는 여인이 죄송하다는 듯 말했다.

이 여성도 하얀 얼굴에 눈과 코가 예쁜 여자였다.

이 해안마을은 니이가타新潟にいがた에서 온 사람들이 모여 살고 미인들이 많기로 소문난 곳이라 들었는데, 정말 그럴지도 모른다고 이찌지로는 생각했다.

"잠깐 기다려 보세요. 지금 전화를 걸어볼 테니까요."

그 여자는 재빨리 가게와 여관을 잇는 복도의 전화기로 가,

"아, 있다고요? 손님이 싱싱한 성게를 잡숫고 싶다고 해서…. 그럼 아저씨에게 말해 봐요. 그럼 기다릴게요."

이 지방 사투리가 섞인 말씨로 전화를 걸다가,

"손님! 지금 바다에서 성게를 잡아준다니, 잠깐 기다려 주세요. 곧 가지고 올 거예요."

하고 애교 있게 말했다.

그녀의 친절한 태도에도 불구하고, 이찌지로는 조금 전에 마

주쳤던 에이츠케 또래의 청년이 왠지 거슬렸다.

어쩌면 가까운 데 사는 어부인지도 모른다. 그때 러닝셔츠에 반바지를 입은 사내가 종다래끼를 들고 들어왔다.

"방으로 올라가 구경이라도 하고 계시지요."

안내를 받아 올라간 곳에는 열 평 남짓한 넓은 방 가운데에 테이블이 네 개 놓여있고, 창문 바로 밑에는 푸른 바다가 펼쳐져 있었다.

세 사람은 시원한 바닷바람이 들어오는 얕은 창문에 기대어 바다를 바라보았다. 팬티 하나만 걸친 사내가 물안경을 쓰고 막 바다로 들어갈 참인 모양이다.

남자는 대여섯 걸음 바다로 들어가더니 헤엄을 치기 시작했다. 이어 물속으로 곤두박질쳤다. 두 개의 발이 잠깐 물 위로 나오는가 싶다가, 이윽고 얼굴을 내밀었다. 그러고는 다시 물속으로 모습을 감추었다.

혹시 익사한 게 아닐까, 하는 생각이 들 즈음, 그는 다시 물 위로 올라왔다. 그런 행동을 몇 번이나 되풀이했다.

이찌지로는 그 모습을 바라보는 동안, 자신이 횡포한 군주라도 된 것 같아 그에게 미안한 생각이 들었다.

물일이 익숙한 어부에게는 물속으로 깊이 잠겨 들어가는 것이 그리 괴로운 일이 아닐지도 모른다. 그러나 쉽지도 않을 것이다.

"성게를 못 잡아도 괜찮으니, 그만하고 올라오세요."

하고 소리를 지르자,

"저 사람 귀를 막고 있어서 들리지 않습니다."

하고 오사무가 말했다.

"이거야말로 진짜 진미일 겁니다."

잠시 후 바다에서 올라온 남자는 이렇게 말하면서 창문으로 가게 여주인에게 종다래끼를 넘겨주었다. 종다래끼를 거꾸로 쏟자, 긴 비늘을 가진 성게와 비늘이 짧은 밤톨 같은 성게가 한 무더기 나왔다.

여자아이가 성게를 소금물에 씻어 식칼로 두 조각냈어도 녀석들은 꿈틀거렸다.

세 사람은 속이 꽉 찬 오렌지색 성게 살을 작은 놋숟가락으로 재빨리 떠먹었다.

"아아, 맛있다!"

후사유키가 큰 소리로 외치자, 여자아이는 소리를 크게 높여 웃어댔다.

"야아, 이건 무슨 맛이라고 해야 하나. 참 맛나군!"

"성게는 다시마를 먹고 사니 맛이 좋을 수밖에요."

"음! 그래서 맛이 좋은 게로군요."

후사유키와 오사무는 따뜻한 밥 위에 성게 살을 올려놓고 간장을 약간 쳐 말없이 밥 한 그릇을 거뜬히 먹어 치웠다.

오사무가 밥 반 그릇을 더 먹고 나서 말했다.

"아까 그 사람, 에이츠케가 아니고 딴 사람이었을까요?"

"글쎄다. 어쩌면 그렇게 에이츠케와 닮았지?"

"그의 거만한 태도까지 똑같았습니다."

이찌지로는 오사무와 후사유키가 주고받는 대화를 잠자코 들으며 햇빛을 반사하는 바다에 시선을 던지고 있었다. 너른 바다 위에 먹으로 한 일 자—字를 쓴 것처럼 검은 배가 떠 있었다. 기슭을 때리는 파도 소리가 고막을 울렸다. 오사무는 바다를 바라보고 있는 이찌지로의 옆얼굴을 보면서,

"아버지는 닮았다고 생각하지 않으셨습니까?"

"응, 성게는 정말 맛있어."

"아니, 성게 얘기가 아닙니다."

"경치도 좋고 성게 맛도 좋으니 그만하면 됐지."

곁에서 후사유키가 테이블 위에 있던 안내지를 펴놓고,

"뭐야, 이건? 용암 줄기가 곧바로 바다로 떨어져 파도에 씻겨 굳어진 바위 절벽이라고? 과연 아직 보지 못한 기기묘묘한 바위들이 많은가 보군. 이제 배도 채웠으니 구경하러 나갈까요?"

향이 좋은 차를 마시면서 밥값을 내려고 하자,

"3백 엔입니다."

하고 주인 여자가 말했다.

일인 분이 이삼백 엔은 될 거라고 예상했는데, 놀랍게도 모두

합해 3백 엔이란다.

"농담하지 마십시오. 바닷물 속으로 사람을 보내 성게를 잡아 오게까지 했는데, 일 인당 3백 엔이라도 너무 싼 겁니다."

"아니에요. 국과 밥값만이에요. 성게는 거저 드리겠어요." 하고 주인 여자는 거듭 말했다.

세상에 이런 순박한 사람이 아직 있을까 하고 이찌지로는 크게 감동했다.

결국은 천 엔짜리를 억지로 쥐여주고 그곳을 나왔다. 삿포로라면 성게만 해도 일 인당 만 엔은 하리라고 짐작했다.

"정말 놀라워. 사람들이 그렇게 순진하다니 말이야."

"그렇습니다. 정말 별천지 같습니다."

후사유키와 오사무는 차에 올라 이런 대화를 나누었다.

차창 밖 푸른 바다는 물결이 약간 높아졌다. 그러나 바위들은 여전히 그대로 우뚝 솟은 채 전쟁놀이라도 하는 것 같다.

육지를 지키는 거인 용사의 모습처럼, 어떤 바위는 나직하고, 또 어떤 바위는 어깨를 으스대듯 치솟았는가 하면, 어떤 바위는 명상하듯 가만히 우뚝 선 것도 있었다.

길은 여전히 한순간도 방심할 수 없는 위험한 코스였다. 군데군데 터널이 아가리를 벌리고 있었다.

일찍이 키미코가 버스에서 곁에 앉아 있는 이찌지로의 팔에 몇 번이나 매달렸던 그 길이다.

몇 대의 차가 먼지를 일으키면서 앞질러 갔다. 가는 길에 크게 파손된 승용차 한 대가 옆으로 넘어져 있는 것도 보았다.

"외삼촌, 아름답기도 하지만 위험하기도 한 곳이군요."

후사유키가 또 감탄하면서 말했다.

"아아, 물론. 자연의 존엄함엔 조금도 빈틈이 없단 말이야."

이찌지로는 그다음에 고독한 것이라고 말하려다 말문을 닫았다.

"그런 점에 있어서 인간이란 참 미약한 존재입니다."

하고 운전하던 오사무가 조소하는 투로 말했다.

이찌지로는 아버지인 자기를 미약한 존재라고 비웃는다고 생각했으나 별다른 타박은 하지 않았다.

키미코의 영혼을 위로해 줄 불교 행사 날도 멀지 않았다.

이찌지로는 이처럼 아름다운 경치를 바라보면서 키미코를 추억하는 것도 보람 있는 일이라고 생각하며 멀리 바다 쪽으로 시선을 던졌다.

8003

스낵바는 유흥가인 스스키노薄野すすき에서 약간 떨어진 작은 빌딩 아래층에 자리 잡고 있었다.

빌딩의 아래층이라고 해도 오뎅집과 김밥집, 참새구이 집 등이 즐비한 곳으로 앞길과 뒷길을 연결하는 통로가 있었다.

아직 네온간판에 전등이 켜지지 않은 도끼라는 스낵바 앞에 니시이 오사무가 서있었다.

자동문이 열리자, 안에서,

"어서 오세요! 일찍 오셨군요."

하고 서른은 넘어 보이는 진한 녹색 드레스를 입은 여인이 친절한 목소리로 오사무를 반갑게 맞아들였다. 마담 토키코時子と きこ였다. 시각은 아직 다섯 시 반밖에 되지 않았다.

마니라는 젊은 호스티스도, 손님들도 여섯 시 반 이전에는 거의 오지 않는다. 그것을 알고 있는 오사무는 이 시간에 종종 이곳을 찾곤 했다.

"아아, 더워!"

들고 있던 회색 상의를 모자걸이에 걸고 오사무는 반소매 셔츠의 단추 하나를 끌렀다.

"정말 무덥네요. 자, 이걸로 땀 닦아요."

토키코가 누나 같은 말투로 물수건을 오사무 앞에 놓았다.

그녀는 오사무와 같이 생명보험회사 외판사원으로 6년간 근무한 적이 있었다. 결혼한 지 2년 만에 남편이 딴 여자와 외도하는 바람에 이혼하고, 보험회사 외판사원이 되었다는 것이 그녀의 얘기였다.

억척스러워 외판사원으로서 실적도 아주 좋았다. 6년 동안 저축한 돈과 은행 대출을 받아 이곳에 가게를 차렸고, 문을 연 지도 벌써 3년이나 되었다.

자리는 스스키노에서 약간 떨어진 곳이지만, 그녀의 억척스러운 성격을 오히려 좋아하는 단골손님이 많았다. 예닐곱 명만 들어서도 꽉 차는 작은 가게지만, 매상은 좋은 편이었다.

"이건 선물이야."

하면서 오사무는 성게를 담아 가지고 온 조그마한 상자를 테이블 위에 올려놓았다.

"고마워요. 어머나, 성게 아니에요? 어디서 가져왔죠?"

"샤코탄에서."

"어머, 샤코탄에 다녀오셨어요? 고마워요. 그런데 굉장히 비싸죠?"

"뭐, 그렇게 비싸지도 않아."

오사무는 어딘지 언짢은 얼굴로 카운터에 몸을 기대었다.

"자, 이건 물을 약간 탄 순한 술이에요. 드셔보세요."

사각형 유리 접시에 콩과 치즈를 담으면서,

"그 여자는 9월에 결혼하나요?"

"그런 모양이야."

오사무가 글라스 안을 들여다보며 무심히 말했다.

"그런 전화를 받고 주저한다면 전화하는 것도 헛일은 아니라고 생각했지만…. 어쩐지 뒷맛이 개운치 않군요. 영화 속의 신

scene이라면, 난 악역이나 다름없어요."

"그렇지는 않지. 정의를 구현하려는 기사騎士야! 기사!"

"그게 아니라, 그냥 당신 말을 듣다 보니, 에이츠케라는 작자가 너무 몰염치한 놈 같아 당신 생각에 동조하게 되었지요."

토키코는 카운터에서 나와 오사무 곁 나무 의자에 나란히 앉았다. 오사무는 잠자코 술을 마셨다. 그녀는 그런 오사무를 곁눈으로 보면서,

"샤코탄에는 언제 갔어요?"

"지난 일요일….."

"나도 가보고 싶었는데."

"젠장, 가자고 해도 안 간다고 했잖아, 그래서 할 수 없이 아버지와 외사촌 형님과 함께 갔지."

"어머나, 니시이 선생님도 갔어요!"

"이봐요, 히사스미 씨! 당신 우리 아버지 알아요?"

다른 손님들은 토키코를 마담이라고 불렀다. 그러나 오사무는 한때 같이 일했던 동료라 종종 그녀의 성을 불렀다.

"지난주에 우리 단골손님과 함께 오셨을 때 처음 뵀어요."

"그럼, 우리 아버지께 내가 여기 온다고 말했나?"

"물론 했지요. 케이호쿠啓北けいほく 대학 교수라고 하시기에, 그분이 당신 아버지라고 생각했죠."

"그게 정말인가?"

"정말이고말고요. 왜 거짓말을 하겠어요. 아주 고상한 분이시던데요. 점잖고 또 과묵하시고 말이에요."

"전화 얘기는 절대…."

그 말이 채 끝나기도 전에 토키코는 언성을 약간 높였다.

"뭐, 내가 어린아인 줄 아세요? 그런 말까지 다 뇌까려서야 손님 상대하는 이런 장사를 어떻게 하겠어요. 나도 그런 면에선 전문가예요."

"그야 잘 알지만."

오사무는 걱정스러운 표정이었다.

"그걸 알면 됐잖아요. 안심하세요. 나도 바보는 아니니까요. 당신 아들의 청탁을 받고 남의 결혼을 훼방 놓는 전화를 내가 했다고는 말할 수야 없지요."

"그야 그렇지."

"그런 말을 하면 멸시받거나 꾸지람들을 건 뻔하니까요."

그 말에 오사무는 겨우 안도했으나, 아버지가 이 바에 왔다는 사실에 기분이 좋지만은 않았다.

오사무는 샤코탄의 카무이 갑神威岬かむいみさき을 걸을 때의 기억을 떠올렸다. 카무이 갑에는 차가 들어갈 수 없다. 절벽 아래로 난 길을 30분 넘게 걸었을까?

깎아지른 절벽 밑은 커다란 돌만 잔뜩 깔려있어 걷기 힘들었고, 발밑까지 파도가 밀려와 조금만 방심하면 발이 젖었다.

또 중간에는 앞뒤를 분간할 수 없는 컴컴한 터널도 있어서 재미와 무서움을 동시에 주는 길이기도 하나 울퉁불퉁한 바위 위를 지날 때는 신기한 물건이 버려져 있는 것도 보았다.

아니, 신기한 물건이 아닐지도 모른다. 그것은 딱 봐도 여성용임을 알 수 있는 꽃무늬 여성용 웃옷이었다. 그러나 그것을 놓고 갔다고 보기엔 너무 너저분했다. 역시 버리고 갔다는 말이 맞을 정도로 널브러져 있었다. 그뿐 아니라 근처에는 팬티스타킹이 헝클어진 채 버려져 있어 눈살을 찌푸리게 했다.

"남녀가 장난한 모양이군."

앞장서 걷던 후사유키가 이 말을 듣고 쓴웃음을 지으면서,

"요즈음 젊은이들은 행실이 단정하지 못해."

하고 말하자, 이찌지로도 이맛살을 찌푸렸다.

당시 오사무는 그 부근 수풀 속을 뒤져보면 아직도 한 여인의 시체가 있을 것 같아 두려웠다.

그런 느낌은 음흉한 속셈이 아니다. 이곳 어디쯤에서 팬티스타킹이 찢어지거나 상했기 때문에 벗어던졌는지도 모르고, 들고 있던 윗도리가 성가셔 버렸는지도 모른다. 하지만 오사무가 비통한 생각에 빠졌던 것은 사실이다.

그건 아마 마음속에 키미코를 잃은 슬픔이 있었기 때문이리라. 키미코가 한 사내에게 장난감 인형처럼 농락당하던 끝에 마침내는 아이까지 배고 버림받자, 자살해 버린 사실이, 절벽

밑에 닳아빠진 걸레처럼 버려진 팬티스타킹을 보고 참혹한 슬픔을 느꼈는지도 모른다.

"뭘 그렇게 생각하세요?"

오사무는 토키코가 이렇게 말하며 팔꿈치로 쿡 치는 바람에, 샤코탄에 갔던 일을 회상하다 제정신으로 돌아오자,

"당신, 샤코탄에 가본 적 있어요?"

하면서 오사무는 얼굴에 웃음을 지어 보였다.

"네, 있어요."

그녀는 방긋 웃으며 대답했다.

"왜 그래? 의미심장한 웃음인데…."

"거기 컴컴한 터널 안에서…."

"음, 터널 안에서 어쨌다는 거야?"

"아이, 참! 둔하시긴요, 오사무 씨. 그만하면 눈치챌 만한데."

토키코는 여전히 그때의 일을 회상하듯 웃으며 오사무의 등을 가볍게 두들겼다. 그제야 그는 '아아, 그렇지!' 하고 겨우 생각난 듯 쓴웃음을 지으면서 말했다.

"그래, 좋았어요, 마담은?"

"뭐가요? 아직도 시치미 떼고 싶은가 보군요. 남자들의 그런 표정은 어떤 부류의 여성에게는 아주 배부른 투정이죠."

"어떤 부류의 여성이라니?"

"당연하지요. 이런 장사를 하는 여자란 그런 표정을 짓는 남

자들을 위해서 사는 거나 마찬가지예요. 내가 어떻게 해주기를 바라죠?"

"그게 정말인가?"

"정말이에요. 무슨 말씀이든 하세요. 들어드릴게요, 또 전화를 걸어달라는 건가요?"

오사무는 고개를 가로저으며 토키코를 물끄러미 보면서,

"나는 말이오, 마담! 그 사내에게 내 번민을 똑같이 맛보여 주고 싶은데, 어떡하면 좋지?"

"알아요, 그 기분."

토키코는 인조 속눈썹을 붙인 눈에 손가락을 살짝 대면서 말했다.

"그러니까 그 녀석의 누이동생이 행복한 결혼을 하는 게 비위에 거슬린단 말이야,"

"그래서 어떻게 하고 싶은데요?"

"난 이렇게 생각해 보았어, 마담. 어디 똑똑하고 대찬 여자 없을까?"

"요즘 애들은 다 똑똑해요. 그 똑똑한 여자에게 뭘 부탁하고 싶은데요?"

"이렇게 하는 건 어떨까. 그 녀석의 누이동생이 결혼식장에 가려고 집을 나설 때, 그 똑똑한 여성이 갓난애를 등에 업고 차 앞을 가로막는 거야. 기어코 이마노와 결혼하려거든 나와

이 애를 먼저 깔아 죽이고 가라고 말이지!"

"어머나! 오사무 씨! 그런 흉측한 짓을 다? 그런 짓 해 봤자 아무 소용 없어요. 미친 사람으로 치부하고 잽싸게 결혼식장으로 달려갈걸요."

"그럴까? 그러나 결혼식을 행복하지 않게, 불쾌하게 만들 수는 있을 거라고 생각해."

토키코는 한쪽 팔꿈치를 짚고 오사무의 옆얼굴을 물끄러미 바라보았다.

"이봐요, 오사무 씨! 당신이 미워하는 사람은 나오키 에이츠케라는 사람이죠?"

"물론."

"그럼, 왜 그 남자에게 직접 복수하지 않으세요? 그 사내가 사회에서 두 번 다시 고개를 들지 못하도록 생매장해 버리는 게 낫잖아요? 아무 죄도 없는 누이동생의 결혼을 훼방 놓을 것까지는 없잖아요."

"그 말은 옳아요. 하지만 마담은 아직 내 마음을 잘 몰라."

"과연 그럴까요? 난 잘 안다고 자부하는데…."

"이봐요, 히사스미 씨! 내가 가장 괴로운 것은, 사랑하는 내 누이가 그 더러운 놈에게 농락당한 다음 죽어버렸다는 사실이오. 그러니 할 수만 있다면, 난 그놈에게 나와 똑같은 괴로움을 안겨주고 싶단 말이야."

오사무의 얼굴이 보기 싫게 일그러졌다.

"어머나! 그럼 오사무 씨는 그 사내의 누이동생을 임신시키고 자살케 하겠다는 말인가요?"

"맞소, 바로 그렇소. 그렇게 할 수만 있다면, 그 녀석도 내가 얼마나 분한지 알 수 있으리라 생각해. 눈에는 눈으로 갚아야 하지 않겠소."

"눈에는 눈으로 갚겠다고? 그러나 당신은 히로코라는 그 아가씨와 화해했다고 하지 않았어요?"

"아니, 화해를 한 것이 아니라 방법을 바꾸었을 뿐이지. 그녀에게 접근하려면 지금까지처럼 해선 안 되겠다는 것을 알았으니까. 결혼식 전까지 그녀는 반드시 우리 집 일을 거들어 주러 혼자 올 거야. 그래서 하는 말이오."

"어머! 그걸 노리고 있어요? 정말 그렇게 할 작정이에요?"

"난 집념이 강하니까."

그녀는 오사무의 빈 잔을 들고 카운터 앞으로 가 선반에서 위스키병을 꺼냈다. 진한 녹색 드레스 사이로 드러난 등은 살이 토실토실했다. 그녀의 등에는 커다란 검은 점이 있었다.

독한 술에 물을 조금 섞고 있는 토키코의 등을 바라보면서 오사무는 히로코를 떠올렸다.

"집념이 강한 것이 좋을 때가 있기도 하지만⋯."

토키코는 술잔을 다시 오사무 앞에 놓고 카운터를 등지고 서서 말했다.

"어쨌든 오사무 씨는 바보예요."

"난 바보라도 좋아."

"오사무 씨, 화가 난 건 아니죠? 당신은 에이츠케와는 성격이 다르군요."

"그야, 당연하지."

화가 난 듯 오사무가 재빨리 말했다.

"그 당연한 일이 이상하다는 말이에요. 오사무 씨가 누이를 무척 사랑하는 사람이라는 건 물론 알아요. 지나칠 정도로 누이동생을 생각하지요. 그러나 에이츠케는 당신처럼 누이동생을 애틋해하지 않을지도 몰라요."

"…"

"진정으로 누이를 아끼는 사람은 여자들과 바람피우지 않아요. 나오키 에이츠케는 설사 누이동생이 죽는다 해도 별 충격을 받지 않으리라고 생각해요."

"그럴까?"

"그럴 거예요. 그리고 누이를 정말 사랑하는 당신은 히로코에게 임신은 시켜도 버리지는 못할 사람이라고 난 생각해요. 오히려 사랑에 풍덩 빠져버릴걸요."

"토키코, 무슨 이야기를 하는 거요?"

"이봐요, 오사무 씨! 솔직하게 얘기하세요. 당신 그녀에게 반했지요?"

토키코는 오사무의 얼굴을 뚫어지라 들여다보았다.

"그렇지는 않아."

"모를 게 사람의 마음이에요. 자기 마음을 자기도 모를 때가 있지요."

"…"

"아무튼 에이츠케에게 복수하고 싶다면 당사자에게 하세요. 누이동생에게 무슨 짓을 하든, 피도 눈물도 없는 그런 매정한 놈에게는 아무 소용없어요."

"그럴까? 난 '눈에는 눈, 이에는 이'로 갚는 게 제일 좋은 방법이라고 생각했는데. 누이동생을 잃어버린 슬픔을 그놈에게도 맛보게 해주고 싶어서 말이야."

"안 돼요! 그건 계산착오요. 당신은 상대를 너무 모르고 있어요. 첫째 당신은 복수 따위를 할 수 있는 사람이 아니에요. 그리고 히로코라는 아가씨가 가련하지요. 아무 잘못도 없는데, 오빠 때문에 벌을 받아야 하니 말이에요. 난 당신을 동정해서 그런 전화도 몇 번 걸었지만, 그 아가씨는 정말 착한 사람 같았어요. 지금 난 전화한 것을 몹시 후회하고 있어요."

"아, 그래? 그건 미안하게 됐어요."

오사무는 위스키를 단숨에 쭉 들이켰다.

"그럼, 마담이 내 입장이라면 어떻게 하겠어?"

"글쎄, 느닷없이 물으니 나도 어떻게 하는 게 좋을지 잘 모르겠지만, 그의 누이동생에게 전화를 거는 것보다는, 차라리 당사자인 그 남자의 회사에 전화하는 게 좋을 것 같아요."

"그래서 뭐라고 하지?"

"글쎄요. 사귀던 여자를 차버리는 건 요즘 남자들에게 흔한 풍조니, 누구도 그걸 나쁘다고 생각하진 않을 테고…."

"그 녀석은 달라요. 임신했으니 결혼하자고 하는 것은 일종의 위협 아니냐고 말했던 녀석이오."

"그래요. 그런 말을 들었기 때문에 나도 화가 나서 당신에게 동조했지만, 막상 어떻게 보복할까, 생각하니 역시 어렵군요."

"그놈을 사회적으로 생매장하는 것도 철저한 계획을 하지 않으면, 도리어 내게 더 큰 위험 요소가 될 것이고, 또 그의 회사 사정도 모르고 무작정 전화를 걸어봤자 별 소용이 없을 것이고…. 어떡하면 좋지?"

"그럼 오사무 씨는 결국 악당이 되지 않겠다는 말이군요?"

"물론 난 악당은 아니오. 누이동생의 억울함을 풀어주고 싶을 뿐이니까. 죽은 누이의 복수를 하는 게 나쁜 일은 아니지?"

"글쎄…, 난 잘 모르겠어요. 무엇이 좋은지 나쁜지 난 정말 모르겠어요."

"왜 그걸 모른단 말이오. 억울하게 죽은 누이동생을 대신해서 복수하면 좋은 일이지."

"그렇지만, 오사무 씨. 이런 장사를 하다 보면 온갖 일들을 보고 들어요. 난 별난 사람을 참 많이 겪었어요. 그러나 어떤 것이 좋다 나쁘다 판단할 때는 정말로 어려울 때가 많아요. 나 역시 남에게 복수를 당할 만한 행동을 과연 하지 않았는지 되짚어 보기도 해요."

오사무는 잠자코 콩을 하나씩 집어먹기 시작했다.

"그런데 오사무 씨! 지금 당신에게 가장 좋은 방법은 당장 결혼하는 거예요. 참한 아가씨와 말이에요."

"…."

"나도 복수하고 싶을 때가 많았어요. 헤어진 남편에게 말이에요. 인간이란 모두 원한을 가지잖아요. 저놈에게 천벌이라도 내렸으면 좋겠다고 쓸데없이 원망하는 게 바로 인간이에요."

토키코는 이마에 흘러내린 머리카락을 손가락으로 쓸어 올렸다.

오사무는 말도 잊은 채 멍하니 허공을 물끄러미 볼 뿐이었다.

파도에 떠 있는 사막

점심때가 지난 집 안에는 요오키치뿐이었다.

세 남매는 제각기 출근하고 없었으며, 아내 가츠에도 백화점에 가고 없었다.

요오키치는 로브를 입은 채 소파에 드러누워 한가롭게 텔레비전을 보고 있었다. 창문 커튼을 나부끼며 들어오는 바람이 좀 차다 싶어, 요오키치는 일어나 창문을 닫고 다시 소파에 드러누웠다.

텔레비전에서는 초중고 교사 넷이 좌담회 중이었다.

머리를 양쪽으로 가른 40대의 남자와 이마까지 내려온 머리를 이따금 쓸어 올리면서 좌담에 열중하고 있는 30대 초반으로 보이는 교사, 그리고 장발은 아니지만 비교적 길게 머리를 기른 20대의 앳된 교사, 나머지 한 사람은 얼굴이 작고 총명해 보이는 여교사였다.

'현대교육은 이대로 좋은가?'라는 주제에 마음이 끌려 채널을 돌렸더니 좌담회는 이미 시작하고 있었다.

"그런 이유로 한 교사가 아무리 모범적이라고 해도 단합하지 못하고 흩어지면 안 된다고 생각합니다. 교사 간의 인간관계를 더 중시해야 한다고 결론짓고 싶습니다만⋯."

40대 남자의 발언이다. 그러자 20대 교사가 빈정대듯 미소 지으며 말한다.

"저도 역시 그렇게 생각합니다. 그런 경우 내용이 문제입니다. 우리 같은 젊은 교사는 아무리 좋은 의견이라도 마음이 맞지 않는 사람의 의견은 받아들이지 않는 경향이 강한 편입니다. 이것은 일부분이기는 하지만, 이 점에 대해서는 많은 문제점을 느낄 것입니다. 이와 같은 경향이 곧 교육계를 병들게 하는 원인 아닐까요?"

테라스의 풍경소리가 유리창 너머로 아련히 들려왔다. 문득 요오키치는 아내 가츠에게 포도주를 사 오라고 말하지 못한 게 아쉬운 생각이 들었다. 그녀가 집을 나설 때 필요한 것 없느냐고 물었지만, 그만 아무것도 없다고 대답해 버린 것이다.

'그렇지, 포도주를 사 오라고 할 걸, 깜빡했군!'

일본 술이나 위스키보다 포도주가 더 건강에 좋다는 말을 어느 모임에서 들은 것이다.

그런 생각을 하면서도 눈은 텔레비전 화면을 떠나지 않았다. 텔레비전에서는 계속 대화가 진행되고 있었다.

"이처럼 과다한 정보에 노출되는 시대이므로 올바른 정보 수집은 당연히 문제로 제기되어야 하는 것 아닐까요?"

30대 교사의 말을 받아 여교사가 말했다.

"그렇습니다. 가치가 있는 정보를 골라내는 힘을 기르는 것은 아주 중요한 일입니다. 그러나 여기서 가치관을 어떻게 정립할 것인가? 또 어디에 둘 것인가? 하는 문제 또한 중요합니다. 학부모는 물론, 우리 교사도 참다운 가치가 무엇인가에 대해서는 잘 모르니까요."

또박또박 애기하는 여교사의 입매가 양호 선생인 아카다 텐코赤田典子あかだてんこ와 닮았다고 요오키치는 생각했다.

가치관에 대해서 두어 번 의견을 교환한 다음 화제는 유아 교육문제로 넘어갔다.

"물론 학교 교육이 먼저냐, 가정교육이 먼저냐 하는 문제는 계란과 닭을 놓고 어느 쪽이 먼저냐고 묻는 것과 같은 일이며, 교사 측에서 본다면 현대교육 중에서 가장 시급히 서둘러야할 것은 역시 유아들의 교육 문제입니다."

여교사의 말에 40대 남자 교사가 고개를 끄덕이며 토론을 이어갔다.

"역시 종합적으로 생각해 봐야 할 문제입니다. 단순히 교육의 책임을 가정에 전가해서는 안 되니까요."

"네, 그렇습니다."

"세 살 버릇 여든까지 간다는 말도 있듯, 나는 그 말을 진리라고 생각합니다. 그것을 우리 교육부에서는 잊고 있다는 데 문제가 있습니다. 세 살까지 올바른 인간으로 길러내는 것, 즉 유아교육은 결코 쉬운 일이 아닙니다."

"그러면 우리도 세 살에 인간다운 인격이 형성되었다는 말이군요. 그럼, 앞으로 우리는 어떻게 하면 될까요?"

젊은 교사의 말에 모두 웃었다.

"성격 형성에 있어 세 살까지의 비중이 큰 모양입니다. 예를 들면, 부모를 졸라 세발자전거를 샀다면 조르면 사줄 것이라는 인식을 가질 것입니다. 말하자면 첫 경험이라고 할까요. 어감이 좀 이상하지만, 이 첫 경험이 뇌리에 강력하게 새겨진다고 합니다. 만일 자전거를 사주고 싶지만, 부모가 판단하기에 길이 좁고 탈 장소가 없다고 생각될 때는, 사고 싶지만, 위험하니까 참으라고 말했다고 합시다. 이것도 그 아이에게는 첫 경험이고, 이 경우 정신 단련의 체험도 얻게 되는 셈입니다."

"그러나 부모가 자청해서 사주기도 하고, 사주지 않기도 하지 않습니까? 어린아이의 욕구를 억압하면 어떨까요?"

"글쎄요. 나도 엄마로서 그런 문제에 대해서는 고민합니다만, 구체적인 사례는 접어두고 기본적으로 유아교육을 올바르게 할 수 있는 어머니가 되어야 한다는 점을 강조하고 싶습니다. 무엇보다도 유아를 위한 어머니를 육성하는 방안이 연구되어야 한다는 문제를 제기하고 싶습니다. 얘기가 원점으로 돌아갔습니다만….”

교육자인 요오키치에게는 그다지 신선한 내용은 아니었다. 그러나 세 살 난 유아교육의 문제에 대해서만큼은 골수에 사무쳤다. 듣는 동안 에이츠케의 어렸을 적 일이 떠올랐다.

무엇보다도 세발자전거를 예로 들어 나누는 대화 화면에 요오키치는 마음이 아팠다. 세발자전거와 관련해서는 지금도 엊그제 일처럼 생생한 아픈 기억이 있다.

“나도 사줘!”

이웃집 아이의 세발자전거를 보고 어린 에이츠케는 졸라댔다. 처음에는 요오키치도 가츠에도 모른 척했다. 아무리 졸라도 부모가 들어주지 않자, 에이츠케는 별안간 울음을 그치고 밖으로 달려 나갔다. 잠시 후에 이웃 아이의 세발자전거를 억지로 빼앗아 가지고 왔다. 뒤미처 그 애의 어머니가 달려와 구시렁거리며 불평을 터뜨리곤 자전거를 도로 가지고 갔다.

그런데 그다음 날, 그 아이의 세발자전거는 시궁창에 처박혀 있었다. 에이츠케의 소행이었다.

“댁의 에이츠케는 어린애답지 않아요. 정말 장래가 걱정되는 아이예요.”

그 아이의 어머니는 그렇게 말하면서 화를 냈다. 그러나 그 당시 요오키치는 에이츠케가 어린애답지 않고 장래가 걱정스러운 아이라고는 생각하지 않았다.

오직 어버이로서 나이 어린 에이츠케가 가엾었다. 이웃에게 폐를 끼쳐서는 안 되겠다고 생각한 나머지, 에이츠케에게 세발자전거를 사준 일이 있었다.

요오키치는 그때의 일을 복잡한 심경으로 회상하고 있다.

'장래가 걱정된다.'라는 말을 들었을 당시는 아무 느낌도 없었다. 그게 바로 어버이의 불찰이고 어리석은 행동이었으리라.

지금 그 일을 곰곰이 생각해 보면 그것은 '세 살 버릇이 여든까지 간다.'라는 말 그대로 에이츠케는 어렸을 때부터 부모를 협박하는 방법을 알고 있었던 듯하다.

이에 대해 옆집 아이의 세발자전거를 빼앗아 시궁창에 처박아버렸으므로, 부모로서 자식에게 자전거를 사주지 않을 수 없었다고 자신을 변명해 보았다.

'도대체 그 애는 누굴 닮았을까?'

하고 요오키치는 괴로운 듯 중얼거렸다.

자신은 절대 닮지 않았다고 생각했다. 그렇다고 아내 가츠에를 닮았다고도 할 수 없다. 가츠에의 메마른 정서를 에이츠케가 분명 이어받기는 했다. 그러나 에이츠케는 그녀에게는 없는 난폭함이 있다.

요오키치의 부모, 즉 에이츠케의 할아버지 할머니나, 외할아버지 외할머니에게도 그런 난폭함은 없었다. 아내 가츠에의 아버지는 요절해서 생전에 만나 뵙지도 못했다.

그러나 아내에게 들은 바로는, 아버지는 관대하고 남자다운 성격이었던 모양이다. 한편 가츠에의 어머니는 인정이 많고 온순한 사람이었다는데, 어쩐지 아내의 성격은 부모를 닮지 않은 것 같았다.

그렇다면 아내의 그런 성격이 충동적인 에이츠케와 같은 사내아이를 만들었던 것일까? 그런 생각을 하고 있을 때 현관 벨이 울렸다.

세탁부가 아니면, 우편집배원일 거라고 짐작하면서 요오키치는 로브 앞가슴의 옷깃을 여미면서 현관으로 나갔다.

문을 열자, 하얀 원피스 차림의 마리가 조그마한 보따리를 들고 문 앞에 서 있었다.

"음, 아가씨였군!"

"네, 아저씨 깜짝 놀라셨죠? 맛있는 자두가 있어서 드리려고 왔어요."

"아, 너무 고마워요. 마침 심심하던 참이었는데."

요오키치는 마리를 반갑게 맞아들였다.

"실례가 안 된다면, 괜찮죠."

"실례는 무슨 실례? 마침 모두 외출하고 나 혼자 있으니 몹시

무료하던 참이었습니다.”

“그러세요! 혼자 계시면 적적하시겠지요.”

마리는 가지고 온 자두를 씻어 접시에 담아 가지고 왔다.

“마리 양은 남의 집인데도 부엌일이 서툴지 않군 그래.”

“네, 그런가요?”

요오키치는 하나를 집어 입에 넣으며 쾌활하게 말했다.

“야아, 이거 정말 맛있군!”

“그렇게 맛이 좋아요?”

“응, 아주 좋아. 이 맛을 어떻게 표현할까?”

“아, 그런가요?”

하고 마리가 웃었다.

“‘그런가요.’라니가, 뭐야?”

“아니에요. 역시 부자지간이라 닮았구나 하고요. 지난번에 에이츠케 씨도 똑같이 말했거든요. ‘야아, 이거 정말 맛있다. 이 맛을 어떻게 표현할까?’ 하고 말이에요.”

요오키치는 갑자기 언짢아졌다. 그는 에이츠케가 자신을 조금도 닮지 않았다는 말을 듣고 싶었기 때문이다. 그는 그런 내색을 하지 않고 화제를 바꾸어, 그녀를 건너다보며 말했다.

“그런데 마리 양, 참 기특하군. 혼자 살면서도 조금도 외롭거나 쓸쓸해하는 기색이 없으니 말이야.”

“혼자 사는 게 마음 편해요. 오히려 여럿이 사는 게 더 외롭고 쓸쓸하고 마음이 복잡할지도 몰라요."

"과연! 그게 진리일지도 모르지."

요오키치는 어느새 자두를 대여섯 개나 먹었다.

"아아, 맛있다. 달게 잘 먹었소."

"그렇게 맛이 좋아요?"

마리가 묻는 말에 요오키치는 애매한 웃음으로 얼버무렸다.

"아저씨, 좀 전에 텔레비전을 봤는데, 세 살 유아의 교육 문제에 관해서 얘기하데요."

"아, 그거! 나도 방금 보았어."

"어머, 아저씨도 보셨어요? 아저씨는 그걸 보면서 누구의 세살 적을 생각하셨어요?"

에이츠케에 대해서라고 하려다 요오키치는 고개를 저었다.

"후지오 씨의 세 살 적 얘기를 듣고 싶어요."

"글쎄…, 후지오가 어렸을 때라…, 기억이 잘 나지 않네요. 에이츠케와 달리 문제를 일으키지 않았으니까?"

"그래요, 기억이 없으신가요? 섭섭한데요."

마리는 실망한 듯 말했다.

"후지오 녀석에게 관심 있소?"

"있고말고요. 아주 많지요."

마리는 똑똑하게 대답했다. 이렇게 똑 부러지게 대답하니 연애라도 하는 게 아닐까, 요오키치는 좀 실망했다.

"그 후에도 에이츠케는 종종 놀러 갔소?"

"아니에요. 저는 여행을 갔었어요."

"어디로?"

"히다카日高ひだか에 갔었어요. 말들이 뛰어노는 풍경을 보고 싶어서요."

"히다카는 좀 쓸쓸하지."

"네. 그러나 저는 아주 좋았어요."

여행하는 동안 마리는 그 다이아반지를 끼고 있었을까!

요오키치는 그녀의 화실에 있는 조그마한 장롱 속에 그대로 있지는 않을 것이라는 생각에 걱정이 되었다.

마리가 반지를 조그마한 장롱 속에 넣어두는 것을 에이츠케가 번뜩이는 눈초리로 노려보던 생각을 하니 더 걱정이었다. 지금 마리는 손가락에 아무것도 끼지 않았다.

"도쿄로 돌아가고 싶지 않아?"

"그럴 생각 없어요. 지난 2월에 왔으니까요. 홋카이도는 그림의 보고예요. 그리고 싶은 데가 너무 많아요."

"아, 그렇지! 아가씨는 그림 그리지. 보통 아가씨가 아니야."

"어머, 그림을 그린다고 해도 보통 아가씨들과 똑같아요. 아저씨, 여자는 누구나 똑같아요."

"그럼, 여기 삿포로에 와서 좋아하는 남자라도 생겼나?"

"네, 생겼어요. 그러나 짝사랑이에요"

"설마 그럴 리가! 마리 양이 짝사랑만 하도록 가만히 놔두는 남자는 아마 없을 텐데."

마리는 테라스 유리창 너머로 정원을 바라보다가,

"그럴까요? 그런데 아저씨, 야마하다라는 사람 아세요?"

별안간 마리의 입에서 야마하다의 이름이 나와서 요오키치는 가슴이 철렁했다.

"언젠가, 아가씨가 혼내어 내쫓았던 그 사람? 그 사람이 왜?"

"경찰에 잡혔어요."

"경찰에?"

"네, 공갈죄로 잡힌 모양이에요. 제가 잘 아는 신문기자에게 그의 부모가 찾아와 신문에 요란하게 보도되지 않도록 해달라고 부탁하더라고 하던데요."

"그 작자라면, 언젠가는 그렇게 될 거라고 예상은 하고 있었는데, 끝내 그렇게 되고 말았군!"

야마하다가 경찰에 잡혀가도 이상한 일은 아니라고 요오키치는 당연하게 생각했다. 그런 그를 바라보던 마리가 말했다.

"아저씨, 야마하다와 에이츠케 씨는 사이가 좋은 것 같아요. 신문기자에게 에이츠케 씨의 이름도 거론했던 모양이에요."

"뭣? 에이츠케를? 대관절 무슨 말을 했다던가요?"

요오키치의 안색이 돌변했다.

야마하다가 경찰에 검거되었다면 심상치 않은 일이 생긴 것이 틀림없기 때문이었다.

"글쎄요. 전 자세한 애기는 듣지 못했어요."

"신문기자는 뭐라던가요?"

"어쩌면 아저씨도 아실 거예요. 홋카이신문의 시무라 후사유키라는 분인데요."

"시무라?"

"네, 니시이 씨의 조카예요."

"아아, 그 신문기자가 니시이 씨의 조카란 말인가요? 그것, 참 딱하게 됐군!"

요오키치는 안절부절못하며 자리에서 일어났다. 마리는 그런 그를 안타까운 듯 바라보다 잠시 후에 돌아갔다.

'도대체 무슨 공갈죄일까?'

혹시 그 배후에 또 에이츠케가 관련된 건 아닐까? 요오키치는 더욱더 불안해졌다. 야마하다의 부모가 시무라 후사유키에게 기삿거리가 되지 않도록 부탁까지 했다는 점이 무엇보다도 마음에 걸렸다.

야마하다의 부모와 시무라는 어떤 사이일까? 시무라는 문화부 기자인데 에이츠케의 이름을 들었으니, 기사를 더 크게 부풀릴지도 모른다.

요오키치는 누구에게 전화를 걸지 결정도 하지 않고 전화기 곁으로 갔다. 그 순간 전화벨이 울렸다. 벨 소리는 유난히 요란스럽게 요오키치의 귀를 울렸다.

'누굴까?'

경찰이 아닐까, 마음 졸이며 수화기를 들었다.

"여보세요. 나오키입니다…."

그는 수화기를 귀에 대고 머리를 숙였다.

"아아, 저예요."

가츠에의 목소리에 겨우 마음을 놓으면서,

"응, 당신이오?"

하고 그는 화난 것 같은 목소리로 대꾸했다.

"미용실이 너무 붐벼서 좀 늦겠어요. 미안하지만, 다섯 시가 되거든 전기밥솥 스위치 넣어줄래요?"

"늦는다고? 좀 빨리 오면 좋겠는데…."

"무슨 일 있어요?"

"아니 뭐 별일은 아니고, 볼일이 있어서."

"특별히 바쁜 일 아니면 좀 늦어도 괜찮지 않나요?"

"아니, 바쁜 일이야. 그리고…."

요오키치가 말을 마치기도 전에 수화기를 찰칵 놓는 소리가 들렸다.

'자기가 먼저 전화를 끊다니, 원 세상에.'

이렇게 중얼거리면서 요오키치는 시계를 보았다. 아직도 세 시가 못되었다.

'미용실이라면 시간이 걸리겠군!'

이렇게 생각하면서 소파에 앉으려는데, 또 전화벨이 울렸다.

가츠에가 할 말을 잊어버려 또 전화하는구나 하고 짐작하면서, 그는 천천히 일어나 전화를 받으면 포도주를 사 오라고 해야겠다고 마음먹었다.

수화기를 들자, 뜻밖에도 에이츠케의 목소리가 튀어나왔다.

"아버지세요? 어머니 계십니까?"

"어머니는 외출하셨다. 왜, 무슨 일이냐?"

"네, 저어…, 일이라면 일이기도 합니다만."

요오키치는 에이츠게가 말을 더듬자, 불안감은 더 커졌다.

"무슨 일이냐? 말해 봐라. 어머니에게 전하마."

요오키치는 수화기에 온 신경을 모았다.

"뭐, 별일은 아닙니다. 좀 늦을 것 같아서 저녁은 필요 없다고 전해드리려고 했습니다."

"고작 그뿐이냐?"

"네, 그뿐입니다."

늘 말도 없이 늦게 들어오는 에이츠케가 오늘 따라 그런 일로 일부러 전화할 리는 없다는 생각이 들었다.

"별일 다 보겠다. 늦는다는 전화까지 하니 말이다."

애매하게 웃는 것 같은 에이츠케의 모습이 눈에 선하여 요오키치는 말을 이었다.

"에이츠케, 너 야마하다라는 사람 알지?"

"야마하다? 아아, 그 친구, 무슨 일 있습니까?"

"그가 경찰에 검거된 모양이다."

"누구한테 들으셨죠?"

"너도 알고 있었구나?"

"아니요, 전 모르는 일입니다."

"그래? 그런데 그 작자는 네 이름을 들먹인 모양이던데, 무슨 관련이 있느냐?"

"아무 관련도 없습니다. 기분 나쁘군요."

"그러나 너는…."

야마하다를 앞세워 아버지인 자기를 협박하여 돈을 빼앗으려고 하지 않았느냐는 말이 목구멍까지 나왔으나 꿀꺽 삼켜버렸다. 그 말을 꺼내려면 상당히 신중하지 않으면 안 되기 때문이다.

"누구에게 들었을까요? 빠르기도 하군요."

곁에 누가 있는지, 여자의 목소리가 나지막하게 들려왔다.

"내가 누구에게 들었건, 너 좀 빨리 집으로 들어오너라."

"열두 시 이전에 들어가겠습니다."

수화기를 내려놓는 소리가 귀에 거슬리도록 컸다.

'이놈이나 저놈이나 전화 에티켓을 몰라.'

요오키치는 코를 문질렀다.

아내나 자식이나 자기보다 먼저 전화를 끊어버리는 것이 몹시 비위에 거슬렸기 때문이다.

한 집안 가장으로서 존엄성이 아내는 물론 자식들에게도 무시되는 현실이 눈앞에 보이는 것 같아 화가 난 것이다.

자기는 존경을 받아야 마땅하다고 생각했다. 사회적으로도 중학교 교장이라는 직위에 있으며 평온하고 성실하게 살고 있지 않은가. 사회에서는 인격자라는 평판이 자자하다.

'어쩔 수 없는 녀석이야!'

에이츠케는 야마하다의 사건을 알고 있는 것도 같고, 모르는 것도 같다. 에이츠케의 애매한 태도가 그를 더 불안하게 했다.

에이츠케에게 만약의 경우가 생긴다면 중학교 교장이라는 사회적 지위나 명예, 인격자라는 평판 따위는 하루아침에 사라져 버릴 것 아닌가.

그는 소파에 앉았으나 초조한 나머지 다시 일어섰다. 야마하다에 대한 기사를 무마해달라는 부탁을 받은 시무라 기자가 어떤 말을 했는지 마리에게 좀 더 자세히 들었더라면 좋았으리라고 후회도 했다.

그렇다면 마리와 시무라는 어떤 관계일까? 마리는 그 신문기자에게 에이츠케에 대해 뭐라 말했을까?

그녀가 에이츠케에게 적의를 품고 있다고는 생각되지 않았다. 다정한 이웃이니 웬만큼 두둔하지 않았을까?

에이츠케의 신변에 대한 걱정 때문에 여름 과일을 가지고 일부러 집으로 찾아와 야마하다의 사건을 알려준 것 아닐까?

마리에게 다시 한번 자세한 말을 들어보려고 요오키치는 현관까지 나왔다.

도어를 열자, 바람이 차가웠다. 그는 구름이 쏜살같이 달려가는 하늘을 올려다봤다. 저 멀리 이시카리石狩いしかり 들녘 끝 푸른 하늘을 바라보는 요오키치의 마음은 한층 더 심란해졌다.

그는 초조한 마음 그대로 현관 앞에 서 있었다. 마리에게 이것저것 캐묻는 것도 왠지 어색하여 발걸음이 떨어지지 않았다.

요오키치는 거실로 되돌아왔다.

'왜 이렇게 늦을까?'

에이츠케 신변에 좋지 않은 일이 일어나고 있는 것만 같았다. 요오키치는 팔짱을 낀 채 깊은 한숨을 내쉬었다.

그때 현관문 열리는 소리가 들렸다. 요오키치는 튕기듯 일어섰다. 그러나 벨이 울리지 않은 것을 보니 가츠에가 틀림없다고 생각하고 다시 자리에 앉았다. 다섯 시가 넘어야 돌아온다고 말은 했지만, 마음을 바꾸어 택시를 타고 왔는지도 모른다.

거실의 문이 열리며 들어선 것은 히로코였다.

"다녀왔어요, 아버지."

"응, 히로코냐? 오늘은 이르구나."

시간은 아직 세 시 반이었다.

"네, 조퇴했어요."

히로코가 나직한 목소리로 말했다.

"어디 아프냐?"

"응."

힘없이 대답한 그녀는 화장실로 갔다. 히로코가 양치질하는 소리를 들으면서 요오키치는 에이츠케에 관한 말을 듣지나 않았나 싶어 또다시 가슴이 요동쳤다.

"어머니는 어디 가셨어요?"

히로코가 나와서 물었다.

"외출했다."

"그래요."

"왜 조퇴했지?"

"…."

"피곤해 보이는구나."

"괜찮아요, 아버지."

"무슨 일 있었느냐?"

"아무 일도 없었어요."

"그럼, 왜 조퇴했지?"

"오늘은 우란본(盂蘭盆 うらんぼん: 음력 7월 보름 경에 조상의 영혼에 제사지내는 불교행사, 백중)이니까요."

"우란본이라?"

"네, 어머니가 늦으신다면 제가 저녁 준비할게요."

히로코는 평상시의 명랑함을 되찾았다.

"다섯 시가 되면 전기밥솥 스위치 넣으라더라."

"다섯 시에? 아직 시간이 한 시간 반이나 남았네요. 어머니는 뭘 사 오실까요?"

"글쎄다."

옷을 갈아입으려고 2층으로 올라가는 히로코의 뒷모습을 바라보면서 그는 야마다 얘기를 할 것인지 말 것인지 생각해 보았다. 히로코가 뭔가 좋지 않은 일이 있어 일찍 퇴근한 것은 틀림없으나, 그것이 야마다나 에이츠케에 대한 일인지 아닌지는 아직 알 수 없었다.

히로코가 가벼운 발소리를 내면서 2층에서 내려왔다. 반소매 블라우스에 미니스커트를 입고 하얀 앞치마를 걸쳤다.

"아버지, 뭐 잡숫고 싶으세요?"

"네가 해주려고?"

"네, 어머니는 소금에 절인 연어알이나 대구 새끼를 사 오실 게 틀림없으니까요."

가츠에는 프라이나 튀김 종류는 절대 사지 않았다. 식품 가게에서 쓰는 기름이 좋은 것인지 나쁜 것인지 모른다는 것이 그 이유였다.

"뜰 안 자소 잎사귀로 튀김 만들까요? 아버지가 좋아하는 거잖아요.”

히로코의 말이 보통 때보다 나긋나긋하게 들려서 그의 마음
이 약간 풀어졌다.

“응, 샐러드와 튀김이라면 그만이지.”

“컴프리comfrey도 튀겨드릴게요.”

“저녁은 아직 이르지 않니?”

“그렇겠네요. 차라도 끓일까요.”

히로코는 가스레인지에 주전자를 올려놓았다.

“너 오늘은 아주 상냥하고 편안해 보이는구나.”

“어머니가 안 계시니까요. 늘 어머니가 차나 과일을 드렸잖
아요. 어머니는 정말 동작이 빨라요.”

“응, 네 어머니는 일벌레처럼 부지런하지.”

“그런데 어머니는 왠지 늘 슬픔에 젖어있는 것 같아요.”

“뭐, 슬픔에 젖어있는 것 같다고? 네 어머니는 슬픔도 기쁨도
모르는 사람이야.”

“그럴까요? 그러나 어머니는 늘 혼자 방에 틀어박혀 있는
외로운 분 같아요.”

“아니 그렇지 않아. 아무 감정도 없는 사람이야.”

“그럴까요?”

“그렇고말고. 어디 좀 모자란 데가 있는 사람이지.”

물 끓는 소리가 났다. 히로코는 가스레인지 불을 끄면서 목소

리를 약간 높였다.

"안 돼요, 아버지. 저를 낳아주신 어머니 험담을 하시면요."

"험담이 아니다. 네 큰오빠는 오늘 늦는다니까 저녁은 필요 없을 거야."

히로코는 눈살을 찌푸리면서,

"정말 큰오빠는 어쩔 작정인지…."

하면서 홍차를 쟁반에 담아 가지고 왔다.

"그게 무슨 말이냐? 어쩔 작정이냐니?"

"저어…,"

히로코의 검은 눈이 별안간 수심에 잠기는 듯했다. 역시 무슨 일이 있었구나 하고 요오키치는 다음에 할 말을 마음속으로 생각했다.

"저어…, 아버지!"

"응?"

"저 오늘 키미코 씨 무덤에 참배 갔다 왔어요."

"뭐라고? 니시이 씨 딸의 무덤에 말이냐?"

"네, 오늘이 그 분의 우란본 날이에요. 그래서 오늘 조퇴하고 히라기시平岸ひらぎし에 있는 무덤에 다녀왔어요."

"아, 그래? 나도 며칠 전부터 그녀의 우란본 날이라고 생각은 하고 있었는데…."

생각은 하고 있었으나 무덤에 가보지도 못한 무성의함을 뉘우쳤다.

"그런데 아버지, 제가 그 무덤 가까이 갔을 때, 키미코 씨의 아버지가 무덤 앞에 멍하니 서 계셨어요."

"혼자?"

"네, 홀로 무덤을 물끄러미 바라보고 계셨어요. 너무나 쓸쓸해 보여 가까이 갈 수도 없었어요."

요오키치는 무덤 앞에 서 있는 니시이 이찌지로의 모습을 그려보면서 고개를 끄덕였다.

"그런데 아버지, 그게 일이십 분이 아니었어요. 제가 가기 훨씬 전부터 서 계셨을 테니까, 퍽 긴 시간을 그렇게 계셨을 거예요. 부모란 다 그렇게 슬퍼할까요?"

"그야 그렇겠지. 만약에 네가 그런 경우를 당한다면 나도 슬퍼서 견딜 수 없을 거야. 정말 그분에게는 죄송할 따름이다."

죄송할 따름이라는 아버지의 말이 임시변통으로 아무렇게나 하는 것처럼 들려서, 히로코는 저도 모르게 아버지의 얼굴을 쳐다보았다.

"아버지, 미안하다는 말만 해서는 안 된다고 생각해요. 저는 키미코의 아버지가 그렇게 무덤을 바라보면서 서 계시던 모습을 큰오빠나 아버지께서 보셨으면 좋겠어요."

왜 아버지는 좀 더 적극적인 사과를 하지 않을까 하는 불만이 히로코의 날이 선 어조에 섞여 있었다.

"에이츠케라면 이제 넌덜머리가 난다."

"큰오빠는 키미코 씨의 우란본 날인데도 조금도 미안한 마음이 없는가 봐요. 오늘도 이렇게 늦는다는 걸 보면 어디서 재미있게 노는 모양이네요."

"그놈은 싹수가 없는 놈이야. 아무리 말해 봤자, 소귀에 경 읽기니까."

팔짱을 끼는 요오키치에게 시선을 주면서 히로코는,

"아버지가 오빠에게 무슨 말씀을 얼마나 하셨다고요? 아버지는 오빠에게 아무 말씀도 하지 않았어요?"
하고 나무라듯 말했다.

"말해서 들을 놈 같으면 진작 말했겠지."

"그렇게 되기 전에 정말 어떻게 할 수가 없었던가요, 아버지? 전 아버지의 무사안일주의가 더 나쁘다고 생각해요."

요오키치는 약점을 찔려 가슴이 아렸다.

히로코는 처음엔 부드러운 말로 시작했으나 차츰 깊이 찌르면서 따지고 들었다. 그 바람에 요오키치는 어리둥절해하면서 무슨 말을 하려다 입을 다물어버렸다.

⊱✦⊰

히로코와 차에 나란히 앉은 요오키치는 시계를 여러 번 보았다. 몇 시까지 가겠다는 시간약속은 하지 않았다. 그러나 남의 집을 방문하는 데에는 예의에 맞는 시각이 있는 법이다. 해가 진 하늘은 오늘 유난히 노란빛을 띠고 있었다.

가는 도중에 두 사람은 불교용품 가게에 들렀다. 우란본 날에 쓰는 초롱은 대부분 팔렸고, 비싼 것 두 개와 별로 좋지 않은 싸구려 초롱 대여섯 개가 진열대에 걸려 있었다.

요오키치는 오전에 마리에게 들은 이야기의 진상을 시무라에게 확인해 보고 싶은 마음이 간절했다. 그러려면 먼저 키미코의 위패에 합장하고 묵념을 드려야만 한다. 우란본인 오늘을 빼고는 기회가 없을 것이다.

다행히 오사무의 태도가 부드러워졌고, 이찌지로도 시무라도 히로코에게 더욱 친절하게 대해준다는 것을 안 요오키치는 용기를 내 집을 나섰다.

석간신문에는 야마하다 사건이 보도되지 않았다. 하물며 검거도 되지 않은 에이츠케에 대한 기사가 나올 리 없었다. 그런 생각을 하면서도 요오키치의 마음은 불안하기만 했다.

우란본 날에 쓰는 초롱을 하나 산 요오키치는 히로코와 다시 차에 올라탔다. 모이와 산藻岩山もいわやま 로프웨이에 등불이 켜지고 산은 황혼 속에 그 윤곽을 어렴풋이 드러내놓고 있었다.

"뭘 그렇게 생각해?"

아까부터 잠자코 있는 히로코에게 요오키치는 말을 붙였다.

거리에는 오가는 차들이 많았다.

"저어…, 아버지와 둘이서만 성묘하러 가는 건 좀 무의미한 것 같아서요."

"음! 실은 나도 그 생각을 하는 중이다."

"오늘은 그만두고, 내일 큰오빠와 함께 가는 게 더 낫지 않을까요?"

"응, 그게 더 나을지도 모르지."

이야기하는 동안에 차는 토요히라 강豊平川とよひらかわ에 걸려 있는 마코마나이 다리真駒内橋まこまないはし를 건넜다. 내년에 동계올림픽을 열기로 되어 있는 마코마나이는 여기저기에 공사장이 있는지, 대형트럭과 덤프차가 줄지어 지나갔다.

"모처럼 여기까지 왔으니 그냥 가는 게 어떠냐?"

요오키치는 니시이 씨의 집이 가까워지자, 에이츠케에게 함께 가자고 말해봐야 들을 것 같지도 않고, 그대로 돌아가기는 서운하여 히로코에게 물었다. 시간과 돈을 낭비하는 것 같은 생각도 들었다.

"그러나 니시이 씨 댁에선 누구보다 큰오빠가 오기를 바랄 거예요."

"그야 그럴 테지만, 네 큰오빠는 오지 않을 테니 말이다."

"그게 바로 아버지의 나쁜 버릇이에요. 먼저 권해보는 거예요. 억지로 시켜도 좋을 거고요. 무엇보다 큰오빠는 더 사람다운 사람이 되어야 해요."

"그러나 히로코, 너보다는 이 아비가 네 오빠를 더 잘 알아. 그놈에게는 아무런 기대도 할 수가 없다."

하늘을 찌를 듯 높이 솟은 포플러 아래를 차는 거침없이 니시이 씨 댁을 향해서 달려갔다.

"아버지, 일단 집으로 돌아가요. 그리고 내일 억지로라도 큰오빠에게 권해보세요. 그렇잖으면 난 너무 부끄러워서 견딜 수가 없어요."

왼쪽으로 이즈미쵸泉町いずみちょう 공원이 보이기 시작했다. 초등학교 2학년가량의 여자아이들 몇이 모여 노래를 부르고 있었다.

"그것도 그렇지만…."

"그럼, 니시이 씨 집만 보고 가자. 운전사 양반, 저기 왼쪽으로 꺾어 도세요."

파란 공중전화 부스를 지나자, 바로 니시이 씨의 집이 보였다.

"좀 천천히 가주세요. 바로 저 집이에요. 아, 방금 외등이 켜졌어요."

전등을 켠 것은 이찌지로일까, 오사무일까? 하얀 외등이 켜졌다.

"이 집이냐? 음!"

천천히 달리는 차 안에서 그 집을 바라보다가,

"자, 내리자, 히로코. 여기까지 왔다가 들르지 않고 가는 것도 실례지!"

"내리시겠습니까?"

하면서 운전사가 차를 세웠다.

"그럼, 아버지만 다녀오세요. 전 싫어요."

"그러면 안 돼! 어서 내려라!"

요오키치는 한시바삐 시무라 후사유키를 만나고 싶었다. 만나서 사건의 진상을 들어보고 싶었다.

"아버지, 전 큰오빠하고 같이 올게요."

히로코는 끝끝내 차에서 내리려고 하지 않았다.

"내리실 겁니까, 안 내리실 겁니까?"

하고 마음이 초조해진 운전사가 말했다.

"아, 미안해요. 히로코, 어서 내려라!"

"싫어요, 아버지."

물론 아버지와 함께 들어가도 이찌지로 씨는 반길 것이다. 그러나 오사무는 어떤 표정을 지을까? 오늘은 다른 날도 아니고 키미코의 영혼을 위로하는 우란본이다.

"그러나 애야! 에이츠케와 함께 온다고 반드시 반겨줄지 어떨지 모르잖아."

"그야 그렇지만, 큰오빠는 당연히 와야죠."

"애도 원! 네가 먼저 가자고 해서 이렇게 온 거 아니냐?"

그때 히로코는 깜짝 놀랐다. 니시이 집의 현관문이 열린 것이다.

"운전사 양반, 미안합니다. 되돌아갑시다."

뒤를 돌아보니 현관에서 앞치마 차림의 여인이 나왔다. 상시 출입한다던 이웃집의 야노 미치코 같았다.

풀잎은 알고 있다

8월도 중순이 지나자, 아침저녁으로 바람이 선선해졌다.

게이치와 히로코는 이찌지로와 함께 막 식사를 끝내고 식당에서 나오는 중이었다.

두 남자는 반주로 술을 약간 마셨다. 식당 밖으로 나오자, 이찌지로가 섭섭하다는 듯 말했다.

"어때? 한 집 더 들러 입가심 안 할 텐가?"

"글쎄요. 내일은 일요일이고⋯."

게이치는 옆에 서 있는 히로코를 바라보았다. 두 남자의 얼굴은 이미 술이 얼큰한 표정이었다. 그래도 술은 더 마실 수 있을 것 같았다.

"히로코 양도 바 정도는 알아두는 게 좋아. 남자들이 어떤 데서 술을 마시는지 알아둘 필요가 있지."

히로코는 이대로 헤어지면, 이찌지로 씨가 섭섭해하리라고 생각했다.

조금 전 식당에서 두 사람은 처음엔 파초芭蕉에 대한 얘기를 하다가 돌연 화제를 바꾸어 츠레즈레구사徒然草つれづれぐさ(상하 두 권, 244단으로 이루어진 鎌倉かまくら 말기의 수필. 저자는 요시다 겐코吉田兼好よしだけんこう. 수상隨想, 견문 등을 즉흥적으로 기록한 것으로 저자의 인생관, 미의식 등을 엿볼 수 있음. 마쿠라노 소시枕草子まくらのそうし와 함께 일본 수필 문학의 쌍벽을 이룸)에 대해서 이야기했다.

켄코 호시法師けんこほうし라는 사내는 재미있는 사람이지만, 대쪽 같은 성질이 있어 술잔을 나누면서 얘기하기엔 그다지 좋은 상대가 아니라든가, 그럼 어떤 상대가 술 마실 때의 좋은 벗이 되느냐고 밑도 끝도 없는 얘기를 하면서 두 사람은 대화를 즐겼다.

게이치는 이찌지로의 너그러운 마음을 잘 받아들였고, 이찌지로도 게이치의 솔직한 성품이 마음에 드는 모양이었다.

두 사람의 얘기에 귀를 기울이며 적당히 맞장구를 치면서 분위기를 맞춰주는 가운데, 그녀의 마음은 걸핏하면 딴생각에 빠졌다.

에이츠케는 키미코의 우란본 날에도 끝내 얼굴을 비치지 않았다. 3일째 되는 날 밤, 에이츠케는 술에 취해 늦게 들어왔다. 그래서 요오키치는 그날은 아무 말도 하지 않다가 다음 날 아침 말문을 열었다.

"에이츠케, 오늘은 우란본 이틀째인 음력 7월 14일이다."

"아아, 지옥의 문이 열린다는 날이 바로 어제였군요."

에이츠케는 체질이 그런지 전날 밤늦도록 술을 마셔도 다음 날 아침에는 밥을 두 그릇이나 비웠다.

"니시이 씨 댁은 키미코의 첫 우란본이다. 너도 가보는 게 어떠냐?"

그러자 에이츠케는 들고 있던 밥그릇을 요란하게 식탁에 놓았다.

미역국 그릇이 흔들려 식탁에 국물이 조금 엎질러졌다.

"싫습니다. 이제야 새삼스럽게 어딜 가요."

"싫다니! 그게 무슨 말이냐? 그 댁에서는 네가 가면 마음의 위안을 받을 거야."

"절대로 그럴 리 없을 겁니다. 이제야 새삼스럽게 왜 왔느냐고 하지야 않을 테지만 아니꼽게 생각할 것입니다. 누가 그런

꼴을 보겠습니까?"

코웃음 치는 그에게 히로코가 말했다.

"그럼, 오빠, 무덤에라도 다녀오는 게 어때?"

"무덤에? 난 그런 바보 같은 짓은 하지 않아."

"그게 뭐가 바보 같아요?"

"무의미한 일이잖아? 넌 그걸 모르냐? 무덤에는 해골만 있을
뿐이야. 해골 앞에 가서 무엇을 하란 말이냐? 사람은 죽으면
그만이야. 아무것도 없는데 가서 고개 숙이고 절하는 게 난센스
가 아니고 뭐야? 그건 무의미한 짓이야!"

"그럴까요? 정말 무의미한 일일까요? 적어도 성묘하는 행위
는 인간다움의 표현이라고 생각해요."

"그건 센티멘털이야. 아무튼 난 안 간다."

에이츠케는 이렇게 쏘아붙였다.

"그래요? 그럼, 오빠에게 묻겠는데, 오빠는 단 한 번이라도
키미코 씨에 대해 생각해 본 적 있어요?"

"난 과거는 돌아보지 않는 사람이야. 뒤는 돌아보지 않고 앞
만 본다, 왜?"

"어머나, 아무 생각도 하지 않는다니요."

"생각하려고 하지 않아도 머리에 떠오를 때가 있다. 아침부
터 쓸데없는 소리 그만해!"

"그렇지만 오빠…."

또 따져 물으려는 그녀에게 요오키치가 거들었다.

"이젠 그만해라! 히로코, 더 이상 아무 말도 하지 말자."

"참, 희한한 날이군, 오늘은 아버지까지 히로코를 두둔하시고 말이에요."

하면서 에이츠케는 투덜거렸다.

식사를 마치자마자 에이츠케는 서둘러 차를 몰고 출근했다.

에이츠케는 열흘 전에 끝내 자가용 한 대를 샀다. 후지오나 히로코에게 차를 태워준다는 말은 한 번도 하지 않았다. 그리고 말릴 사이도 없이 정원 한구석에 차고를 만들었다.

지금 생각하면 그런 에이츠케가 니시이 씨 댁에 위문을 갈 리가 없다.

그런데도 그때는 왜 갈 거라고 여겼는지, 히로코는 자기 자신이 믿기지 않을 만큼 이상했다.

그날, 기미코의 무덤 앞에 오래도록 서 있던 이찌지로의 쓸쓸한 모습이 그녀의 판단력을 흐리게 했는지도 모른다.

자식을 잃은 아버지의 슬픔을 보고, 그녀는 범인이나 다름없는 오빠 에이츠케도, 그의 아버지인 요오키치도 당연히 키미코의 첫 우란본 날에는 가봐야 한다고 생각한 것이다.

그래서 자기는 에이츠케를 설득할 수 있다는 자신감을 가졌었다.

결국 그녀는 오빠 에이츠케에게 기대를 걸었던 자기의 잘못이라고 뉘우쳤다.

다음날인 14일 저녁 히로코와 요오키치 부녀는 니시이 씨 댁을 다시 방문했다.

이찌지로는 두 사람의 방문을 아주 황송하게 여기며 반가이 맞아주었다. 오사무는 그다지 반기는 기색도, 싫어하는 기색도 보이지 않았다.

요오키치는 키미코의 사진이 놓여있는 불단을 보고는 고개도 들지 못하고 큰 몸을 움츠리고 앉아 있었다.

잠시 후 후사유키가 귀가하였다. 그는 두 사람을 보자, 뭐라고 말하려다 입을 다물었다.

몇 개의 작은 초롱이 불단 앞에 놓여있고 불이 켜져 있었다. 불은 밝기는 했으나 어딘지 쓸쓸한 느낌을 주는 밝기였다.

이찌지로는 될 수 있는 대로 키미코와 관련한 화제는 피하려고 애쓰는 눈치였다. 히로코도 요오키치도 그의 앞에서 키미코 애기를 하는 것은 어쩐지 미안한 생각이 들어 이것저것 세상 돌아가는 이야기를 약 20분가량 나누다가 니시이 씨 댁을 나왔다.

거의 말을 하지 않고 침묵을 지키던 오사무가 별안간 말했다.
"제가 차로 모셔다드리겠습니다."

뜻밖의 말에 히로코는 깜짝 놀랐다. 이곳에서 집이 있는 테이네手稲ていね까지는 왕복 한 시간 거리였다. 요오키치가 극구

사양하며 밖으로 나오자, 후사유키가 뒤따라 나오면서 말했다.

"저도 담배 사러 가는 길이니 저기까지만 모셔다드릴게요."

담뱃가게는 조금 떨어진 시장 입구에 있었으나, 후사유키는 포플러 가로수 길을 두어 걸음 앞서서 걸었다. 삼사십 미터쯤 걸어갔을 때, 후사유키가 느닷없이 말했다.

"마리 양에게 들으셨겠지만…."

"그랬어요."

"어머나! 아버지 마리 씨에게 무슨 말 들었어요?"

요오키치는 당황했다.

"아, 히로코 씨는 몰랐습니까? 그렇다면 제가 실례를 했군요. 그럼, 다음에…."

후사유키가 말을 중단하려는 것을 히로코는 애원하듯 말해달라고 했다.

"어머! 말씀하려다가 중단하시면 기분 나빠요. 말해주세요."

"괜찮습니까, 선생님?"

"네, 괜찮습니다. 어서 말씀하시지요. 실은 말이다, 히로코. 야마하다라는 사내가 경찰에 붙들린 모양이야. 네 오빠의 친구이기도 하고…."

"어머나!"

히로코는 깜짝 놀란 듯 발걸음을 멈췄다. 후사유키가 발걸음을 재촉하듯 앞장서서 걸으며 말했다.

"히로코 씨, 방금 들은 바와 같이 야마하다라는 자가 경찰에 검거된 건 사실입니다. 난 그의 부친과도 친분이 좀 있죠. 그래서 기삿거리가 되지 않도록 해달라는 부탁을 받았습니다."

"그래요?"

"야마하다의 부친이 한 얘기입니다만, 전에 에이츠케 씨가 야마하다를 선동해 아버지를 협박한 일이 있는 모양입니다."

이에는 요오키치도 히로코도 아무 말을 할 수 없었다.

"야마하다의 부친은 그런 말을 들었다면서 이번 사건도 반드시 에이츠케가 뒤에서 조종했을 거라면서 그것을 경찰에 고발할까 말까 망설이더군요."

"……"

히로코의 안색은 희미한 가로등 아래서도 알아볼 만큼 눈에 띄게 변했다.

"그렇지만, 뭐 걱정하실 건 없습니다. 이번 사건은 야마하다 단독 소행이라고 판단할 수 있는 단순사건입니다. 그러나 부모야 누구든 자기 자식에 대해 강한 애착을 가지는 법이지요. 어떻게든 자기 자식의 책임을 남에게 전가하고 싶은 거지요. 아무튼 야마하다 부친이야 에이츠케를 끌고 들어가면, 니시이 댁에 있는 제가 동정심을 보태 자기에게 협력하리라고 생각한 모양입니다. 그래서 전 이렇게 대답해주었습니다. 첫째로 신문사는 외부에서 요청할 때마다 기사를 기자 임의대로 이리저리 고칠 수는 없다고 말입니다. 그리고 또 에이츠케 씨에 대한 말을 꺼내면 오히려 해가 된다고도 말했습니다. 물론 사적으로는 힘껏 도와주겠다고 했고요. 이번에는 에이츠케 씨 이야기는 경찰에 하지 않을 겁니다."

히로코는 후사유키의 말을 듣고 비로소 얼굴에 핏기가 돌아오는 것 같았다.

그녀는 키미코에 대한 미안한 마음 때문에 니시이 씨 댁을 찾아왔지만, 아버지 요오키치의 생각은 다른 데 있었다.

히로코는 아버지 요오키치가 이 댁에 미안한 마음도 얼마간 있었겠지만, 에이츠케에 대한 걱정이 앞서 찾아온 것이 틀림없다고 꿰뚫어 본 것이다.

그러나 후사유키는 별 언짢은 기색 없이 말을 이었다.

"이 일에 대해서는 외삼촌이나 오사무에게도 하지 않았으니까, 그렇게 알고 계십시오. 저는 신문 기사 얘기는 남에게 잘 말하지 않습니다만, 마리 양의 귀에 그 말이 들어가게 된 것은 정말 우연이었습니다."

후사유키의 말에 의하면, 신문사 응접실에서 마리의 개인전 얘기를 나누는 중이었고, 그때 야마하다의 부친이 얼굴이 새파랗게 질려서 뛰어 들어왔고, 마리가 옆에 있는데도 불구하고 내일 조간신문에 기사라도 실리면 큰일이라는 듯 기사 내지 말라고 부탁했고, 야마하다의 부친은 그 자리에 있는 그녀를

손님이라 생각하지 않고 동료 사원이라 믿었는지 하고 싶은
얘기를 다 털어놓았다는 것이다.

"그녀는 하나를 들으면 열을 알 수 있는 여자가 아닙니까?
에이츠케 씨의 이름이 나오자, 저도 모르게 야마하다 씨 하고
부른 것도 잘못이었습니다만, 아무튼 고의로 그녀에게 폭로한
것은 아닙니다. 그 점 양해해 주시길 바랍니다."

후사유키는 뜻밖에 사건이 폭로되어 유감이라며 자기 입으
로 직접 말한 것은 절대 아니라고 강조했다.

"그 뒤 그녀에게 만약을 위해서 남에게 폭로하지 말라고 전화
했습니다만, 그녀가 이미 이웃 사람에게 말해버렸다고 고백하
는 바람에 저 역시 아주 곤혹스러웠습니다."

후사유키는 요오키치가 그 일 때문에 불평하러 왔다가 그냥
돌아가는 거라고 여기는 모양이었다. 그렇더라도 요오키치는
불평을 토로할 수 있는 처지는 아니었다.

다만, 야마하다와 에이츠케가 어떤 관계인지 알고 싶을 뿐이
었으며, 그 말이 폭로된 것에 대해서는 일말의 섭섭한 마음도
없고, 오직 키미코의 첫 우란본에 위문 겸 찾아와 죽은 키미코
를 생각하니 마음이 괴로울 뿐이라고 요오키치는 털어놓았다.

서로 숨김없이 이야기를 나누고 나자, 두 사람의 응어리 져
있던 마음은 풀린 듯 보였다.

하지만 히로코는 뭐라 형언할 수 없는 부끄러움과 불안을

느꼈다.

&oc&

지금 게이치와 이찌지로보다 약간 뒤 쳐져 밤길을 걷는 그녀
의 마음은 부끄러움과 불안으로 질식할 것만 같았다.

"이봐요, 히로코 양!"

이찌지로가 뒤돌아보면서 말문을 열었다.

그때 스물도 채 안 되어 보이는 호스티스가 이찌지로에게
스치듯 지나갔다. 어깨와 배를 드러낸 드레스가 이 홍등가에서
는 조금도 이상하게 보이지 않았다.

"네?"

"이마노 군과 히로코 양이 한가롭게 시간을 보낼 수 있는
것도 오늘뿐이잖아?"

"그러네요. 하지만 우리 두 사람은 결혼 준비에 그다지 신경
쓰지 않아요."

커다란 수박이 잔뜩 진열된 과일가게 앞을 지나 좁은 골목길
로 걸음을 옮겼다.

결혼에 필요한 물품들은 가츠에가 혼자 거의 다 준비했으며,
피로연은 방송국에 하라原はら라는 베테랑이 있어 그에게 모두
맡겼다.

지난 10년 동안 방송국 사람들의 결혼 피로연은 모두 하라를

중심으로 대여섯 명이 그룹이 되어 정성껏 준비해 주었다.

두 사람이 신혼살림을 차릴 집은 나까지마中島なかじま 공원 부근 아파트로 이미 계약해 두었다.

결혼 예복과 드레스, 슈트 가봉도 예상과 달리 그리 촉박하지 않았다.

"그것, 참 다행이군. 우리 교수 중에 자녀 결혼문제에 너무 서투른 나머지 옥신각신하기만 하던 부부가 있었는데."

"선생님, 그건 좋은 현상 아닙니까? 결혼은 인생에 단 한 번 뿐이니 일종의 사랑싸움으로 봐야겠지요."

"그런데 그렇지 않아요. 한때는 서로 이혼하자는 말까지 나왔었으니까."

게이치도 히로코도 저절로 웃음이 나왔다. 웃고 나서 그녀는 왜 남의 이혼 문제에 웃었는지 자신도 의아했다.

"이런 곳에 단골집이 있습니까?"

이찌지로가 한 건물 안으로 들어서자, 게이치가 물었다.

"단골집은 아니고, 오늘까지 합치면 네 번째 가는 거요. 난 번화한 상가보다 좀 외진 곳에 있는 이런 가게가 좋아요."

"역시 선생님다우십니다."

세 사람은 '바 토키'라는 파란 네온이 켜진 가게 안으로 들어 갔다. 중년 남자 두 사람이 카운터에 앉아 있고, 그 사이에 꽉 끼듯 마담 토키코와 젊은 호스티스 마미가 있었다.

"어머나, 니시이 선생님! 어서 오세요."

토키코가 일어나며, 이찌지로와 게이치에게로 재빨리 시선을 옮겼다.

"내 친구들이야."

"어머, 젊은 친구분이시군요. 아니…."

그녀는 뒤에 서있는 히로코에게 시선을 주고 웃으며 반겼다.

"어서 오세요."

히로코를 중심으로 이찌지로와 게이치가 양쪽에 카운터를 보고 앉았다.

"위스키 드시죠, 선생님?"

"응, 이마노 군은 뭘 들겠나?"

"저도 위스키로 하겠습니다."

"아가씨는?"

하면서 그녀는 히로코를 바라보았다. 그때 히로코는 '이상한데!'하고 그녀를 쳐다보았다. 언젠가 들은 듯한 귀에 익은 목소리였기 때문이다.

지금 '아가씨는?' 하고 나직하게 묻던 그 목소리를 들은 기억이 났다.

"저는 레몬스쿼시 주세요."

"네, 알겠습니다."

토키코는 미소 지었다. 역시 귀에 익은 목소리다.

"위스키 마시는 분들이 많군요. 단골손님인가요?"

대관절 언제 어디서 들은 목소리일까 기억을 떠올리면서 히로코는 게이치에게 물었다.

"그렇군, 이 집도 단골손님들이 꽤 많아 보이는군."

게이치는 선반을 올려다보았다.

"이마노 씨도 위스키 맡겨두셨나요?"

"아니, 나에게 그런 건 해당 사항 없어."

히로코는 병에 커다랗게 매직으로 씌어있는 이름을 보았다.

'요코자와橫澤よこざわ', '타카하시高橋たかはし', '와다和田わ
だ', '타니谷たに' 등등 진열된 것을 바라보고 있는데, '니시이西
井にしい'라고 쓴 병이 눈에 들어왔다.

이찌지로는 여기에 네 번째 온다고 했지만, 벌써 위스키를
맡겨놓고 마시는 게로구나 하며, 그녀는 다시 '저 목소리 어디
서 들었을까?'하고 곰곰이 생각했다.

"히로코 양은 아름다운 신부가 될 거야!"
하고 이찌지로가 말했다.

"마음만 고우면 됩니다."

"히로코 양은 마음이 아주 곱지. 안 그런가?"

이찌지로는 진정 그렇게 느끼는 듯이 말했다.

바로 그때, 카운터 옆에 있는 전화벨이 울렸다. 젊은 호스티
스가 수화기를 들었다.

"마담 언니, 전화예요."

토키코가 다가가서,

"여보세요! 저예요. 뭐라고? 여보세요. 뭐라고요?"

　나직한 소리로 전화를 받는 마담의 목소리에 히로코의 가슴은 두근거렸다.

'저 소리! 바로 저 목소리!'

히로코는 마담의 얼굴을 뚫어지게 바라보았다.

게이치의 과거를 알면서도 결혼할 작정이냐고 전화로 묻던 그 여자가 바로 이 여자였던가?

게이치와 마담은 오늘 처음 대면한 것이 분명하다. 그렇다면 이 여자는 대관절 누구의 부탁을 받고 그런 불쾌한 전화를 걸었던 것일까?

그것은 자신과 게이치가 결혼한다는 사실을 잘 아는 사람일 것이며, 또 이 여자와 어느 정도 친분이 있는 사람이 아니면 안 된다. 자기들을 잘 알고 이 마담과도 잘 알고 지내는 사람이라면 니시이 이찌지로 교수뿐이지 않는가?

'설마?'

이찌지로 교수가 장난삼아 그런 전화를 하게 할 리가 없었다.

히로코가 이런 생각을 하고 있을 때,

"패전 당시 히로코 양은 아직 이 세상에 태어나지 않았지?"

이찌지로가 부드러운 시선을 보내며 물었다.

"네에."

이찌지로는 절대로 그런 전화를 걸 사람은 아니라고 생각하면서, 그녀는 고개를 끄덕이며 대답했다.

"그래? 그럼, 이마노 군도 태어나지 않았나?"

"아니에요, 선생님. 저는 젖먹이였습니다."

"아, 그렇지! 내 기억엔 우리나라가 패전할 때가, 바로 엊그제 같은데, 그대들에게는 먼 옛날처럼 느껴지겠지."

아직도 전화를 받는 마담의 상기된 얼굴을 히로코는 힐끔 보았다.

마담은 자기가 걸었던 전화를 받은 장본인이 지금 이곳에 와있다는 사실을 알까?

그건 그렇고, 도대체 누가 그런 전화를 걸라고 했을까? 불쾌하고 불안에 떨게 하던 그 전화를 히로코는 다시 되새기면서 선반 진열대를 훑어보았다.

쭉 늘어놓은 단골손님들의 위스키병 가운데는 틀림없이 '니시이'라고 쓰인 술병 하나가 놓여있었다.

'단골손님과 마담!'

니시이 교수였을까? 그러나 만약에 이찌지로 교수가 부탁했다면, 그런 전화를 건 여자가 있는 가게에 일부러 자신들을 데리고 올 까닭이 없다.

전화를 끝낸 마담이 돌아왔다.

"자, 그럼 한 잔…."

이찌지로가 말했다. 마담은 '니시이'라고 쓰인 위스키병에 손을 가져갔다. 그 순간 이찌지로가 말했다.

"이봐, 마담! 그건 오사무 거야. 다른 걸 줘요."

히로코는 가슴이 덜컥 내려앉아 마른침을 삼켰다. 아무것도 모르는 게이치가 놀랍다는 표정을 지으며 말했다.

"아, 오사무 군도 이 가게에 다니나요?"

"니시이 선생님은 정말 꼼꼼하시군요. 저번에도 그런 말씀 하시더니 말예요…. 아들이 마시는 위스키쯤 아버지가 마셔도 되잖아요, 안 그런가요?"

하고 토키코는 히로코에게 미소를 던지며 말했다.

"아니, 난 아직 아들이 마시는 위스키를 가로채서 마실 정도로 저급하지는 않아."

"그러세요? 실례했습니다."

토키코는 정중하게 사과하고 나서,

"그런데 선생님, 이 어여쁜 아가씨는 어디서 일하죠?"

"아아, 이 아가씨 말인가? 나오키 히로코 양인데, 지금 HKS TV 방송국의 간판 미인으로 이름난 아가씨야."

"그럼, 방송국에?"

비로소 마담의 표정에 약간 당황하는 빛이 떠올랐다.

"그리고 이 친구, 이마노 군도 같은 방송국 디렉터야."

풀잎은 알고 있다 ◇ 295

"어머, 디렉터! 대단한 일을 하시는군요."

당황한 기색을 감추려는 듯 그녀는 큰 소리로 말했다.

"아닙니다. 그렇게 대단하지는 않습니다. 나 같은 놈도 일하고 있으니까요."

"이들 두 사람은 다음 달 결혼에 골인해요. 아니, 인생의 새 출발을 한다고 해야 하나…."

"그런가요? 축하합니다."

토키코는 주저하지 않고 말했다.

"결혼하기 전인 지금이 가장 좋은 때지요."

침착해진 토키코의 태도에 히로코는 나직이 말했다.

"저는 당신의 목소리를 어디서 들은 것 같아요."

"어머, 그래요?"

토키코는 미소를 지어 보이면서 게이치에게 말했다.

"행복하시겠어요, 이렇게 어여쁜 신부를 맞아서."

"그럼요. 행복합니다."

"어머! 서슴지도 않고 말씀하시는군요."

명랑하게 웃으면서 토키코는 다른 손님 곁으로 갔다.

히로코는 그녀를 긴 시선으로 바라보았다.

그녀는 무어라고 말하는 손님의 손을 때리면서,

"안 돼요, 안 돼."

하면서 고개를 좌우로 흔들었다.

"후사유키와 오사무 군도 데리고 왔더라면 좋았을 텐데 좀 섭섭하군요."

하고 게이치가 말하자,

"오사무는 아버지인 나와 술을 마시는 걸 아주 질색해."

"그렇게 하는 게 아버지에 대한 예의라고 생각하겠죠."

"시무라는 그렇게 술을 마셔도 목청이 아주 좋아."

"네, 학생 때부터 유명합니다. 콩쿠르에 출연만 하면 입상은 따 놓은 당상이었습니다."

두 사람의 대화를 들으면서 히로코는 니시이 씨 댁을 처음 방문했던 날 오사무에게 독한 증오의 말을 가슴에 대못이 박히도록 들었던 일을 회상했다.

여동생 키미코에 대한 애정이 있는 한, 오사무는 히로코 집안 사람들에 대한 증오는 계속될 것이라는 인상을 주었다.

무엇보다도 얼굴이 창백한 키미코를 현관에서 발견하자,

"뭣 하러 왔어?"

하고 호통치던 오빠 에이츠케의 목소리가 지금도 귀에 쟁쟁 울리는 듯하다.

만약 그 목소리를 오사무가 들었다면 증오심은 더 깊어졌을지 모른다. 키미코를 내쫓고 나서 에이츠케는 이렇게 말했다.

"죽고 싶으면 죽으라고 했지."

그래서 키미코는 자살을 선택했다.

오사무가 결혼을 훼방 놓는 전화를 걸어야겠다고 한 기분을 히로코는 마음이 아릴 정도로 이해할 수 있었다.

그 전화조차도 오빠 에이츠케가 시켰을 거라고 짐작했지만, 이제 오사무의 소행임을 안 히로코는 그의 심정을 십분 이해하고도 남았다.

그것은 키미코에 대해 미안한 마음과 동시에 이찌지로를 거쳐 오사무에게로 쏠리는 동정심 때문이었다.

히로코는 무엇보다도 더 에이츠케의 몰인정한 태도에 격분했다.

'이런데도 우리 둘이 무사히 결혼할 수 있을까?'
하고 생각하며, 히로코는 곁에 앉아 있는 게이치를 바라보았다.

자신에 대한 오사무의 태도가 갑자기 부드러워진 사실에는 새삼 공허감을 느꼈다. 오사무는 마음속에 뭔가 감추고 있는 것 같았다.

결혼까지는 이제 며칠 남지 않았다.

그동안 상상을 초월하는 돌발 사건이 터질 것 같아 그녀는 몹시 불안했다.

생각해 보면 즐거워야 할 약혼 기간이 에이츠케 때문에 끝도 없는 검은 구름에 뒤덮인 것 같은 불안과 공포에 사로잡혀 있었다.

'전화 사건이 탄로 났다는 걸 알면….'

오사무가 또 다른 음모를 꾸미지 않을까 생각하니 가슴은 더욱더 걷잡을 수 없이 울렁거렸다.

히로코는 모든 걸 털어 버리려는 듯 게이치와 이찌지로에게 말했다.

"저어, 수수께끼예요. 알아맞혀 보실래요?"

"난 수수께끼는 딱 질색이야."

"그러지 마시고 한번 들어보세요. 삿포로와 하코다테 간 특별열차밖에 달리지 않는 철로를 뭐라고 하게요?"

"특별열차밖에 달리지 않는 철로가 있던가?"

하고 이찌지로가 말하자, 게이치도,

"그런 철로는 없어."

"없지요? 그러니까 그것은 '없습니다.'라는 철도예요."

"옳거니! 그래서 수수께끼구먼!"

"그럼요. 이웃집 아이가 저번에 물었는데, 저도 몰랐어요."

"어린아이들이란 수수께끼 참 좋아해."

"그래요. 지난번에 아이들이 나에게 수수께끼를 한 시간이나 내더군요. 아이들이란 두뇌가 말랑말랑하고 영리해요."

"그렇지. 어른은 고정관념 때문에 두뇌가 굳어 유머도 모르고, 수수께끼 놀이 같은 건 할 생각도 하지 않는단 말이야."

"그럼 하나 더 낼게요. 코르크마개가 있는 포도주 병 알지요? 그런데 그 병을 딸 도구가 없어요. 병을 깨뜨리지 않고 코르크마개도 상하지 않게 속에 든 포도주를 마시려면?”

“아, 그야 누워서 떡먹기지. 코르크마개를 병 속에 밀어 넣고 마시면 되잖아.”

“야아, 자네 두뇌도 말랑말랑 영리하군!”

“천만의 말씀입니다. '두뇌 공장'이라는 책에서 읽은 것뿐입니다.”

“어머, 나도 그 책 보고 수수께끼 낸 거예요.”

세 사람은 웃었다. 토키코가 그 웃음소리에 히로코를 바라보았다. 그녀는 모르는 척 딴 데로 시선을 돌렸다.

어느새 젊은 호스티스가 이찌지로의 옆에 앉아 속눈썹을 길게 붙인 눈을 크게 뜨고 바라보고 있었다.

악의 씨

에이츠케는 러닝셔츠 바람으로 부지런히 세차 중이었다. 범퍼며 호일 캡이 햇볕을 받아 반짝반짝 빛나는 것을 보자, 그는 만족스러운 듯 바지 주머니에서 담배를 꺼냈다.

"어머, 에이츠케 씨! 어디 행차하시나 봐요?"

앞치마를 두른 마리가 보라색 쇼핑백을 들고 나타났다.

"아뇨, 이제 막 집으로 돌아온 참입니다. 마리 씨는?"

에이츠케의 시선 끝은 여느 때와 다름없이 마리의 왼쪽 손가락에 가 있었다. 아무것도 끼고 있지 않았다.

"지금 시장 가는 길이에요."

"모셔다드리고 싶지만, 차를 가진 여성은 좀 달갑지 않군요."

긴 다리를 쩍 벌리고 담뱃재를 터는 폼은 여전히 몸에 밴 그대로 배어 나왔다.

"그럼, 여성에게 자동차는 호신용이라는 말씀인가요?"

"당신 말솜씨에는 아주 두 손 다 들었소."

"아주머니는 집에 계세요?"

"네, 계시는 모양입니다. 조금 전 현관에서 얼굴을 내밀고 혼잣말하고 계셨으니까요."

"그래요?"

마리는 현관 쪽으로 걸어갔다. 그러나 약 2분 정도 후에 다시 와서,

"그럼, 빠이빠이!"

하고 에이츠케를 향해서 한 손을 흔들었다.

"가까운 시장에 가니까, 그냥 걸어가야겠어요."

마리의 뒷모습을 담 너머로 바라보던 에이츠케의 눈빛이 별안간 이상한 광채를 띠었다.

에이츠케는 얼마 전부터 마리의 다이아반지를 노렸다. 무엇보다 바다에서 수영할 때 팔꿈치에 얻어맞아 하마터면 물에

빠져 죽을 뻔했던 그 일을 보복하지 않으면 안 된다고 벼르는 중이었다. 다이아반지는 하마터면 죽을 뻔했던 대가로 치기에는 너무 싸다고 생각하는 그였다.

그러나 좀처럼 기회를 얻지 못했다. 에이츠케는 오늘이야말로 꼭 성공하리라며 아침부터 기회를 엿보고 있었다.

시장까지는 왕복 20분밖에 걸리지 않는 가까운 거리였다. 물건 사는 시간까지 다 해도 30분이면 충분할 것이다. 그는 시계를 보았다.

에이츠케는 서둘러 트렁크에서 잭jack을 꺼내 타이어 교체 작업을 할 수 있도록 준비를 끝내놓은 후, 사방을 둘러보고는 재빨리 밖으로 나갔다.

마리 집 현관 앞에 선 에이츠케는 바지 주머니에서 운전용 장갑을 꺼내 낀 후 문을 밀어보았다. 그러나 문은 굳게 잠겨있었다. 그의 이마에는 식은땀이 흘렀다. 그는 재빨리 뒷문 쪽으로 갔다. 뒷문도 역시 잠겨있었다.

'흥! 조심성이 많은 아가씨군!'

에이츠케는 다시 테라스 쪽으로 돌아갔다. 테라스 유리문도 잠겨있었다.

'제기랄! 사람 놀리는군!'

그냥 돌아 나오려다 화실 창문을 보고 에이츠케는 걸음을 멈췄다. 창턱은 낮았다. 살짝 손을 대자 창문은 소리 없이 스르르 열렸다.

에이츠케는 창문 바로 밑에 구두를 벗어놓고 긴 다리를 걸친 후 훌쩍 뛰어 창틀에 올랐다.

가슴이 두근거렸다. 조심스럽게 창 안쪽의 바닥을 살펴보았다. 캔버스와 꽃병 따위가 놓여있었다.

그 물건들을 건드리지 않도록 조심조심 뛰어내린 에이츠케는 단번에 목표물인 벽장을 열었다. 전에 보았던 그 자리에 보석을 넣어두는 조그마한 보석함이 그대로 있어 살며시 서랍을 열었다. 진주 귀걸이와 브로치가 있었다.

위의 서랍을 열자, 루비반지와 금목걸이가 눈에 들어왔다. 에이츠케는 서둘러 옆의 서랍을 열었다. 남색 비로드 상자에 다이아반지가 들어있었다.

에이츠케는 저도 모르게 사방을 둘러보고 나서 상자 채 주머니에 집어넣었다가 다시 꺼내 반지만 손수건에 싸서 주머니에 넣었다.

바로 그때, 누가 왔는지 초인종이 울렸다. 에이츠케는 깜짝 놀라 몸을 움찔했다. 다시 한번 초인종 소리가 길게 울렸다. 그는 곧 소리가 나지 않게 창문을 닫았다. 여자의 목소리가 뒷문 쪽에서 들려왔다.

그 순간 창 밑에 벗어놓은 구두가 생각났다. 갑자기 심장이 몹시 뛰었다.

"이상하다, 오늘은 집에 있을 텐데….'"

테라스 쪽으로 오면 남자 신발을 볼 것이다. 그것을 알면서도 밖으로 나갈 수가 없어 입이 바짝바짝 탔다. 짐작했던 대로 여자들은 테라스 쪽으로 왔다. 집 안을 들여다보는지,

"집에 없는 모양이야!"

하는 말소리가 들렸다.

그렇다면 구두가 발견되는 건 시간문제다.

"그런데 차고에 차가 있잖아요. 먼 데는 안 간 것 같아요."

"그럼, 밖에서 기다리죠. 마당은 햇살이 들어 따뜻해요."

"그래요. 마리 양이 저녁 대접하겠다고 약속했으니까요."

다시 여자들의 말소리가 현관 쪽으로 멀어져 갔다. 다행히 구두는 못 본 모양이다.

그러자 식은땀이 흘러 이마와 겨드랑이를 축축하게 적셨다.

"후유!"

하고 에이츠케는 자신도 모르게 긴 숨을 내뱉었다. 그러나 안심할 수 없었다. 여자들은 밖에서 마리를 기다리겠다고 했다.

지금 밖으로 나가면 그 여자들에게 들키고 말 것이다.

그렇다고 언제까지 집 안에서 쭈그리고 앉아 있을 수도 없는 노릇이다.

에이츠케는 숨을 죽이고 창문을 살며시 열었다. 창 바로 밑에 구두는 그대로 있었다. 들어올 때는 미처 몰랐으나 다행히 구두

는 풍성한 수국 더미 속에 놓여있어, 여자들이 보지 못할 만도 했다.

에이츠케는 훌쩍 뛰어내린 후 사방을 살핀 다음 창문을 닫았다. 그러고 나서 겨우 한고비 넘긴 안도감에 몸을 곧게 쭉 폈다. 그런데 벽장문을 있던 그대로 닫고 왔는지, 아닌지 기억이 나지 않았다.

다이아반지를 손수건에 싸 주머니에 넣은 것은 또렷이 기억했다.

초인종이 울리는 바람에 너무 당황한 나머지 그 다음 일은 무엇을 어떻게 했는지 도무지 생각이 나지 않았다.

만약 마리가 저 여자들과 함께 집 안으로 들어가 벽장문이 열린 것을 본다면 큰 소동이 벌어질 것은 불 보듯 뻔한 일이다.

다시 창문을 열기가 망설여졌다. 언제 또 그 여자들이 이곳으로 돌아올지 알 수 없기 때문이다. 그러나 그걸 확인하지 않는 것은 위험을 더욱 자초하는 일이다.

그래서 에이츠케는 창문을 열고 벽장을 살펴보았다. 벽장문은 닫혀 있었다. 겨우 안도하며 문을 닫고 주위를 살핀 다음 재빨리 자기 집과의 경계인 블록 담 위로 뛰어올랐다.

뛰어내리기만 하면 바로 자기 집 마당이다. 지체하지 않고 뛰어내린 후 주위를 둘러보니 본 사람은 아무도 없는 것 같았다. 하늘이 도왔다는 생각까지 들었다.

다시 평온을 되찾은 에이츠케는 울타리 너머로 마리의 집을 바라보며, 주머니에 손을 넣어 더듬다 손수건에 싼 다이아반지가 손끝에 닿자, 웃음이 났다.

에이츠케는 아무 일도 없는 것처럼 집 안으로 들어가 2층으로 올라가려는데, 거실에서 무엇인가를 읽고 있던 요오키치가 안경 너머로 에이츠케를 힐끔 보았다.

그는 침착하게 2층으로 올라간 후 자기 방으로 들어가 반지를 책상 서랍 속에 넣고 다시 아래층으로 내려왔다.

"또 나가는 거냐?"

"타이어가 펑크 나서 고치는 중입니다."

"펑크?"

에이츠케는 고개를 한 번 끄덕이고 다시 밖으로 나갔다.

그는 잭을 받쳐 차를 위쪽으로 들어 올린 다음 차고를 들락날락하며 펑크 난 타이어를 교체하는 척했다.

이윽고 이웃집에서 마리의 목소리가 들려왔다.

"미안해요. 오래 기다리셨죠?"

"글쎄, 한 20분 정도 기다렸을 거예요."

"내가 집을 나설 무렵이었는데, 왜 못 만났을까!"

"우린 저쪽 길로 왔어요."

"아무튼 올라가시지요. 전 잠깐 이웃 사람이 부탁한 것 가져다드리고 올게요."

에이츠케는 달려 나오는 마리의 발걸음 소리를 즐겁게 듣고 있었다. 마침 적당한 때에 그 여자들이 왔다고 생각했다.

여자들이 20분이나 현관에서 버티고 있었으니, 마리가 집을 비운 동안 아무도 들어갈 수 없었다는 게 입증된다.

"어머! 펑크 났어요?"

대문으로 들어온 마리가 물었다.

"지금 막 고쳤습니다."

에이츠케는 트렁크에 잭을 넣으면서 대답했다. 속으로는 휘파람이라도 불고 싶었다.

∞∞∞

에이츠케는 저녁 식사를 끝내고 2층으로 올라갔다. 그것을 본 요오키치가 말했다.

"오늘은 웬일이지? 일요일인데 집에 틀어박혀 있으니…."

"어머! 그게 정말이에요? 오빠 종일 집에 있었어요?"

히로코는 그릇을 정리하던 손을 멈추고 물었다. 그녀는 슈트 가봉과 미용사 등 결혼식과 관련해서 협의할 일이 있어 외출했다 돌아왔다.

"그래, 여태껏 집에 틀어박혀 있었단다. 희한한 일이지."

요오키치는 야마하다가 경찰에 붙잡힌 사건이 그를 자숙하도록 만들었다고 생각했다.

후지오는 저녁노을이 지기 시작하는 정원을 가만히 바라보고 있었다. 그의 수심 어린 표정에 히로코는 걱정이 되었다.

"작은오빠, 오늘 어디 갔었어요?"

"하루 종일 집에서 책도 읽고 레코드도 듣고 그랬어."

"즐거운 일요일이잖아요. 요즘 일요일을 집 안에서 그렇게 보내는 사람은 없어요."

히로코는 테이블을 닦은 다음 어머니 곁으로 갔다. 가츠에가 주방에서 묵묵히 그릇을 씻고 있었다.

"어머니! 가체加髢가 정말 무겁더군요."

그녀는 가츠에가 씻은 식기를 마른행주로 닦으면서 말했다.

"그렇겠지. 본 머리가 아니니 아무래도 무거울 수밖에."

"그런가요? 본 머리가 아니라 무거운 거군요. 그럼, 어머니가 신부였을 때는 무겁지 않았어요?"

"무겁다기보다는 아팠어."

"본 머리인데도 아파요?"

하고 웃는 히로코에게,

"그럼 아프고말고."

하고 말했으나, 가츠에는 웃지 않았다.

"어머니는 아버지를 좋아했어요?"

"좋지도 싫지도 않더라, 결혼 말이야."

"그러나 싫어했다면 결혼은 하지 않았을 거 아니에요?"

"글쎄다. 집에 혼자 있는 것보다는 결혼하는 게 낫겠다 싶어 결혼할 수도 있으니까."

"그럼, 어머니는 집에 있는 게 그렇게 싫었어요? 그렇게 좋은 외할머니하고 함께 사시면서 말이에요."

히로코는 어렸을 적 뵈었던 외할머니를 참 부드럽고 따뜻한 사람이었다고 기억한다. 외할머니는 히로코가 여덟 살 때 돌아가셨다.

가츠에는 별 대꾸 없이 잠자코 있었다. 아주 드물게 보는 숙연한 표정이었다.

그때 전화벨이 울렸다. 후지오가 일어나서 수화기를 들었다.

"네, 나오키입니다."

은행원다운 공손한 태도로 그는 머리를 약간 숙이면서 전화를 받았다.

"아, 그렇습니까? 네에, 네. 아주 평범한 사람입니다. 아버지 말씀입니까? 잠깐 기다리세요."

"아버지, 마리 양 전화입니다."

"뭣? 마리 양?"

소파에 드러누워 있던 요오키치가 벌떡 일어났다.

"무슨 전화일까?"

하며 수화기를 받아 들자,

"네, 그렇습니다. 바쁘지는 않아요. 소파에 드러누워 TV 보고 있었지요. 넷? 의논하자고요? 무슨 일인가요, 뜬금없이? 네, 괜찮아요. 곧 가겠습니다. 나 혼자요? 알겠습니다."

수화기를 내려놓자, 요오키치는,

"여보, 나 마리 양의 집에 좀 다녀오겠소."

"네에, 어서 다녀오세요."

요오키치는 문득 자기를 물끄러미 바라보는 후지오의 시선을 느끼며 물었다.

"왜 그러니?"

"아니에요, 아무것도 아니에요. 조심히 다녀오세요."

"이웃집에 가는 거야. 뭐, 조심할 것도 없다."

요오키치는 웃으면서 열려있는 테라스에서 신발을 찾아 신고 곧바로 나갔다.

후지오는 어머니와 히로코를 번갈아 보면서 뭔가 곰곰이 생각하는 듯 팔짱을 끼고 소파에 앉아 있었다. 그의 표정에는 그늘이 짙었다.

"무슨 일일까요, 어머니? 의논할 일이?"

"글쎄다."

가츠에는 아무 일도 없는 것처럼 주방에서 그릇을 닦았다.

"작은오빠! 이상하지 않아요?"

그릇을 찬장에 넣으면서 히로코가 말했다.

"글쎄, 뭘까?"

"예삿일 같으면 마리 씨가 집으로 찾아왔을 거예요."

"그야, 그럴 테지."

후지오는 텔레비전을 끄고,

"이제 테라스 문 닫을까?"

하고 중얼거리듯 말했다.

"아직은 열어놔도 괜찮아요. 오늘 저녁은 무더우니까요. 아버지는 기온이 약간 달라졌다고 말씀하시지만, 8월이 절반이나 지났는데도 이렇게 무더우니 별일이군요."

"모기 들어오지 않을까?"

"이제 모기는 없을 거예요."

중순이 지나 좀 시원해진 탓인지, 모기도 자취를 감추고 보이지 않았다.

"대관절 무슨 일이기에…."

히로코는 말하려다가 그만두었다.

아버지 혼자 마리 집에 간 것이 몹시 걱정됐으나 어머니와 후지오가 상대를 해주지 않으니, 그녀는 더 이상 말하지 않았다.

후지오는 그런 그녀를 물끄러미 바라보다가 2층으로 올라갔다. 가츠에가 무뚝뚝하게 말했다.

"히로코! 친구 대표는 정했니? 빨리 청첩장을 찍어야지."

결혼 피로연 프로그램은 모레 짜기로 했다. 그러나 히로코에게 축사를 해줄 친구 대표는 결정하지 않았다.

중학교 시절 가장 절친했던 이시메노 유리石目野百合いしめのゆり는 남편과 이혼하고 혼자 살고 있고, 초등학교부터 전문대까지 동기생이었던 아사카 츠루朝霞津留あさかつる는 분만 예정일이 9월이기 때문에, 이 두 사람을 빼고도 축사를 해줄 만한 친구들은 여럿 있었다. 그래서 쉽게 결정을 못 내리고 있었다.

"누구에게 부탁해야 좋을지 모르겠어요."

"그럼, 가장 불행하게 자란 친구에게 부탁하려무나."

"어머! 가장 불행하게 자란 친구에게?"

"그래. 결혼이란 행복한 것인지, 불행한 것인지 죽을 때까지도 모르는 것이니 그렇게 기뻐 날뛸 일도 아니란다."

"그럴까요?"

"그렇단다. 불행하게 자란 사람은 부모의 결혼생활이 어떤 것인지 잘 알아. 그러니까 말로만 '축하합니다.'하는 입에 발린 말은 하지 않을 테지."

"그도 그렇겠군요. 그런 견해도 있을 법하군요."

가츠에는 감탄하는 히로코를 거들떠보지도 않고,

"그럼, 난 좀 나갔다 올게."

"어머, 지금? 이 시간에 어디를?"

"오늘 밤 부녀회 회의가 있단다."

"아, 그래요? 가을 여행에 대한 회의인가요?

"아니, '노인의 날'에 대해 의논한다고 했어."

"어머니 수고가 많으시겠네요."

어머니 가츠에가 부인회에서 어떤 발언을 할까, 생각하니 흥미가 발동했다. 무슨 일에든 감정을 잘 드러내지 않는 어머니가 오랫동안 마을 부녀회장으로 선발되어 일하는 것도 신기한 일이었다.

"몇 시쯤에 돌아오세요?"

옆방에서 옷을 갈아입고 있는 가츠에에게 물었다.

"아마, 아홉 시 넘어야 할 거다. 모두 얘기하기를 좋아하니 말이다."

"어머니는 무슨 얘기를 하실 거예요?"

"글쎄다. 얘기할 게 별로 없을 것 같다."

히로코는 어머니가 옷 입는 모습을 멍하니 지켜보고 있었다. 옷을 입는 솜씨가 능숙하고, 기모노 차림의 옷매무새는 단정하고 산뜻했다.

"그럼 다녀올게."

가츠에가 나가자, 그녀는 비로소 자유로워진 것 같았다.

한편 아버지가 마리의 집에 가 있는 것도 그녀가 무료해서 찾은 거라고 생각되어 그다지 걱정이 되지는 않았다.

히로코는 깜빡 잊고 있었던 듯 베갯잇에 수를 놓으려고 2층으로 올라갔다.

∞∞∞

히로코가 2층으로 올라가고 20분 정도 지나 요오키치가 돌아왔다. 전등불 아래 있는 그의 얼굴은 창백하고 긴장한 표정이 역력했다. 아래층에는 아무도 없었다.

"여보! 여보!"

아무리 불러도 아무 대답이 없자, 그제야 요오키치는 아내가 부인회 회의에 참석한다고 했던 말을 기억해 냈다. 그러자 그는 층계 밑에까지 가서,

"에이츠케!"

하고 큰 소리로 불렀다.

일찍이 요오키치는 이렇게 큰소리를 낸 적이 없었다.

"에이츠케! 잠깐 이리 내려오너라!"

"무슨 일입니까? 그렇게 크게 부르지 않아도 다 들려요."

에이츠케의 쉰 듯 컬컬한 목소리가 층계 위에서 들렸다.

요오키치는 테라스 문이 열려있는 것을 보자 황급히 문을 닫았다. 다른 사람이 말을 들어서는 안 되기 때문이었다.

"잘 다녀오셨어요?"

2층에서 내려온 것은 히로코였다. 한 번도 본 적 없는 엄숙하

고 경직된 요오키치의 표정에 그녀는 섬뜩했으나,

"아버지, 마리 씨와 뭘 의논했어요?"

"너와는 관계없는 일이다. 2층에 올라가 있어라!"

요오키치는 애써 태연하게 말했다.

"큰오빠에게 무슨 일 있어요?"

"그래. 작은오빠도 아래층으로 내려오지 말라고 전해라."

"중요한 얘기군요."

불안해하는 히로코에게,

"넌 아무것도 걱정할 것 없어."

하고 요오키치는 어색하게 웃어 보였다.

"그렇다, 아버지 말씀대로 너는 아무것도 걱정할 필요 없어."

하면서 발소리도 요란하게 에이츠케가 2층에서 내려왔다. 그
런 에이츠케를 요오키치는 잠깐 노려보았다. 히로코는 할 수
없이 2층으로 올라갔다.

"아버지, 무슨 일입니까? 아무튼 앉으십시오."

처음부터 에이츠케는 아버지를 무시하는 듯 차가운 냉소를
띠면서 소파에 앉았다. 화가 잔뜩 난 요오키치도 따라 소파에
앉으며 다그쳐 물었다.

"너는 오늘 한 시부터 한 시 반까지 어디에 있었느냐?"

"그렇게 물을 필요라도 생겼습니까?"

"물론이다."

"무슨 일입니까?"

"무슨 일이건, 대답 먼저 해봐라! 한 시부터 한 시 반까지 넌 어디에 있었느냐?"

"이웃집으로 불려 가서 무슨 말 들었습니까?"

아주 여유가 있고 태연한 태도였다.

"무슨 말을 들었는지는 곧 알 수 있다. 아무튼 한 시부터…."

요오키치의 말이 채 끝나기도 전에,

"한 시 반경까지는 차고 앞에 있었습니다."

"무엇을 하고 있었느냐?"

"차를 닦기도 하고 타이어를 갈기도 했지요. 그런데 내가 방으로 들어갔을 때 아버지는 누워서 신문 같은 것을 읽고 계셨잖습니까? 바로 그 무렵입니다."

"그러고 보니 펑크 난 타이어를 교체한다고 했다던데."

"그렇습니다. 그게 어떻다는 겁니까?"

"차고 앞을 잠시도 떠나지 않았느냐?"

"떠난 적이 있습니다. 방금도 말씀드렸지만 2층으로 올라가지 않았습니까?"

"음! 그렇다면…."

에이츠케의 얼굴을 물끄러미 바라보다가,

"그 말을 들으니 이제 안심이구나."

하면서, 요오키치는 한숨을 내리 쉬었다.

"대관절 무슨 일로 마리 양에게 불려 갔습니까?"

에이츠케는 싱글벙글 웃으면서 포켓에서 담배를 꺼내 입에 물었다.

"응, 바로 그 얘긴데, 실은 마리 양의 다이아반지가 없어진 모양이더라."

"네에! 그래요?"

담배에 불을 붙이고 나서,

"없어진 것은 다이아반지뿐이랍니까?"

"응, 그것뿐이란다."

"그럼, 그 여자가 훔쳐 간 사람이 바로 저라고 하던가요?"

"아니, 그런 말은 하지 않았어."

"그런 말을 하지도 않았는데, 어째서 아버지는 그렇게 큰소리로 저를 불렀습니까?"

"너와 의논할 일이 있기 때문이다."

"의논하는데, 왜 한 시부터 한 시 반까지 어디에 있었느냐고 묻습니까?"

"아무튼 내 말 들어봐. 마리 양이 오늘 우리 집에 들렀다며?"

"네. 왔었죠."

"한 시를 치는 괘종시계 소리를 듣고 집에서 나온 모양이더라. 그래서 시장에 갔다 오는 길에 우리 집에 들렀다가 자기 집에 들어간 시각이 한 시 삼십 분이었다는구나."

"그럼, 삼십 분 사이에 다이아반지를 도난당한 셈인가요?"

"아니, 그렇지 않아. 시장에서 돌아와 보니 친구 두 사람이 이십 분이나 기다리고 있었다는데, 넌 그 사람들 못 봤느냐?"

"친구란 여자들 말이죠? 두어 여자의 목소리가 들리긴 했습니다. 나무 밑에 서 있었기 때문에 모습은 보지 못했습니다."

"그래? 마리 양은 집 안으로 그들을 데리고 들어가, 친구들이 그 다이아반지를 보여 달라고 해서 꺼내려고 보니 없었던 모양이더라."

"그럼, 다른 데 두고 잊어버린 것 아닐까요?"

"아니, 외출하기 전에 손가락에 한 번 끼어보고 케이스에 넣어서 간직해 두었다더라. 그러니까 기껏해야 삼십 분 사이에 없어졌다는 거야."

"그럼, 이십 분이나 기다렸다는 그 두 친구가 수상하잖아요?"

에이츠케의 표정은 즐거워 보였다.

"그래서 마리 양은 경찰에 도난신고를 하려고 하는데, 친구가 훔쳐간 것이니까, 경찰에 의뢰하기 전에 되돌려 받을 방도가 없을까 의논하더라."

"친구고 뭐고 경찰에 도난신고를 하는 게 빠르지 않을까요?"

"물론 그렇지. 경찰에 알리는 게 빠르겠지."

"네, 그게 제일 빠른 해결 방법일 겁니다."

"그래서 너에게 묻는 건데, 너는 집 앞에 있으면서도 그 여자 손님들이 오기 전에 누가 온 기미를 느끼지 못했느냐?"

"글쎄요. 누가 왔을지도 모르지만, 난 이웃집을 지키는 문지기는 아니니까요."

"그 점을 잘 생각해 봐라. 울타리 너머로 누구 못 보았어?"

요오키치는 탐색이라도 하듯 에이츠케의 태도를 유심히 살폈다. 그러자 에에츠케는 불쾌한 듯 시선을 딴 데로 돌리며,

"아무튼 그 여자들 이외에는 잘 모르겠습니다. 난 그 여자들이 수상쩍어요."

하고 야비하게 말했다.

요오키치는 자기감정을 더 억누르듯 말했다.

"그래? 마리 양은 친구가 훔친 거라면 사건을 조용히 처리하고 싶다더라. 그래서 경찰엔 알리지 않겠다는 거다. 넌 그 마음을 모르겠느냐?"

"무슨 말씀이십니까, 아버지? 이상한 말씀을 하시는군요. 마치 제가 훔쳤다는 어투가 아닙니까?"

"그런가? 그렇게 들렸느냐? 나는 말이다, 마리 양이 친구가 훔쳐 갔는데 야단법석을 떨고 싶지는 않다니까, 어떻게 하면 그 친구가 물건을 고이 돌려주도록 할 수 있을지 너에게 의논하는 거다."

"그런 일을 나한테 의논을 해봐야 아무 소용 없습니다."

"소용없고 쓸데없는 짓인지도 모르나, 난 아버지로서 너와 의논할 수밖에는 없기 때문이다. 그 심정 이해하지?"

요오키치의 관자놀이에 굵고 파란 심줄이 움직거렸다.

"어쩐지 나를 의심하는 것 같군요. 기분 나빠요."

"그러나 이 아버지는 마리 양에게 분명히 말했다. 내일까지 돌려주면 모든 걸 없었던 일로 하겠다고 훔쳐 간 친구에게 전화로라도 전하라고 말이야. 그랬더니 마리 양은 그렇게 하겠다고 약속했다."

"아무튼 나와는 아무 관련도 없는 일입니다. 이젠 그만하십시오. 전 골치가 아프니까요."

에이츠케는 담배 연기를 도넛처럼 동그랗게 내뿜었다.

"골치가 아프다고? 그렇게 골머리가 아프냐? 그렇다면 골머리 아프지 않은 얘기를 하자꾸나. 에이츠케! 마리 양의 화실 창문은 잠겨있지 않았단다. 그리고 창 밑에는 남자 구두 발자국이 뚜렷하게 나 있었다는구나.

"…."

순간 에이츠케의 안색이 변했다.

요오키치는 안색이 달라진 큰아들을 뚫어지게 바라보면서 다그쳐 물었다.

"에이츠케! 그게 누구의 발자국인지, 넌 알지?"

그는 한쪽 손을 주머니 속에 넣은 채 고개를 소파 뒤쪽으로 기대고 천장을 올려다보았다. 그런 에이츠케의 눈은 자주 깜박였다. 그 모습은 분명 답변이 궁한 표정이었다.

"게다가 발자국이 다른 곳에도 뚜렷이 남아 있었단다."

"…."

"어디 얼빠진 도둑놈이라도 있었던 모양이야. 그 도둑놈은 블록 담을 뛰어넘어 도망친 모양이더라. 뛰어내린 곳에도 발자국이 뚜렷하게 남아 있었단 말이다."

"…."

"그놈이 뛰어내린 곳이 바로 우리 집 마당이다. 마리 양이 회중전등을 비추는 바람에 난 부끄러워 고개조차 들 수 없었다. 그래, 네 생각은 어떠냐?"

에이츠케는 기분 나쁠 정도로 침묵만 지키고 있었다. 아직 커튼을 닫지 않은 테라스 문 쪽으로 요오키치는 어두운 시선을 보냈다.

그 유리창에는 물끄러미 천장을 바라보고 있는 에이츠케와 몸을 구부리듯이 하고 얘기하는 자기의 모습이 있었다.

요오키치에게는 이런 두 부자의 모습이 어쩐지 처량하게만 보였다.

"이봐, 에이츠케, 그게 도대체 누구의 발자국일까?"

"…."

"왜 대답을 못하느냐? 그것이 누구의 발자국이라고 대답하지 못하는 이유가 뭐냐?"

점점 말이 거칠어지는 아버지 요오키치에게 에이츠케는 천장을 바라본 채 큰 소리로 웃었다.

"왜 웃어? 이게 지금 웃을 일이냐?"

"왜 웃다니요? 글쎄, 제 예상대로 되어가니 웃을 수밖에 없잖아요? 또 여느 때와 마찬가지로 사람을 무시하고 아버지 식으로 얘기하면 되지 않습니까?"

"말이 되지 않는다고? 뭐가 말이 되지 않는단 말이냐?"

"아버지! 저는 바보가 아닙니다. 미리 계획한 대로 일부러 발자국을 남기고 왔습니다."

"네 이놈! 그걸 말이라고 하느냐? 남의 물건에 손을 대놓고도 조금도 양심의 가책을 느끼지 않다니…. 그 다이아반지는 어디에 뒀니? 냉큼 이리 내놓아라!"

"아버지, 그렇게 소란을 피우실 것 없지 않습니까? 분명히 다이아반지는 제가 가지고 왔습니다."

"이 죽일 놈! 뻔뻔하구나! 넌 부끄럽지도 않으냐?"

"부끄럽지 않으냐고요? 글쎄요. 그런 말은 제 사전에는 없습니다. 공교롭게도…."

에이츠케는 빙긋 웃고, 다시 담배를 입에 물었다.

"이 뻔뻔한 놈! 어서 반지 가지고 와!"

요오키치는 자리에서 일어섰다.

"반지를 가져오라고요? 천만의 말씀, 그건 제 겁니다."

"야, 이놈아! 잔말 말고 어서, 어서 가지고 와!"

"잔소리가 아닙니다. 훔친 것이건 아니건 일단 수중에 들어오면 제 겁니다. 모처럼 고생하며 훔친 것을 그렇게 호락호락 내놓을 수는 없습니다."

에이츠케는 약 올리듯 담배 연기를 요오키치 쪽으로 뿜었다.

"에이츠케, 네가 그것을 돌려주지 않으면 정말 도둑놈이 돼."

"맞습니다. 도둑놈이지요."

"그러냐? 넌 경찰에 끌려가도 괜찮겠니?"

"네, 괜찮습니다. 하나도 겁나지 않습니다."

턱을 만지면서 아주 태연하다. 그런 에이츠케를 요오키치는 뚫어지게 바라보았다.

요오키치는 다시 자리에 앉으면서 생각을 고쳐먹은 듯 부드럽게 말했다.

"애야, 너도 바보가 아닐 거다. 남의 물건을 훔치는 것이 좋은 일인지 나쁜 일인지 잘 알 것이다."

"네, 그건 알고 있습니다."

"그렇다면 나쁜 짓은 하지 말아야지!"

"그럼요. 저도 나쁜 짓은 하고 싶지 않습니다."

"그럼 에이츠케! 정신 바짝 차리고 들어라. 알겠니? 아버지는 중학교 교장이다. 그런 내 아들이 대학을 졸업하고 사회인으로 일하면서 이웃집에 숨어 들어가 다이아반지를 훔쳐냈다는 것을 세상 사람들이 알면 우리를 어떻게 보겠니?"

"글쎄요, 어떻게 볼까요? 소위 교장 선생님도 그렇게밖에 자식 교육을 제대로 하지 못했구나, 하고 말할지도 모르고, 그런 자식을 둔 부모가 불쌍하다고 할지도 모르죠. 아무튼 어느 쪽이건 간에 명예로운 일은 아닐 겁니다."

"아아, 맙소사! 너라는 인간은 참…."

"어처구니없는 놈입니까?"

"까불지 말고 어서 반지 돌려주자꾸나."

"누가 말입니까?"

"누가라니? 바로 네가."

"참, 아버지도 정신없군요. 저는 돌려주지 않겠다고 분명히 말씀드렸습니다. 돌려주고 싶으시면 아버지가 돌려주십시오."

"뭣, 내가?"

"그렇습니다. 그 반지는 대략 오백만 엔의 값어치가 있으니, 팔면 절반만 받아도 이백오십만 엔쯤은 거뜬히 받을 수 있습니다. 그런 걸 누가 고이 돌려주겠습니까?"

"이 미친놈 봐라!"

요오키치의 입술이 부르르 떨렸다.

"아버지가 싫으시다면 사지 않아도 됩니다. 팔아줄 보석상도 아니까요."

"···."

요오키치는 에이츠케를 노려보았다. 처음부터 그럴 목적으로 저지른 범행인지 아닌지는 모르겠으나, 지금 에이츠케는 분명 아버지인 자기를 협박하고 있다.

또 한편으로는 마리도 약점이 있어 자기를 경찰에 고발하지는 못할 것이라는 걸 알고, 에이츠케는 이런 짓을 벌인 것이다. 그래서 반지를 미끼로 자기에게 반지값을 치르게 하려는 것.

그렇다면 에이츠케는 분명 돈을 내놓을 때까지 반지를 절대 내놓지 않을 것이다. 에이츠케는 자식이지만, 그런 인간이다.

"그렇다면 아버지가 그 반지를 사겠다."

"그래요? 얼마에 사시려고요?"

"100만 엔, 어떠냐?"

"100만 엔? 그런 농담은 하지 마십시오. 보석상에서도 100만 엔이면 누구든 사려고 줄을 설 겁니다."

"좋아! 그럼 200만 엔을 내겠다."

에이츠케는 여유 있게 팔짱을 끼고 요오키치의 얼굴을 바라보다가,

"잠깐 기다려 주십시오. 200만 엔 같으면 차라리 보석상에 파는 게 더 낫습니다."

하고 중얼거렸다.

"누구에게 팔든 마찬가지 아니냐?"

"그런 생각은 단순한 상거래입니다. 아시겠습니까, 아버지? 이건 순수하게 물건만 흥정하는 겁니다. 200만 엔도 좋지만, 아버지에게 팔 거라면 오로지 물건만 팔고 사는 게 아닙니다. 말하자면 물품이 문제가 아니라는 말입니다."

"그럼, 무엇이 문제란 말이냐?"

"아버지의 체면입니다. 그렇지요? 아버지의 속셈은 반지가 문제가 아니라, 아버지의 체면이 문제일 것입니다. 중학교 교장이라는 체면 말입니다. 그 체면 값도 치러야 하지 않겠습니까?"

"…?"

"보석상에서도 200만 엔에 사는데, 체면을 그리 소중히 여기시는 아버지가 똑같은 가격에 사시면 되겠습니까? 어떻습니까. 그 곱절인 400만 엔?"

"이 망할 자식!"

요오키치는 더 이상 참지 못하고 크게 소리쳤다.

"그렇게 소리치지 마십시오. 이토록 조용한 밤에 소리치시면, 이웃 사람들이 듣습니다."

"이 불효 망측한 놈!"

"제 생각에는 400만 엔도 너무 싼 겁니다. 600만 엔 어떻습니까? 600만 엔에 합의 봅시다."

"결국, 너는 이 아비의 돈을 갈취해 먹을 작정이냐?"

"갈취해 먹다니요? 천만의 말씀입니다. 아버지의 돈을 갈취해 먹으려면 천만 엔이라고 말했을 것입니다. 그러나 천만 엔으로 교장의 체면이 유지된다면 그것도 싸지요. 더군다나 아버지는 할아버지께서 물려주신 돈 오, 육천만 엔도 가지고 계시잖아요. 그것은 아버지가 고생해서 번 돈이 아닙니다. 부자지간에 이렇게 흥정하지 말고 장남인 제게 천만 엔 정도 주셔도 죄가 안 됩니다. 그렇지 않습니까, 아버지?"

"그것과 이것은 다른 문제다. 너는 아버지에게 돈을 빼앗으려는 수작 아니냐?"

"그렇다면, 제가 아버지에게 묻겠습니다. 아버지는 후지오 명의로 땅을 샀다던데, 그게 사실입니까?"

"…."

"대답 못 하시는 걸 보니 사실인 모양이군요. 히로코는 히로코대로 결혼한다고 여러 가지 혼수를 장만해 주시며 돈을 쓰시면서, 장남인 제게는 차 한 대도 사주지 않으려 하시니, 도대체 어떻게 된 겁니까?"

"…."

"이렇게 된 바에야 돈을 갈취한다는 말을 듣더라도 전 저대로 돈을 받아 낼 방법을 강구해야겠습니다. 저도 별수 없지요."

그러자 요오키치의 손이 떨렸고, 분노가 목구멍까지 치밀었다. 너무 흥분한 나머지 말문조차 막혀버렸다.

"아아, 무더운 밤이로구나!"

하면서 크게 기지개를 켠 에이츠케는 일어서서 테라스의 문을 열어젖혔다. 텁텁한 바람이 들어왔다.

에이츠케는 테라스의 문지방에 서서 팔짱을 끼더니,

"아버지, 불쌍한 건 바로 이 아들입니다. 천만 엔을 받고 싶었는데, 이제는 2천만 엔을 받아야겠습니다. 설마 싫다고 하시지는 않겠지요!"

"에이츠케!"

"네, 뭡니까?"

에이츠케는 문지방 위에 선 채 아버지를 불손하게 내려다보았다.

"너 방금 내가 후지오에게 땅을 사주고, 히로코의 결혼을 위해 돈을 아낌없이 쓰니까, 그것이 못마땅해서 내게서 돈을 빼앗으려고 협박하는데…"

"아니, 못마땅하지는 않습니다."

"못마땅하다고 말로는 하지 않았지만, 결국은 그렇게 생각하는 거잖아. 아무튼 너는 내가 돈을 주지 않으니까, 마리 양의 다이아반지를 훔쳐, 그것을 미끼로 내게서 돈을 빼앗으려는 속셈이 분명하잖아."

"네, 그렇습니다."

"그럼 묻겠는데, 이 말은 하고 싶지 않다만, 네가 나를 협박하여 돈을 빼앗으려고 한 게 이번이 처음이냐?"

"네, 처음입니다."

"거짓말하지 마라! 그럼, 야마하다라는 녀석을 앞잡이로 세워 교장실까지 들여보낸 작자는 도대체 누구냐?"

얼굴에 핏대를 세우며 요오키치는 다그쳐 물었다.

"아, 알고 계셨어요, 아버지?"

"알고 있다니, 그따위 말이 어디 있어!"

요오키치는 말을 마치자마자, 에이츠케의 가슴을 확 밀었다.

"앗!"

별안간 불의의 습격을 받은 에이츠케는 힘없이 비틀거리는 듯하더니, 비명을 지르면서 테라스에 넘어졌다. 그 순간,

"음!"

하는 신음 소리를 낸 후로 그의 몸은 더 이상 움직이지 않았다.

"에이츠케! 왜 그래?"

요오키치는 깜짝 놀라 테라스로 뛰쳐나갔다. 거실 전등불에 비친 에이츠케의 얼굴엔 아직도 비웃음이 도는 것 같았다.

"일어나, 에이츠케!"

요오키치는 누워 있는 에이츠케를 살폈다.

"아버지, 왜 그러십니까?"

그때 후지오와 히로코가 2층에서 내려왔다.

"얘, 후지오, 네 형 에이츠케가…."

후지오가 테라스로 나가 한쪽 무릎을 꿇고 에이츠케의 얼굴

을 들여다보며,

"형!"

하면서 몸을 흔들었다. 그러나 목만 힘없이 축 늘어뜨릴 뿐 더 이상의 움직임은 없었다.

히로코는 넋을 잃고 바라보고 서 있었다.

'오오! 나는 아들을 죽였구나!'

요오키치는 쓰러지듯 그 자리에 주저앉았다.

지평선 바다에 지다

히로코는 구급차 사이렌 소리가 점점 가까워지는 것을 잠결에 들었다.

틀림없이 가까이에 구급차가 와 있을 텐데 구급요원이 환자를 데리러 오지 않았다.

그 사이 사이렌 소리가 멀어지는 듯하더니, 또 시 가까이서 들려왔다.

'도대체 무슨 일일까?'

자신이 다친 것 같지는 않았다. 곁에 에이츠케와 후지오가 아버지 어머니와 함께 묵묵히 앉아 있었다.

'아아, 마리 씨가 위독하구나!'

그런 생각을 하고 있는데, 문을 두드리는 소리가 들렸다. 잠결에 깜짝 놀라 눈을 떠보니 간호사가 혈압을 재기 위해 에이츠케의 침상으로 다가오고 있었다.

추락사건이 있은 지 벌써 일주일이 지났다. 에이츠케는 여전히 혼수상태로 생명이 위독하였다. 뒤통수를 콘크리트 바닥에 부딪친 것이다.

다친 곳은 상당히 위험하고 까다로운 부위였다. 에이츠케는 그날 밤 술에 몹시 취해 있었다. 담당 의사는 술을 마신 후 생긴 뇌출혈은 지혈이 잘되지 않는다고 말했다.

히로코는 피로에 절은 얼굴을 혼수상태에 빠져있는 에이츠케에게로 돌렸다.

산소 호흡기를 달고 있는 창백한 그의 얼굴을 물끄러미 바라보았다.

"피곤하지?"

곁에 있는 요오키치가 나직이 말했다.

"아버지가 더 힘들지요. 오늘은 일찍 집에 들어가서 쉬세요."

"그럴까?"

요오키치는 혈압을 재는 간호사의 손에 눈길을 보냈다.

"수축기혈압은 80이고 이완기혈압은 50입니다."

"아, 그런가요? 고맙습니다."

간호사가 병실 밖으로 나갔다. 두 사람은 약속이라도 한 듯 서로 얼굴을 마주 보았다.

"수축기혈압이 80이면 좋은 건가?"

"좋은 편이에요. 어떤 때는 40까지도 내려갔었으니까요."

"과연 살 수 있을까?"

"의사가 깨어날 수 있다고 말했으니, 괜찮을 거예요."

"그렇지만 의사는 다행히 살아나더라도 폐인이 될 확률이 높다던데…."

주치의는 회복되어도 후유증 때문에 반신불수가 될 수 있다고 소견을 밝혔다.

"살아났으면 좋겠어요, 아버지?"

"그야 당연하지!"

요오키치는 에이츠케가 격한 신음 소리와 함께 콘크리트 바닥에 머리를 부딪칠 때의 광경이 눈에 선했다.

요오키치가 에이츠케에게 살의를 느낀 것은 한두 번이 아니다. 어느 때는 밤새 에이츠케를 어떻게 죽일까 궁리하느라 잠을 이루지 못한 적도 있었다.

그러나 사고가 나던 당시의 요오키치는 결코 살의를 가지고 있지 않았다. 이성을 잃을 정도로 격분하기는 했으나 죽이고 싶은 생각은 없었다.

다만, 너무 지나친 에이츠케의 태도에 격분한 나머지 홧김에 가슴을 밀친 것뿐이었다. 설마 그 한 번의 주먹질에 에이츠케가 그렇게 쓰러지리라고는 꿈에도 생각지 못했다.

에이츠케의 건강한 몸뚱이가 테라스 바닥에 쓰러지는 순간의 놀람, 그것은 요오키치에게 약간의 살의도 없었다는 증거이기도 했다.

그때 에이츠케는 술에 취한 채 문턱에 서 있었다. 문턱은 바로 건물 안과 밖의 경계로, 그의 발뒤꿈치는 문턱 바깥쪽에 있었고, 이것이 요오키치의 주먹질 한 번에 몸의 중심을 잃고 맥없이 넘어지는 원인이 되었다.

게다가 에이츠케는 술에 취해 팔짱을 끼고 있었다. 팔짱만 끼고 있지 않았어도 그렇게까지 세게 머리를 바닥에 부딪치지는 않았을 것이다.

요오키치는 문병하러 온 사람들이 다친 사연을 물어올 때마다 좌불안석 죄인이 된 것 같은 고통을 겪어야만 했다.

그날 밤 제일 먼저 의사를 불러야겠다고 재빨리 대응책을 내놓은 것은 히로코였다.

"빨리 구급차를 불러야 해요."

히로코가 이렇게 말하자, 후지오가 전화를 걸려고 했다. 이때, 요오키치는 당황해하면서,

"기다려! 잠깐 기다려!"

"왜요?"

"의사가 물으면 뭐라고 대답하지?"

"…."

"에이츠케는 이 문턱에 서 있었어. 너무 불손하게 굴기에 내

가 돌연 가슴을 쥐어박았지. 그랬더니 뒤로 넘어졌단 말이다."
하고 나직하게 후지오에게 말했다.

이야기를 들은 후지오는 서슴없이 에이츠케가 발을 헛디뎌 넘어졌다고 말하라고 했다. 그리고 이어서,

"형은 겨우 가슴 한 대 얻어맞았다고 이렇게 될 사람은 아닙니다."
하고 야릇한 미소를 지었다.

지금도 요오키치는 지나치게 냉정하던 후지오의 태도를 되짚어 보면서 어쩌면 그렇게 매정할까, 생각했다.

평소 말수도 적고 집 안에 있는 듯 없는 듯 기를 펴지 못하고 지내는 후지오는 미리부터 이런 일이 일어날 것을 알고 있었던 듯 냉정한 태도를 보였다.

어쨌든 후지오의 기지 덕분에 의사에게는 물론 주위 사람들에게 아무런 의심을 받지 않고 지내올 수 있었다. 그러나 요오키치의 오른손이 에이츠케의 두툼한 가슴팍을 쥐어박은 것은 틀림없는 사실이었다.

요오키치는 지금 침대에 산송장처럼 누워있는 에이츠케에게로 의문의 눈길을 돌렸다.

'이 일이 끝까지 무사히 지나갈까?'

그의 가슴은 또 울렁거렸다. 지금도 히로코가 에이츠케가 살아나면 좋겠느냐고 물은 것이다.

"그야 당연하지."

하고 요오키치는 대답했다.

하지만 에이츠케를 지켜보면서 살아나지 말기를 바라는 자신의 속마음에 놀라면서도, 죽기를 바라지는 않지만, 혼수상태에서 깨어나는 것은 두려웠다.

에이츠케가 깨어난다는 것은 자신이 파멸한다는 의미다.

「중학교 교장 살인미수!」

「교육자가 자기 자식을 반죽음으로!」

요오키치는 신문에 대문짝만하게 실린 기사의 제목이 눈앞에 있는 것만 같아서 밤에 한잠도 이루지 못했다.

'내가 죽이려고 했던 것은 아니다.'

그저 가슴을 쥐어박았을 뿐인데 어이없이 넘어져 혼수상태에 빠진 에이츠케가 오히려 원망스러웠다. 그만한 일로 생명이 위급할 정도로 다칠 까닭이 있겠느냐고 말하고 싶었다.

'녀석은 언제까지 불효해야 속이 시원할까?'

요오키치의 삶은 늘 에이츠케에게 협박당하는 느낌이었다.

그러나 지금 처음으로 압박감에서 해방되자, 에이츠케에 대한 미안한 생각과 후회가 일종의 불만과 증오로 변해갔다.

"이제 어머니가 오실 때가 됐는데….'

하면서 히로코는 벽시계를 쳐다보았다.

어제 토요일 오후부터 지금까지 어머니 대신 간호를 해 왔지만, 내일은 출근해야 한다. 간호라고는 해도, 환자는 고통을 호소하는 것도 아니고, 육체적 시중을 들어야 할 일도 없다. 꼼짝도 하지 않고 잠만 자니 별로 할 일이 없었다.

늘 꽂혀있는 링거액이 다 들어가면 간호사에게 알리는 일과 소변 주머니의 소변을 비우는 일뿐, 오히려 찾아오는 문병객 접대가 더 바쁠 지경이다. 그런데도 히로코는 몹시 피곤했다.

사고 당시의 정신적 쇼크가 컸던 탓일까? 그녀는 밤낮 구급차 사이렌이 끊임없이 들려오는 환각에 시달렸다.

"여보! 토마토 주스 만들어 왔어요."

가츠에가 작은 보자기에 싼 보따리를 들고 병실로 들어왔다. 가츠에는 피곤한 기색도 보이지 않았다.

"아, 그래요? 고맙군."

요오키치는 병실 벽에 등을 기댄 채 아내를 망연히 바라보면서 말했다.

"둘 다 얼굴이 수척해 보이는군요. 주스 마시고 좀 쉬어요."

가츠에는 에이츠케의 얼굴을 들여다보면서,

"별 차도가 없군요."

하면서 히로코를 돌아다보았다.

"네, 혈압은 80에 50이래요."

보자기로 싼 보따리를 받아 들고 주스를 꺼내던 히로코가 대답했다.

"아, 참, 집에서 나올 때 이마노한테서 전화 왔어."

"어머, 그래요."

"병원에 있다고 말했더니, 그럼 곧 병원으로 오겠다고 했어."

"이마노 군에게까지 걱정을 끼치는구나!"

하고 요오키치가 말했다.

9월에 하기로 한 결혼식은 이마노가 연기했다. 안내장을 발송한 뒤라 날짜 변경은 번거로운 일이었다.

그러나 이마노는 에이츠케의 간호에 전력해야 하는 것은 당연한 일이고, 위급한 환자를 두고 결혼하는 것은 정신적으로나 육체적으로 크게 부담이 될 거라며 양해해 주었다.

"결혼은 언제든 할 수 있어. 그러나 환자 간호는 시기를 놓치면 안 되니까."

이마노의 따뜻한 말을 들으니, 히로코는 물론 요오키치도 너무 고맙고 미안해서 고개를 제대로 들 수가 없었다.

하지만 히로코는 사건의 진상을 이마노에게 말해줄 용기가 나지 않았다.

"이마노가 사람이 워낙 좋아서 다행이에요. 그러나 에이츠케에게 무슨 일이라도 생긴다면 결혼식도 엉망이 될 테니."

모두 다 생각하고 있는 바를 가츠에가 서슴없이 말로 했다.

그렇다. 에이츠케는 언제 죽을지 모르는 상태다. 결혼식과 장례식이 겹친다면, 그야말로 한 집안의 큰 일이 아닐 수 없다.

"그럼, 나 먼저 돌아갈까?"

"네. 어서 가서 푹 쉬세요. 저는 이마노를 기다릴게요."

요오키치는 가츠에를 피하고 싶어 서둘러 집으로 돌아왔다.

"너의 아버지는 이번 일로 십 년은 더 늙은 것 같구나."

가츠에는 히로코에게 이렇게 말하며 웃었다.

그녀는 아들 에이츠케가 다친 것을 단순한 사고로 여기는지 식구 중 가장 침착해 보였다.

"올해가 네 큰오빠에겐 해운이 아주 안 좋은가보다. 물에 빠지질 않나, 머리를 다치질 않나…."

"그래요. 그런데 어머니, 이번에는 위험하지 않을까요?"

"별수 없지. 타고난 운명이라면."

"아직 20대 청년인데, 생각하면 너무 가엾어요."

"…."

"어머니는 큰오빠가 불쌍하지 않으세요?"

"그야 물론, 가엾다면 가엾은 일이지만, 오래 산다고 해도 남에게 미움만 받을 뿐이니 하는 말이다."

"어머나!"

히로코는 어머니답지 않은 말이라고 생각하고 그녀의 얼굴을 다시 한번 쳐다보았다.

"이 어미는 말이다, 에이츠케를 보기만 해도 진절머리 나는 사람이 생각난단 말이다."

"넷? 진절머리 나는 사람?"

"그럼, 지긋지긋한 사람이지. 이런 얘기는 네 아버지는 물론, 누구에게도 하지 않았지만, 너도 곧 시집을 가야 하니, 얘기해 주는 게 좋을 것 같아 하는 말이다."

뜻밖에도 가츠에는 심각한 표정으로 말했다.

"오빠를 보면 진절머리가 나는 사람이란 대체 누구예요?"

가츠에는 잠자코 히로코를 바라보았다. 그리고 시선을 딴 데로 돌리더니 빠르게 말했다.

"아버지, 친정아버지란다."

"어머! 외할아버지가?"

"응, 네가 외할아버지로 아는 사람은 사실 이 어미의 생부가 아니란다. 친아버지는 수많은 여인을 울린 난봉꾼이었어. 어머니는 나이 마흔이 넘어서 그 난봉꾼의 유혹에 넘어갔지. 그래서 태어난 게 바로 나야. 에이츠케는 꼭 내 생부를 닮았어."

"어머나! 그런데 어머니는 그 사실을 어떻게 아셨어요?"

"네 큰 이모가 사진을 보여주더라. 그래서 난 친정어머니를 아주 미워했었다. 난 죽는 날까지 그 여자를 증오할 거야."

"……"

정말 뜻밖의 말이었다. 믿기지 않는 얘기였다. 그러나 듣고 보니 그럴 수도 있겠다 싶었다.

언젠가 어머니 가츠에는 집에 있기가 싫어서 결혼했다고 말했다. 무엇보다 큰오빠 에이츠케가 도대체 누구를 닮았을까 하는 궁금증이 비로소 풀리는 것 같았다.

그건 그렇고, 하필이면 오빠 에이츠케가 어머니의 친아버지, 즉, 외할아버지와 꼭 닮았다는 이야기에 경악했다.

히로코는 크게 한숨을 몰아쉬었다.

"그럼, 어머니의 친아버지는요?"

"진작 죽었다. 어떤 여자 집에서 가스통이 폭발하는 사고로 죽었다더라."

외할머니의 불륜으로 생겨난 어머니가 침울한 성격을 가지고 있는 것도 히로코는 이제 이해할 수 있었다.

"너도 혹 몸가짐을 잘못해서 네 외할머니 같은 그런 생활을 해서는 안 된다."

히로코는 처음으로 가츠에게서 어머니다운 자애로운 훈계를 들은 것 같았다.

&⋈৪

9월로 접어들자 선선한 날씨가 며칠 계속되었다.

요오키치는 학교 근무가 끝나고 돌아가는 길에는 꼬박꼬박 병원에 들렀다. 한숨도 잠을 이루지 못한 날이 많았던 요 며칠 사이 그는 대여섯 살은 더 먹은 것처럼 늙어 보였다.

그날 요오키치는 병간호하는 히로코를 위해 우유와 초밥을 사서 병실로 갔다.

가츠에는 감기에 걸려 병실 출입을 할 수 없었다. 그래서 히로코가 휴가를 내어 아침부터 병실을 지키고 있었다.

"안녕히 다녀오셨어요, 아버지?"

히로코는 읽고 있던 <귀여운 여자>라는 소설책을 내려놓고 일어나 침대 옆으로 비켜섰다. 침대 옆에 놓여있는 빨강과 노란 달리아꽃이 약간 흔들렸다.

"그래 병세는 좀 어떠냐?"

에이츠케는 어제 두 번째 뇌수술을 받았다. 뇌내출혈로 뇌 속에 고여 있던 피가 가는 배액관管을 통해 흘러나와 침대 밑에 놓인 병 속에 붉은빛을 띠고 담겨있었다.

"네, 별 차도는 없어요."

히로코는 대답하고, 두 사람은 에이츠케의 얼굴을 들여다보았다. 콧구멍 아래에는 산소호흡을 위한 줄이 걸쳐 있고, 양쪽 콧방울 옆에는 호흡기 줄을 테이프로 고정해 두었고, 얼굴은 약간 부어있으나 혈색은 나쁘지 않았다.

"병세는 차도가 없다?"

그렇게 요오키치가 중얼거리듯 말할 때였다. 화석처럼 잠만 자던 에이츠케가 별안간 눈을 번쩍 떴다. 그 순간 요오키치는 깜짝 놀라 두어 걸음 뒤로 물러섰다.

"어머! 오빠, 정신이 드셨어요?"

에이츠케는 무표정하게 허공을 보고 있었다.

"오빠! 오빠!"

히로코의 부름이 들리는지 안 들리는지, 에이츠케는 표정 없이 또 눈을 감았다.

"어머, 정신이 들었던 건 아닌가 봐요."

히로코는 아버지를 돌아봤다. 요오키치는 공포로 질린 얼굴을 두 손으로 가리고 벽에 기대어 서 있었다. 그대로 두면 쓰러질 것 같았다.

"아버지!"

히로코는 '왜 그러세요?'라는 말은 삼켰다. 보아서는 안 될 것을 본 것 같았다. 그러나 그녀는 별일 아니라는 듯 요오키치에게 말했다.

"아버지! 오빠는 정신이 들었던 게 아니라, 그냥 눈을 떴을 뿐이었는가 봐요."

그 말에 요오키치도 겨우 안심한 듯,

"그래? 그럼, 의식이 돌아온 건 아니란 말이지?"

하면서 다시 에이츠케를 바라보았다.

"점점 좋아질 거예요."

"좋아질까?"

"네, 뇌 속에 고여 있던 피를 빼내고 있으니까요."

"그럼 멀지 않아 의식이 돌아오겠구나."

"아마 그렇겠죠. 그러나 당분간은 지켜봐야 해요."

"그럴까?"

크게 한숨을 내리 쉬며 요오키치는 병실 마룻바닥에 망연히 앉아 벽에 머리를 기댔다. 히로코는 그런 아버지를 차가운 눈으로 바라보았다.

실은 히로코 본인도 에이츠케의 회복을 간절히 바라지는 않았다. 그렇다고 죽기를 바라는 것도 아니다. 하지만 에이츠케와 같은 인간은 영원히 잠에서 깨어나지 않는 것이 착한 사람이 사는 세상을 위해서 약간이나마 도움이 될 거라는 생각은 하고 있었다.

그래서 아버지 요오키치의 마음을 충분히 이해한다. 그러면서도 그녀는 아버지의 태도에 형언할 수 없는 증오를 느꼈다.

'이것이 바로, 내 아버지의 본래 모습이다.'

그녀가 이렇게 생각하는 것을 눈치챘는지 요오기치는,

"애야, 난 어떡하면 좋겠니?"

"어떡하면 좋다니요?"

"어떻게든 에이츠케의 병은 나아야지. 낫지 않으면 아버지의 입장이 아주 곤란해지겠지?"

"…"

"그런데 에이츠케가 병이 나으면 나를 용서하지 않을 거다."

"그렇지 않을 거예요. 오빠가 잘못했는데요, 뭐."

"아니야, 에이츠케란 놈은 무슨 짓을 할지 모른다."

그는 돌연 에이츠케를 보면서 목소리를 낮추었다.

"아마 틀림없이 나를 고발할 거다."

"설마, 그럴 리가 있겠어요. 걱정하지 마세요, 아버지."

병실 창문으로 저녁 햇살이 들어와 요오키치의 얼굴을 비췄다. 핏기 잃은 창백한 얼굴을 보고 히로코는 가여운 생각이 들었다.

"아니야, 틀림없이 고발할 거다. 이 녀석은 그렇게 하고도 남을 놈이다. 애비를 교도소에 처넣는 것쯤 식은 죽 먹듯 생각하는 놈이니 말이다."

실은 히로코도 속으로는 그 점을 우려하고 있었다. 에이츠케가 가만히 있을 사람은 아니다. 식구들의 상상을 초월하는 냉혹한 행동을 충분히 할 수 있는 인물이다.

만약 요오키치 이야기가 신문에 대서특필되도록 만들지 못한다면, 그녀가 게이치와의 결혼을 포기하지 않으면 안 되도록 만들 것이기 때문이다.

그러나 히로코는,

"오빠는 그런 짓까지는 하지 않을 거예요. 그런 행위는 오빠 자신에게도 결코 명예로운 일은 아니니까요."

에이츠케 자신에게도 아버지가 살인미수를 저질렀다는 명예롭지 못한 일이 되고 마는 것이다. 그녀는 자신의 불안을 부정하고 싶은 듯이 말했다.

"음, 그것도 일리가 있는 얘기다. 그러나…."

사회에서 체면을 누구보다 중시하는 요오키치의 성품을 에이츠케는 너무 잘 꿰뚫어 보았다. 에이츠케는 이번 사건을 미끼로 삼아, 요오키치에게서 한 푼도 남겨 놓지 않고 모조리 빼앗아 버릴 것이 분명하다.

"애! 히로코. 나는 에이츠케를 이런 꼴로 만들려는 생각은 티끌만큼도 없었다."

요오키치는 사건이 일어난 이래 여러 차례 했던 말을 지금 또 되풀이해서 말했다.

"그런 말씀은 이제 더 하실 필요 없어요. 모두 다 알고 있는 사실인데요."

히로코는 위로하듯 말했다.

일찍이 요오키치가 에이츠케에게 몇 번이나 살의를 품었었다는 사실은, 히로코는 모르는 비밀이다.

에이츠케는 다음 날은 가끔 눈을 떴다.

"좀 정신이 드십니까?"

하고 의사가 물어봐도 아무 반응이 없었다. 다만 지금까지 움직이지 않던 손발을 조금씩 움직일 뿐이었다.

에이츠케가 눈을 제대로 뜨기 시작한 지 닷새가 지났다.

"오늘은 좀 어떠하던가?"

하고 요오키치는 매일 똑같은 말로 아내에게 물었다.

"마찬가지예요."

가츠에도 힘없이 똑같은 대답을 하며 뜨개질하는 손을 멈추지 않았다.

"그런가? 오늘도 마찬가지인가? 아무 말도 하지 않았나!"

좀 실망한 것처럼 말했으나 표정은 솔직하게 말해서 한시름 놓는 것 같았다.

"아직 아무 말도 하지 않아요. 눈을 떠도 1분가량 멍하니 천정만 볼 뿐이에요."

"그런가? 그럼 아직 의식이 없는 게 아닌가?"

"당신은 그렇게 걱정하시지만, 그리 쉽게 예전 상태로 회복되지는 않을 거예요."

가츠에는 남편과 아들 사이에 무슨 일이 일어났는지, 아직 아무것도 모르고 있었다. 그런 아내를 요오키치는 물끄러미 바라보다가, 이윽고,

"그런데 여보!"

하며 돗자리 위에 아빠 다리를 하고 앉아서 아내를 불렀다.

"네, 무슨 말씀이세요?"

"실은 말이야."

"실은…, 뭐가요?"

"당신 참, 말 붙이기가 어렵군. '뭐가요?'하고 묻기만 하니."

요오키치는 짜증까지 냈다.

"그럼 잠자코 있을게요. 어서 말씀하세요."

가츠에는 조그맣게 하품했다. 그러자 요오키치는 후유! 하고 어깨로 숨을 몰아쉬었다.

"실은 말이오, 여보. 미처 말하지 못했는데, 에이츠케는 저혼자 다친 게 아니오."

그녀는 잠자코 요오키치의 침울한 얼굴을 바라보았다.

그는 그날 밤의 일을 거북해하면서도 차근차근 이야기해 주었다. 가츠에는 고개도 끄덕이지 않고 뜨개질을 계속하면서 들었다. 다이아반지를 훔쳤다는 말을 들었을 때만 요오키치의 얼굴을 바라보았다.

"대충 이런 얘기야. 나도 괴로워."

가츠에는 손을 뻗어 에이츠케의 이마에서 흐르는 땀을 손으로 닦아주었다. 잠자코 있는 가츠에에게 요오키치는 불안한 듯 말했다.

"당신은 왜 잠자코 있소?"

"뭐라고 하면 좋겠어요."

가츠에의 어조는 높낮이도 없고 평소와 조금도 다름없는 목소리였다.

"뭐라고 말하면 좋겠느냐고?"

"그런 얘기는 안 들었다고 생각하는 게 제일 마음 편해요.
당신이나 에이츠케 둘 다 똑같이 재난을 당한 거예요. 이제 와
새삼 당신이 그런 말씀을 해 봤자, 아무 소용 없어요."

가츠에는 보온병의 차를 따라 요오키치 앞으로 내놓으며,

"양갱도 있어요. 잡수실래요?"

하고 물었다.

"응, 줘요."

하고 요오키치는 건성으로 대답하면서 자신보다 아내가 훨씬
나은 사람이라고 생각했다.

"그런데, 여보⋯."

"네."

요오키치는 에이츠케가 병이 다 나은 후 어떤 태도로 나올지,
그것이 불안하다고 가츠에에게 말하고 싶었으나 망설였다.

일단 가츠에가 그간의 사정을 이해만 해준다면, 나중에 에이
츠케의 입을 통해서 모든 걸 들었을 때도 그다지 충격적으로
받아들이지는 않을 것이다.

아니, 가츠에라는 사람은 당사자인 아들의 입을 통해 사건의
전말을 직접 듣는다고 해도 그다지 놀랄 사람은 아니라고 요오
키치는 생각했다. 어떤 일에든 이상할 만치 침착한 그녀가 때로
는 믿음직스럽기도 했지만, 그만큼 민감한 문제를 터놓고 이야
기하고 의논할 만한 상대는 아니었다. 말해 봤자 웃고 넘겨버릴

것 같았다.

"아, 피곤하다."

요오키치는 가츠에가 내놓은 양갱을 먹었다. 간직하고 있던 비밀 얘기를 하고나니 갑자기 피로가 몰려오는 듯했다. 요오키치는 자리에서 일어났다. 피곤한 탓인지 다리가 휘청거렸다.

"매일 병원에 오지 않아도 괜찮아요."

"응, 그렇지만…."

그는 침상에 누운 에이츠케의 얼굴을 내려다보았다.

"매일 와 들여다봐도 에이츠케는 아무것도 모를 테니까요."

"그렇지. 아무것도 모를 거야."

그때 에이츠케가 가만히 눈을 떴다. 요오키치는 섬뜩했으나 얼굴을 가까이 가져갔다.

"내가 누군지 알겠어, 에이츠케?"

말을 건 순간 요오키치의 심장은 두근거렸다. 그가 빙긋이 웃으며 바라보았기 때문이다.

"네, 알아요."

에이츠케가 침착하게 대답했다.

"알아!"

요오키치의 얼굴에서 핏기가 사라졌다. 그러자 에이츠케는 또 빙긋 웃었다. 그런 그를 가츠에는 물끄러미 지켜보았다. 에이츠케는 가츠에 쪽으로 시선을 옮겼다.

가츠에는 아무 말도 하지 않았다. 에이츠케는 요오키치를 바라보다 다시 눈을 감았다.

그러는 동안 요오키치는 숨을 죽이고 그를 응시하고 있었다. 에이츠케가 눈을 감았어도 그 자리에 그대로 멍하니 말뚝처럼 서있었다. 가츠에는 또 소리를 내면서 차를 따랐다.

"여보, 한 잔 더 드세요."

"…"

요오키치는 거절의 표시로 고개를 흔들고 병실 문손잡이로 손을 가져갔다. 땀이 밴 손에 닿은 손잡이의 감촉은 이상하게도 따뜻했다.

간다는 말도 없이 복도로 나왔다. 가츠에도 그에게 아무 말도 하지 않았다.

⊱⊰

그날 저녁 식탁에 앉은 요오키치는 시무룩한 표정으로 젓가락을 놀리고 있었다.

그 사건이 있고 난 후 그는 우울한 표정으로 아무 말도 하지 않고 뭔가를 골똘히 생각할 때가 많았다. 후지오와 히로코는 그런 그에게 점차 익숙해졌다.

지금 두 남매는 음악 이야기를 나누고 있다.

"우리 음악 선생님은 학창 시절에 레코드판은 한 번도 사지 않았던 모양이야."

"왜 그랬을까요?"

"돈은 모두 음악회를 열기 위해서 저축했다더군."

"네에…, 그 마음 이해할 것 같아요."

"난 그 음악 선생님 덕분에 음악을 좋아해서 레코드를 사게 됐어."

두 사람은 웃었다.

"뭐가 그렇게 재미있나?"

요오키치는 짜증이 난다는 듯 말하고 젓가락을 내려놓으며 의자에서 벌떡 일어섰다. 일찍이 요오키치는 그런 태도를 보인 적이 없었다.

"아버지, 왜 그렇게 화를 내세요?"

히로코는 자기도 모르게 의자에서 일어나며 물었다.

"음!"

아들딸이라면 좀 더 세심하게 아버지를 배려해 주어도 좋으련만. 그러나 자신만 둘의 대화에서 소외된 불만을 요오키치는 차마 설명할 수가 없었다.

무엇보다도 병원에서 에이츠케가 빙긋이 웃던 얼굴에 불안을 느끼고 울렁거리는 자기의 심정을 누구에게도, 더구나 혼자 감당하기 어려운 고민을 자식에게조차 말할 수 없는 상황이 원망스러웠다.

"난 좀 지쳤다."

요오키치는 힘없이 다시 자리에 앉았다.

"그럴 거예요. 아버지는 너무 피로에 절어 지쳐 계세요. 그럼, 온천에 가서서 며칠 쉬고 오시는 게 어때요."

"좋지, 그러나 그렇게 할 수가 없으니 말이다."

"큰오빠 일은 잠시 잊고 도야온천洞爺温泉とうやおんせん 에라도 가시는 게 좋겠어요. 그렇죠, 작은오빠?"

"그래요, 아버지."

"정말 큰오빠와 같은 불효자는 이 세상에 없을 거예요."

"그래."

요오키치는 다시 젓가락을 들고 음식을 먹기 시작했다.

"천벌이에요. 큰오빠는 절대로 아버지 때문이 아니에요."

"그런가!"

에이츠케가 천벌을 받았다는 히로코의 말에 그는 약간 마음이 놓였다. 그는 에이츠케가 말도 했다는 것을 두 사람에게는 말하지 않았다. 그것은 너무나도 충격적인 일이었기 때문이다.

뭔가 생각하는 표정으로 히로코를 바라보던 후지오가,

"히로코, 형은 정말 천벌을 받았을까?"

"뭣, 너는 천벌이 아니라는 말이냐?"

요오키치는 또 날이 선 목소리로 물었다.

"잠깐 기다리세요, 아버지."

후지오는 가만가만 말했다.

"만약 천벌이라면 더 엄중할 텐데, 형이 받는 고통은 천벌치고는 너무 약하지 않습니까."

"그런 의미였나?"

요오키치의 목소리는 약간 부드러워졌다. 히로코가 식후 디저트로 사과를 가지고 오자,

"사과는 안 먹으련다."

하고 요오키치는 접시를 떠밀었다.

"어머, 벌써 주무시게요, 아버지?"

"응, 피곤해서."

"의사라도 부를까요?"

"아니, 필요 없어."

요오키치는 서둘러 그의 침실로 들어갔다.

"내가 이부자리를 펴 드리고 올게."

후지오는 히로코에게 나직이 말하고 아버지의 뒤를 따라갔다. 그녀가 그릇을 정리하고 있을 때, 후지오가 방에서 나왔다.

"아버지가 좀 이상해…."

하고 속닥였다.

"왜요?"

"응, 내가 막 이부자리를 펴 드리려는데 눈물을 흘리고 계시

더라.”

후지오는 나직이 말하면서 포크로 사과를 찔러 먹었다.

“왜 그러실까?”

“신경쇠약에 걸리셨나?”

“그런 면에서 어머니는 참 강인해요.”

“강인한 걸까! 어머니는 강인한 게 아니라 좀 강박적이야.”

“원 오빠도 무슨 말씀을 그렇게 해요.”

히로코도 나직하게 웃고 나서,

“그런데 오빠, 오빠는 천벌이 아니라고요?”

“응, 그건 단순한 인과응보라고 생각되지 않아.”

“어째서요?”

“그것은 말이야, 나도 형이 쓰러진 모습을 처음 보았을 때 속으론 ‘꼴 좋다! 천벌이다!’ 하고 생각했어. 그러나 형이 계속 혼수상태에 빠져있는 것을 보니 마음이 달라졌어.”

“달라졌어요?

“뭐랄까. 형이 나보다도 더 나쁜 사람이기 때문에 이런 꼴이 됐는지 어떤지 판단하기 어려웠어. 분명 형은 누가 봐도 나쁜 짓만 해왔어. 그렇다고 천벌을 받았다고 단언할 수 있을까? 벌이라면, 나 역시 충분히 받을 만한데 말이야.”

“그렇지 않아요, 작은오빠는….”

“아니, 난 주위 사람들로부터 비교적 칭찬을 많이 받아왔지만, 속으로는 늘 형 같은 사람은 차라리 죽어버리면 좋겠다고 생각했으니까 나쁘지. 난 솔직히 그렇게 생각했지만, 형은 내가 죽으면 좋겠다고는 생각하지는 않았을 테니 말이야."

"저는 모르겠어요. 뭐가 뭔지."

"그러나 천벌이라는 게 실제로 있다면 말이야, 저 정도의 고통을 받으면서 살아있을 리는 없다고 생각해."

"그것도 그렇군요. 큰오빠보다 더 착하고 성실한 사람이 더 크게 고통받으며 시련을 겪고 있으니까요."

"아니, 그것과는 좀 달라. 누군가의 책에 씌어있었는데 말이야, 사람이 벌을 받지 않고 하고 싶은 대로 나쁜 짓을 저지르는 상황이 가장 무서운 벌이라고 했어."

"알쏭달쏭하군요. 아무 벌도 받지 않고 악행을 계속할 수 있다는 건 분명 무서운 일이에요."

히로코는 행복한 미소를 지으며 이승을 하직한 외할머니를 떠올렸다.

요오키치는 다음날부터 퇴근길 병원에 들르기를 단호히 그만두었다. 대신 후지오를 보냈다. 그리고 매일 저녁 그에게 에이츠케의 병세를 물었다.

"제가 형님하고 불렀더니 귀찮다고 대답하더군요."

"오늘은 줄곧 잠만 자고 있었습니다."

"튜브로 유동식 먹이는 것을 중지하고 입으로 음식을 먹도록

한 모양입니다.”

이렇게 후지오가 전하는 상황에 따라 요오키치는 집요하게 캐물었다.

“귀찮다고만 말하더냐?”

“목소리는 크더냐?”

“안색은 어떻더냐?”

“하루 종일 잠만 자고 있었느냐?”

이렇게 물을 때마다 아직도 잠만 자고 있으며, 안색은 그전과 다름없고 목소리는 그다지 크지 않다고 후지오는 일일이 자세히 보고하고 대답했다.

요오키치는 그 대답을 잠자코 듣고 있기도 하고, 무엇인가를 골똘히 생각하기도 했다.

이따금 마리가 와서 얼굴을 비쳤으나, 그날 저녁엔 마리에게도 그다지 반가운 얼굴로 대하지 않고 입 속으로 뭔가를 중얼거리면서 후지오와 나란히 소파에 앉아 있었다.

마리는 히로코와 함께 맞은편에 앉아 있다가 돌아가는 길에 공손히 말했다.

“제가 잘못했어요. 아저씨께 다이아반지를 도난당했다고 말하지 않았더라면 좋았을 텐데.”

“어머, 그게 무슨 말씀이세요. 저희 오빠가 잘못한걸요.”

“그렇지만 제가 그 다이아반지를 이미테이션(모조품)이라고 한마디만 했더라면 좋았을 텐데 말이에요."

"이미테이션이라고?"

요오키치는 깜짝 놀라서 마리를 뚫어지게 보았다. 히로코도 깜짝 놀라서 마리의 얼굴을 쳐다보았다. 그러나 후지오는 서슴없이 말했다.

"아니, 마리 씨는 처음부터 그렇게 말했습니다. 아버지가 사주신 다이아반지니까 가짜인지도 모른다고 말입니다."

히로코도 그 말을 듣고 보니 분명 그렇게 말했던 그때의 일이 기억났다. 그러나 부유한 변호사 집안의 딸이라는 이유로, 처음부터 그 다이아반지를 진짜 다이아라 믿었던 것뿐이다.

가츠에까지도 이 다이아반지는 우리 집보다도 더 비싼 것이라고 말했었다.

마리가 돌아간 다음에도 요오키치는 안절부절못하고 방 안을 서성이면서 무슨 소리인지 모를 소리를 입 속으로 중얼중얼 투덜대고 있었다.

히로코는 문득 이찌지로를 만나고 싶었다. 그래서 그녀는 요오키치가 욕실로 들어가자, 오랜만에 그에게 전화를 걸었다.

전화는 오사무가 받지 않고 이찌지로가 직접 받기를 바라면서 다이얼을 돌렸다. 그러나 들려온 것은 오사무도 이찌지로도 아닌 시무라 후사유키의 명랑한 목소리였다.

"그것, 참 큰일 났군요. 이마노에게 들었습니다. 결혼식을 연기했다고 말입니다. 그런데 그간 잘 계셨습니까?"

"예, 덕분에…. 시무라 씨도 안녕하셨어요?"

"네, 별일 없이 매일 잘 지내고 있습니다."

"그런데 니시이 선생님은?"

"아아, 오늘은 친구분 따님의 결혼식이라고 하시면서 외출하셨습니다. 무슨 일이라도 있으십니까?"

"아니에요, 그냥 목소리 듣고 싶어서요. 돌아오시거든 안부 전해주세요."

"네, 마침 안 계셔서 안 됐습니다. 저는 방금 신문사 호출 받고 나가려는 참입니다. 넷?"

곁에서 누가 뭐라고 하는 소리가 들리더니,

"미안합니다만, 오사무 군이 잠깐 인사라도 하고 싶은 모양입니다. 바꿔드릴게요."

대답할 겨를도 없이 오사무의 목소리가 들려왔다.

"오사무입니다. 오빠께선 지금 의식불명인가 본데, 정말 속이 시원합니다."

오사무는 에이츠케의 사고에 대해서 거침없이 속이 시원하다고 말했다.

"마땅히 그래야 합니다. 그는 영원히 혼수상태에서 빠져나오지 말아야 할 인간입니다. 그러니 당신의 결혼도 연기되는 건 당연합니다. 마음이 아주 통쾌합니다. 내가 말하고 싶은 것은 그것뿐입니다.”

나직한 웃음소리가 들리고 전화는 끊겼다.

히로코는 잠시 수화기를 든 채 멍하니 그 자리에 우두커니 서 있었다.

그날 밤 히로코는 잠을 이룰 수가 없었다. 그래도 다음 날 아침엔 일곱 시에 눈을 떴다. 그 순간,

“정말 속이 시원합니다.”

라고 말하던 오사무의 통쾌한 목소리가 귓전에 메아리처럼 울렸다. 수면 부족인데도 정신만은 매우 또렷했다. 거울을 보니 좀 창백한 얼굴이 약간 긴장한 것처럼 보였다.

히로코는 창문의 커튼을 젖혔다. 밖은 비가 내리는 어두운 아침이었다. 아래층으로 내려가자, 후지오가 모닝커피를 마시고 있었다.

“밤새 안녕, 오빠. 아버지는 지금도 주무시고 계세요?”

“글쎄. 오늘은 좀 이상하네. 학교를 안 가시려나?”

후지오는 손목시계를 보았다.

“이상하군요. 아버지는 항상 다섯 시면 일어나시는데.”

그녀의 귓속에 또 오사무의 말이 들리는 것 같았다.

“몸이 좀 피곤하신 거 아닐까? 때로는 아무 생각 없이 푹 주무시는 것도 몸에 좋아. 아버지는 지금 노이로제에 걸려 있으니까.”

"잠깐 들여다보고 올게요."

히로코가 일어나서 방문을 살며시 열었다. 그러나,

"오빠! 안 계세요."

하고 소리를 지르듯 말했다.

"뭣, 안 계신다고?"

달려온 후지오는 방 안을 들여다보았다. 이불은 개켜져 있었다. 방 안엔 온기도 없었다. 두 사람은 얼굴을 마주 보았다.

"이렇게 비가 오는데 산책하러 가시지는 않았을 테고…."

"그럼, 병원에라도 가셨나?"

"글쎄요. 그럴지도 모르죠."

병원에 전화를 걸자, 가츠에의 목소리는 평온했다.

"아버지? 안 오셨다."

"학교에 가셨을까?"

"아침도 안 드시고 학교에 나가신 적은 없잖아?"

"그러나 출근 시간이 지난걸요. 학교에 전화해 볼까요?"

"아니, 그건 그만두는 게 좋겠다."

"그런가요. 그럼 도대체 어떻게 된 일일까? 오빠도 이젠 출근해야 할 시간인데 말이에요."

"출근해야지. 그런데 말이야."

후지오는 불안한 표정이었다.

"아, 그렇지. 혹시 마리 씨 집에 가신 거 아닐까요?"

"설마, 이른 아침부터…?"

"하지만, 그때 마리 씨에게 매우 불편한 표정을 하고 계셨잖아. 그래서 사과하러 가셨을지도 몰라."

히로코는 아니면 반대로 불만을 토로하러 가셨는지도 모른다고 생각하면서 황급히 우산을 쓰고, 마리네 집으로 달려갔다. 마리는 마침 차고에서 차를 몰고 나오다 그녀를 발견하고는

"어머, 무슨 일로 오셨어요? 비가 오긴 하지만 라이덴 곶雷電岬らいでんみさき에 다녀오려고요. 날씨가 좀 안 좋지만, 거기는 맑을지도 몰라요."

히로코는 아무 일도 없는 것처럼 혹시 아버지 못 보았느냐고 물었다.

마리는 차고 셔터를 닫으면서,

"아니, 못 봤는데요. 무슨 일 있어요?"

"제가 늦잠을 자서 아침을 못 해 드렸어요. 그래서 기분이 나빠 혹시 마리 씨 집에 와 계시지 않을까 했어요. 여기 안 오셨으면 바로 학교로 가셨는지도 몰라요."

히로코는 집으로 돌아왔다. 후지오가 현관 앞에서 그녀를 기다리고 있었다.

"잠시 쉬고 싶어서 어디 가셨는지도 몰라."

"그렇다고 아무 말도 하지 않고 가실 분이 아니잖아요?"

후지오는 시계를 보더니 일어섰다.

"출근하려고요?"

후지오는 현관문을 열려다가 뒤를 돌아보며 잠시 가만히 서서 뭔가를 생각하는 듯했다.

"결근하면 안 되는데. 그래도 별수 없이 결근해야겠군."

"그럼, 저도 결근할게요. 왠지 걱정되어서요."

두 사람은 다시 방으로 들어왔다.

"학교로 전화를 해봐야겠어요."

히로코는 다이얼을 돌렸다.

"여보세요! 안녕하세요. 저는 나오키입니다. 바쁘신데 죄송합니다만, 아버지 좀 바꿔주세요."

"아, 따님이십니까? 교장 선생님은 오늘 출근하지 않으신 모양입니다. 혹 결근하시는 거 아닙니까?"

"글쎄요. 저는 지금 밖에서 전화 거는 거예요. 알겠어요. 실례했습니다."

히로코는 수화기를 들고 고개를 흔들었다.

"아무 말도 하지 않고 결근하실 아버지가 아니야."

후지오는 팔짱을 끼고 깊은 생각에 잠겼다.

༄༅

요오키치가 죽었는지 살았는지 닷새가 지나고 열흘이 지나도 감감무소식 행방불명이었다. 열사흘째 되는 날, 마침내 경찰에 가출 신고를 했다.

학교에서는 교감을 비롯하여 교사 여럿이 찾아왔다. 사람들은 그가 죽었을지도 모른다고 생각하기에 이르렀다.

그러나 단 한 사람 가츠에만 무표정한 얼굴을 하고 있었다.

히로코는 극심한 피로와 허탈감에 빠졌다. 회사를 언제까지 결근할 수도 없는 처지였다.

아무 일 없는 것처럼 매일 방송국 사람들을 응대하면서도 생각하는 것은 아버지에 관한 일뿐이었다. 한평생 교육자로 착실하게 살아오신 아버지가 이렇게 되리라고는 꿈에도 생각지 못했다.

이마노가 변함없이 격려해 주는 것만 큰 위로였다. 그러나 두 사람의 결혼이 연기되고 아버지마저 행방불명이 되었으므로 앞날이 어떻게 되어갈 것인지 예상조차 할 수 없었다.

그러는 가운데 어느 산속에서 쓰러져있는 아버지의 초라한 모습, 차디찬 비바람을 맞아 흐트러진 아버지의 모습이 눈앞에 어른거렸다.

오늘도 피곤한 몸을 이끌고 집으로 돌아온 히로코는 옷 갈아입을 생각도 하지 않고 자기 방 창문에서 저녁놀이 깔리는 밖을 멍하니 내다보고 있었다. 정원의 마가목 잎사귀와 빨간 열매가 눈에 들어왔다. 흰 구름이 떠 있는 하늘은 약간 누렇게 보였다.

그러자 문득 눈 내리던 그날이 떠올랐다. 작은 몸집의 키미코가 조심스럽게 대문 안으로 들어섰을 때, 에이츠케가 현관 앞에서 왜 왔느냐고 따지듯 물었고, 애원하듯 슬픔에 젖은 그녀의 눈빛이 생생하게 떠올랐다.

생각해 보면 키미코를 만난 게 눈 내리는 그날이 처음이자 마지막이기도 했다. 그런데 지금은 자주 만나 친숙한 사람처럼 생각되었다.

그리고 더 이상한 일은 이시카리 강어귀까지 떠내려왔다는 죽은 키미코의 얼굴이 더 생생하게 눈앞에 어른거리는 것이다.

그 바람에 히로코는 깜짝 놀랐다. 키미코의 시체 곁을 천천히 떠내려가는 어두운 표정을 한 아버지의 모습이 환영처럼 보였기 때문이다.

히로코는 황급히 고개를 흔들었다.

"아주 통쾌합니다. 정말 속이 시원합니다."

또 오사무의 목소리가 들리는 것 같았다.

그 무렵 에이츠케는 침상에서 가츠에가 떠먹여 주는 죽을 받아먹으면서,

"빨리 퇴원하여 술 한 잔 마시고 싶어."

하고 똑똑하게 말했다.

어디선가 바람이 한 줄기 불어왔다.

〈끝〉

옮긴이의 말

　정년을 몇 해 앞둔 중학교 교장 요오키치는 아들 에이츠케에 대한 교육자로서의 책임감과 아버지로서의 사랑 사이에서 고뇌한다.

　에이츠케는 교육자의 아들로서 모범은 보이지 못하고 온갖 비행을 저지르며 성장한다. 에이츠케의 성정은 외할머니의 외도로 잉태하게 된 어머니 카츠에의 친부를 닮았다.

　에이츠케는 불량배 친구를 동원하여 아버지를 협박하여 금품을 갈취하려다 실패하고, 문란한 성생활로 키미코를 임신시켰으나 결혼하자는 그녀를 야멸차게 박대하여 결국 강물에 빠져 죽게 만든다.

　동생 히로코는 게이치와 약혼한 사이로 키미코의 오빠 오사무의 훼방으로 결혼을 망설이게 된다. 은행원인 후지오는 모든 이들에게 칭찬받는 '엄친아'이다.

　이웃집에 사는 화가 마리는 에이츠케를 물에 빠뜨리는 장본인이 되며, 에이츠케는 이 일을 보복하기 위해 다이아반지를 훔친다.

　에이츠케의 절도를 알아차린 아버지 요오키치는 아들을 추궁한다. 이 과정에서 에이츠케가 오히려 아버지에게 거액의 반지 값을 요구하며 불복하자, 이에 격분한 요오키치는 실랑이를 벌이다 에이츠케를 밀쳤고, 아들은 추락하여 정신을 잃고 혼수상태에 빠진다.

　병상에 누운 에이츠케를 보면서 요오키치는 자신이 밀쳐 넘어뜨려 사고가 난 것이 드러나지 않으려면 에이츠케가 깨어나지 말아야 하고, 사랑하는 아들로서는 깨어나기를 바라는 내면의 갈등에 시달린다. 요오키치는 에이츠케가 깨어났다는 소식을 듣고, 훔친 반지가 가짜라는 사실을 알고 행방불명된다.

　히로코와 후지오는 사방으로 수소문하지만 아버지를 찾지 못한다. 히로코의 눈앞에 파노라마처럼 키미코와 아버지가 강물에 떠내려가는 환영이 보이면서 이야기는 막을 내린다.

　이 작품은 미우라 아야코 특유의 서정적인 문체를 보여주어 묘사된 정경이 아름답고 눈에 보이는 듯 그려졌다. 탁월한 심리묘사로 주인공들의 내면이 투명유리처럼 들여다보인다. 과격한 표현은 없지만 내용은 공포와 절망에 가깝다.

　잘 정제되고 세련된 장편영화나 드라마를 보는 느낌이다.

　수년 전 세상을 달리하신 아버지가 떠오르며, 인간으로서 아버지로서 고뇌하며 우리를 기르셨을 당신이 그립다.